英美文学发展与翻译理论研究

陈洪富 著

东北师范大学出版社
·长 春·

图书在版编目（CIP）数据

英美文学发展与翻译理论研究：汉文、英文/陈洪
富著．—长春：东北师范大学出版社，2023.7
ISBN 978 - 7 - 5771 - 0402 - 7

Ⅰ.①英…　Ⅱ.①陈…　Ⅲ.①英国文学—文学研究
—汉、英②文学研究—美国—汉、英③英国文学—文学
翻译—研究—汉、英④文学翻译—研究—美国—汉、英
Ⅳ.①I561.06②I712.06

中国国家版本馆 CIP 数据核字（2023）第 134558 号

□责任编辑：刘　会　□封面设计：优盛文化
□责任校对：刘兆辉　□责任印制：许　冰

东北师范大学出版社出版发行
长春净月经济开发区金宝街 118 号（邮政编码：130117）
电话：0431－84568046
传真：0431－85691969
东北师范大学音像出版社制版
石家庄汇展印刷有限公司印装
河北省石家庄市栾城区樊家屯村人大路与长安街西行 300 米路南
2023 年 7 月第 1 版　2023 年 7 月第 1 次印刷
幅面尺寸：170 mm×240 mm　印张：11.25　字数：204 千

定价：68.00 元

前　言

　　文学是人类时代文明进步的号角。阅读文学作品，人类可以获取语言文化智慧。英美文学在文学史上占有重要地位，其语言之优雅、思想之深刻、审美之丰富，对人类进步有着重要意义。研读英美文学作品是时代的要求，也是个人成长的需求。

　　当今世界正在发生深刻变革，文化多样化持续推进。世界文化多样化是不同文化对话、交流的产物，是信息时代不同文化相互学习、相互交融的体现。文化傲慢早已被历史淘汰，兼容并蓄才是主流趋势。英美文学是历代英美文学作家积累而成的宝贵文化财富。在交流、交融、交锋的世界文化大趋势下，英美文学翻译显得尤为重要。英美文学翻译是不同文化交流的纽带，高质量的英美文学作品翻译可以帮助目的语使用者了解英美社会文化，掌握语言思维，内化审美知识，提高文学素养。在此背景下，本书以英美文学为研究对象，探究了英美文学以及英美文学翻译理论，希望供相关从业人员学习与参考。本书主要分为七个章节，每个章节的具体内容如下：

　　第一章主要是认识英美文学。笔者从概念、价值以及意义等方面对英美文学进行了阐述，指出英美文学基本流派，明确研读英美文学的价值和实际意义。

　　第二章主要讲述了英美文学的发展历程。英国文学和美国文学都有比较久远的历史，回溯英美文学发展历程，有助于翻译者形成对英美文学的整体印象。英美文学翻译要求翻译者对英美文学有比较深厚的理论认识。对英美文学发展历程的研究有助于翻译者理解作品内容与情感，奠定英美文学作品翻译的知识基础。

　　第三章对文学翻译进行了详细研究。笔者从概念、性质、标准、过程等角度全面解读了文学翻译。文学翻译不等同于翻译，它更加灵活，语言翻译活动的艺术性更强。翻译者只有研究清楚文学翻译的内涵，才能有效开展英美文学翻译工作。

　　第四章着重研究了英美文学翻译的基本理论，紧抓语篇理论、功能对等论和语境适应论三大理论，探究三大理论的基本内容和翻译方法。英美文学翻译的基本理论是文学翻译实践活动有效进行的理论基础，翻译者只有掌握语篇理论、功能对等论和语境适应论，才能找准翻译方向，提高文学作品翻译质量。

　　第五章主要研究了英美文学翻译的应用理论。英美文学翻译的基本理论重在解释英美文学翻译，应用理论是在翻译实践中形成的理论，是英美文学翻译的一般性规律。英美文学翻译的应用理论主要体现在英美文学翻译的艺术性原则、英美文学翻译的笔法与风格、英美文学翻译的句法与节奏三方面。笔者对其进行了逐一分析与整理，为英美文学翻译提供指导。

　　第六章研究了英美文学翻译的可译性限度。语言翻译受文化和思维的限制。英美文学是英美文化与思维的集中体现，英美文学语言转化成汉语一定存在语言转换偏差。因此，英美文学翻译存在可译性限度的问题。基于此，笔者探究了英美文学修辞手法和民族文化的可译性限度，让读者进一步了解不同语言文化的差异。

　　第七章对英美文学翻译实践进行了探析。英美文学有四大板块：散文、小说、诗歌和戏剧。读者可通过了解英美文学作品体裁，鉴赏不同体裁的作品翻译，分析源语言和译语，提高不同体裁英美文学作品的翻译水平。

目 录

第一章　英美文学概述/ 001

　　第一节　英美文学的概念　/ 001
　　第二节　英美文学的价值　/ 008
　　第三节　英美文学的意义　/ 015

第二章　英美文学的发展历程/ 021

　　第一节　英国文学的发展历程　/ 021
　　第二节　美国文学的发展历程　/ 032

第三章　文学翻译概述/ 042

　　第一节　文学翻译的概念与性质　/ 042
　　第二节　文学翻译的标准与过程　/ 050
　　第三节　文学翻译的审美再现　/ 059
　　第四节　文学翻译的文化语境　/ 061

第四章　英美文学翻译的基本理论/ 063

　　第一节　英美文学翻译的语篇理论　/ 063
　　第二节　英美文学翻译的功能对等论　/ 078
　　第三节　英美文学翻译的语境适应论　/ 087

第五章　英美文学翻译的应用理论/ 095

　　第一节　英美文学翻译的艺术性原则　/ 095

第二节　英美文学翻译的笔法与风格　/ 099
第三节　英美文学翻译的句法与节奏　/ 107

第六章　英美文学翻译的可译性限度/ 118

第一节　可译性与可译性限度　/ 118
第二节　修辞手法的可译性限度　/ 122
第三节　民族文化的可译性限度　/ 128

第七章　英美文学翻译的实践探析/ 132

第一节　英美散文翻译　/ 132
第二节　英美小说翻译　/ 146
第三节　英美诗歌翻译　/ 158
第四节　英美戏剧翻译　/ 162

参考文献　/ 168

第一章 英美文学概述

了解英美文学是进行英美文学翻译的前提和基础。什么是英美文学以及英美文学存在的价值、意义是翻译工作者需要掌握和了解的基本信息。只有认清英美文学，翻译者才能把控英美文学作品翻译的总体方向。

第一节 英美文学的概念

文学是一个比较难界定的概念，内涵丰富多彩。文学有时候被冠以学科门类的头衔，包括中国语言文学、外国语言文学、新闻传播学等。但是，大多数情况下文学被归为语言艺术范畴。作为口头或者文字媒介，文学是表达客观世界或主观认识的工具，诗歌、散文、小说、戏剧等是文学的具体表现。英美文学是英国和美国文学艺术的结晶。英美文学有着悠久的历史，诞生了许多著名的作家和作品。英美文学没有具体而明确的概念，英美文学流派和主要作家作品是它的具象化身。

一、英国文学流派

文学流派是文学的重要现象，一个国家的文学历史由文学流派书写。不同的文学体裁会催生不同的文学流派，推动各体裁文学的发展与进步。

（一）英国诗歌流派

诗歌对英国文学的贡献不容置疑。诗歌是英国文学最早的体裁形式，浪漫而优秀的诗歌语言为英国文学发展奠定了坚实基础。对英国诗歌影响颇深的流派分别是玄学派诗歌、运动派诗歌和北爱尔兰诗歌。

1. 玄学派诗歌

17世纪，英国文坛出现以约翰·邓恩为代表的玄学派诗人，他们所创作的诗歌被称为"玄学派诗歌"。玄学派诗人身上具有浓烈的叛逆精神，因此常采用简洁的白描手法创作诗歌，反映人文主义传统遇到的歌颂爱情、解放思想等方面的危机。

2. 运动派诗歌

20世纪50年代，运动派诗歌诞生。1956年，英国著名诗人罗伯特·康奎斯特主编的《新诗行》收录了菲利普·拉金、康纳德·戴维等人的诗作，标志着英国诗坛刮起新运动狂风。这些诗人放弃了叶芝、艾略特等诗人推崇的象征传统，宣扬理性的讽刺，喜欢使用机智而又平静的语言描摹世俗生活。他们被称为"运动派诗人"，其创作的诗歌被称作"运动派诗歌"。运动派诗歌看重传统英诗韵律，反映了诗人对人生的思考，在努力传输人生经验的同时又夹杂着一种无可奈何的失落感。

菲利普·拉金（Philip Larkin，1922—1985）是运动派诗人的代表人物，是20世纪下半叶诗坛的领袖。在诗歌中，拉金常常置身事外，既不怀念过去，又不向往未来。他以独特的观察能力和语言能力描写虚伪而庸俗的日常生活，表现孤独、死亡等主题，语调冷淡，形式严谨，描绘精准。他用"降温"的方式处理高涨情绪，冷静而深刻的语言中蕴藏着敏感忧郁的个性。拉金是"隐藏的愤怒青年"，代表作包括《亲爱的，如今我们必须分离》《为什么昨天我又遇见你》等。

3. 北爱尔兰诗歌

20世纪六七十年代，北爱尔兰诗人在英国诗坛横扫千军，以谢默斯·希尼为代表的北爱尔兰诗人群体崛起，包括保罗·穆顿、德里克·马洪、迈克尔·朗利、汤姆·保林等人。他们根植于本土文化创作诗歌，又不局限于本土文化，诗歌内容涉及全社会，在英国诗歌史上的地位突出。

（二）英国小说流派

小说是英国文学的中流砥柱，其影响力远远超过诗歌和戏剧。虽然诗歌是英国早期主要的艺术表现形式，但小说是英国文学的后起之秀，发展迅猛，流传广泛。如图1-1所示，在演变的历史进程中，英国小说出现了几个重要流派。

图 1-1　英国小说流派

1. 现实主义小说

现实主义小说流派以现实生活为灵感，将观察到的社会现象融入小说创作中，用超现实的情节内容反映现实生活。现实主义小说是英国小说文学的主要"功臣"，为英国小说文学的蓬勃发展注入了无限生机活力。20世纪下半叶，英国现实主义小说获得了爆发式成长，出现了一批重要的现实主义作家，如威廉·库珀、查尔斯·帕西等。他们继承社会讽刺小说的语言风格，以反讽的笔调创作与英国社会现实相关的小说，反映社会现象，给人以警醒、感动等情感冲击。

2. "愤怒的青年"小说

"愤怒的青年"是对20世纪五六十年代出现的一批愤世嫉俗的青年作家的形象称谓。这些作家大多出身于中产阶级和工人阶级家庭，出身低微的他们想要打破特权的束缚，发挥自身的精明才干，却总是事与愿违。难以实现自身价值的青年作家只能以笔讨伐，揭露上层社会的虚伪与弊端。"愤怒的青年"派作家及其作品是当时英国文学界的一股清流，他们笔下的小人物有着反文化、反英雄的气息，为文学创作带来了崭新的生机。

3. 实验主义小说

20世纪后半叶，英国小说家渴求现实主义创作手法的创新与发展。因此，以威廉·戈尔丁、安东尼·伯吉斯为代表的小说作家开始尝试题材内容与技术技巧的革新实验，实验主义小说流派自此诞生。实验主义小说作家尝试用戏仿、改编等标新立异的手法写作，小说中常出现直接搬用社会调查报告、统计数字，引用非小说类型的文字，糅合各类文体风格等现象。反传统的实验主义小说为英国小说注入了新鲜血液，促进了小说的发展与进步。

4. 后现代主义小说

后现代主义小说是现代主义小说的延续，以劳伦斯·达雷尔、约翰·福尔斯等人为代表。20世纪七八十年代，这些作家将后现代主义新潮艺术与小说创作相结合，大量运用象征、意识流、梦幻等手法写作，表现新的价值取向，反映现代生活的情感享受以及物质追求。后现代主义小说流派的诞生促使英国文学进入一个新的发展高潮。

5. 少数族裔小说

20世纪下半叶，英国出台了新的移民政策，接纳英国联邦国家的青年学生来英国学习并设立奖学金。这一举措成就了少数族裔小说流派，使少数族裔小说作家成为英国文学新的生力军。少数族裔小说作家对英国文化传统和本民族文化传统相当熟悉，具有多边文化优势。少数族裔小说中有一种独特的社会结构和文化秩序，跨文化色彩浓厚，极大地活跃了英国文坛。当时，奈保尔、拉什迪和石黑一雄被称为"英国文坛移民三雄"。

（三）英国戏剧流派

英国戏剧是世界戏剧的重要贡献者之一，至今仍发挥重要作用。英国戏剧流派主要有荒诞派戏剧、左翼戏剧和新戏，它们的出现为英国戏剧文学的发展做出了巨大贡献。

1. 荒诞派戏剧

作为现代戏剧流派之一，荒诞派戏剧是西方戏剧界影响力较大的流派之一。"荒诞派戏剧"一词最早出现于英国戏剧评论家马丁·艾思林的《荒诞派戏剧》一书，其哲学基础是存在主义，认为世界对人类是冷酷且难以理解的。荒诞派戏剧的主要艺术特点有：①打破戏剧传统，摒弃结构、语言、情节上的连贯性和逻辑性；②通常用象征、暗喻等方法表达主题；③以轻松的喜剧形式表现严肃的悲剧主题。

英国荒诞派戏剧由一批旅居法国的剧作家开创，他们将存在主义和荒诞主义引入戏剧，探讨人类生存的荒诞本质，反映存在主义哲学里的"人生和世界是荒谬的"这一主张。荒诞派戏剧有意识地躲避人物性格和人物发展走向之间的关系，没有典型人物，也没有典型性格，对话极端，感情夸张，呈现出滑稽的漫画效果。这种跳脱故事情节和矛盾冲突的荒诞戏剧让观众感受到人类的悲哀与可怜，从中获取对生活的深刻感悟。

2. 左翼戏剧

左翼戏剧是英国戏剧文学重要流派。1956年开始，英国剧作家受社会生产关系观念的影响纷纷加入一场艺术运动，即政治性剧作家的运动，又称左翼运动。参加运动的剧作家所创作的戏剧作品被称为左翼戏剧。左翼戏剧是工人阶级崛起的标志。剧作家在风俗戏剧或问题剧中融入社会政治和经济思考，将矛头对准社会结构和政治体制，批判相对落后的社会制度。左翼戏剧的创作手法以写实为主，描写工人阶级的生活境况，形成了自然主义戏剧创作特征。

3. 新戏

20 世纪 50 年代中期，英国社会对戏剧提出了新要求。为了满足社会文化生活需求，一些剧作家开始进行戏剧的实验创新，探索戏剧创作新元素。1956 年，约翰·奥斯本的作品《愤怒的回顾》首次公演，迅速掀起了新戏运动浪潮。到了 20 世纪 70 年代，新戏还在发展。英国戏剧界涌现出一些擅长写政治戏剧的新秀，他们通过戏剧表现普通人的焦虑与愤怒。新戏运动推动了英国戏剧的发展，丰富了戏剧类目。

二、美国文学流派

探究美国文学，其发展历程和表现特征必不可少。文学流派是美国文学向前发展的助推器，每当新的文学流派出现，文学表现形式和内容主题也会产生相应的变化。所以，研究美国文学流派基本上就掌握了美国文学。

（一）美国诗歌流派

1. 自白派诗歌

20 世纪 50 年代，自白派诗歌出现，代表诗人包括罗伯特·洛厄尔、约翰·贝里曼、安妮·塞克斯顿、桑德拉·霍克曼等。当时，美国社会生产力快速发展，经济日益繁荣，对金钱、物欲、享乐的追求逐渐造成了精神的空虚，人们不再踏实劳动，整日幻想着醉生梦死的生活，这让人不禁思考个人存在的意义和价值。自白派诗歌由此而生，它是美国人民情感异化的产物。"自白"是招供、供认和忏悔的意思，自白派诗歌多关注忏悔和赎罪，追求个人的分析和剖白，大胆暴露自身的愿望、幻象、隐私、苦闷等情感。

2. 垮掉派诗歌

垮掉派诗歌与"垮掉的一代"关系紧密。"垮掉的一代"，英文是"Beat Generation"。该词最早由作家杰克·凯鲁亚克提出。凯鲁亚克将"beat"赋予全新的含义——"欢腾"或"幸福"。但是，"垮掉的一代"并没有继承凯鲁亚克对于该词的期待，而是延续了"beat"的本义——"疲惫"或"潦倒"。"垮掉的一代"是 20 世纪 50 年代之后盛行于美国的文学流派，是年轻诗人和作家的集合体。这些作家个性鲜明、狂放不羁、不修边幅，喜欢穿着奇装异服，厌恶学习和工作。他们试图追寻绝对的自由，认为社会法则秩序是一种约束。由于失去了生活信念，这些作家被称为"垮掉的一代"。垮掉派诗歌是由"垮掉的一代"中的诗歌创作者所成立的诗歌流派，比较著名的诗歌有艾伦·金斯伯格的《嚎叫》。垮掉派诗歌是"垮掉的一代"张扬个性的出口，他们用怪诞的意象和奇幻的想象表现青年叛逆者的生活，努力表达着自我。

3. 黑山派诗歌

20世纪50年代，美国诗歌界活跃着一个名叫黑山派的诗歌流派，代表诗人有查尔斯·奥尔森、罗伯特·邓肯、罗伯特·克里利等。黑山派诗歌与黑山学院关系密切。黑山学院是一所风格鲜明的艺术院校，鼓励师生理论结合实践，从实践中获取知识。受黑山学院教学风格的影响，诗人力求摆脱传统学院派和形式主义诗歌的束缚，追求语言和形式的自由。至此，以创作自由为核心的新诗歌流派——黑山派应运而生。黑山派诗歌作品充满了破旧立新的气息，该流派诗人认为现实是一直变化且难以解释的，因此诗歌形式不可预定。所以，他们主张以"开放的形式"创作诗歌，从自然节奏中获取诗歌形式。黑山派诗歌强调存在意识，鼓励诗人自由创作，试图将诗人从固有的模式束缚中解脱出来。黑山派的诗歌理论是一场诗歌革命，对美国诗歌的发展产生了深远影响。

4. 纽约派诗歌

20世纪50年代，美国纽约市出现了一个新的诗歌流派——纽约派，代表诗人包括詹姆斯·舒亦勒、弗兰克·奥哈拉等。纽约派诗人多是趣味相投的实验主义者，在诗歌中彼此应和，具有相似的美学认识。纽约派诗歌与当时纽约出现的抽象表现主义实验画派联系紧密，诗歌创作受该画派影响较大。

5. 新超现实主义诗歌

20世纪70年代，受超现实主义影响，美国衍生出新超现实主义诗歌流派，震动了当时的诗坛。新超现实主义以本能为依据，认为诗歌的真理是返祖本性，力图表达一种回到更多本能、更少理性的自我愿望。在艺术表现上，新超现实主义诗歌经常用非理性的联想、暗示的逻辑和重复某些图腾式形象的手法进行创作，作品带有浓厚的神秘色彩。与现实主义作品不同，新超现实主义诗歌缺乏社会内容，笔下的场景虚无缥缈、隐晦曲折、不明所指。

（二）美国小说流派

1. 后现代派小说

后现代派小说运用隐喻、荒诞、超现实的笔法表现现实世界以及内心世界，通过讽刺、歪曲的方式揭示世界的丑陋。自1961年黑色幽默小说《第二十二条军规》问世以来，美国后现代派小说得到了快速发展，出现了荒诞派小说、黑色幽默小说、存在主义小说、"垮掉的一代"等派系。其中，黑色幽默小说发展最好，影响最大。

后现代派小说作家的思想比较颓废，他们认为只有自我感觉到的存在才是真正的存在，这种以自我为中心的存在主义心理使得作品呈现出"世界是荒谬的""人生是痛苦的"等特点。也是因为存在主义哲学的影响，后现代派小说超越了艺术与现实的界限，超越了各类艺术的传统界限，创造出新的写作模式。后现代派小说写作模式包括：事实与虚构结合、科学与虚构结合、小说与非小说结合、高雅艺术与通俗艺术结合、童话或神话与虚构结合、绘画或音乐与小说结合。

由于写作模式的改变，后现代派小说在人物塑造、叙事语言和艺术手法等方面表现出了不同的特征。在人物塑造上，后现代派小说的人物多是"反英雄"人物，身份来历不明，甚至无名无姓。人物彻底沦为故事的陪衬，像影子一样只能感受到微弱的存在感。在叙事语言上，后现代派小说喜欢运用拼贴手法，用断裂的句子构成篇章，缺乏主语或谓语是常见现象。有时，作家还会运用电影剧本语言让关键词不断出现，或者直接自己下场，自我揭示或刻意影射。在艺术手法上，后现代派小说喜欢在描述故事时对故事本身进行点评，具体表现出"并置""非连续性""随意性"等特点。总的来说，后现代派小说有些像"大杂烩"，透着荒唐和怪诞。

2. 心理现实主义小说

心理现实主义小说是现实主义与现代主义心理描写相结合的产物，作者通过描写人物的心理反映人类社会精神演变过程。随着约翰·契弗、约翰·厄普代克等作家的崛起，心理现实主义小说进入创作高峰期，为美国小说发展贡献了力量。

从内容上看，心理现实主义小说注重展示人物的内心世界，通过人物的精神变化反映美国社会现实，如厄普代克的"兔子五部曲"。从表现形式上看，心理现实主义小说遵循现实主义创作原则，运用意识流、象征等艺术手段剖析人物的"非理性意识"。心理现实主义小说丰富了美国小说文学类型。

（三）美国戏剧流派

1. 荒诞戏剧

20 世纪初期，美国的荒诞戏剧萌芽，如菲茨杰拉德的剧本《蔬菜》。荒诞戏剧是后现代主义文学的分支，表现了现实生活与传统的割裂，揭示了人的精神创伤。爱德华·艾斯特林·坎明斯的剧本《他》被某些人认为是美国第一部真正的荒诞戏剧。荒诞戏剧是对美国荒诞社会的深刻反映，营造了阴郁的美国社会环境。荒诞戏剧是美国戏剧的重要流派，推动了美国戏剧向前发展。

2. 女性戏剧

女性戏剧是美国戏剧的重要流派之一，推动了妇女文学的解放与发展。20 世纪 60 年代，女性作家迅速崛起，她们打破了文坛女性作家稀缺的困境，通过自己的戏剧塑造了理想中的女性人物形象。女性戏剧的出现丰富了美国文学市场，使得美国文学更加活跃。

薇拉·凯瑟（Willa Cather）出生在弗吉尼亚州，幼时随父母迁居到中西部的内布拉斯加州,从内布拉斯加大学毕业后曾任中学教员、记者和杂志编辑。她特别著名的有长篇小说《啊,拓荒者!》《我的安东妮亚》《一个迷途的女人》《教授的房子》《大主教之死》《莎菲拉与女奴》。她不大强调作品情节的离奇,而是靠一种抒情的力量把整个故事串起来。她的语言清新淡雅,流畅自然,犹如大草原上淙淙的溪流,汩汩流过读者心田。

第二节 英美文学的价值

在文学的发展史上,英美文学占据重要地位。英美文学是文学史上浓墨重彩的一笔,对文学发展做出了杰出贡献。英美文学的艺术价值极高,其所体现的语言审美、人文精神关怀以及黑色幽默等价值具有非常高的文学欣赏性和借鉴性,为现当代文学的蓬勃发展提供了动力源泉。

一、语言审美价值

英美文学的语言是经过艺术化处理的语言,具有强烈的美感。为了表现超越现实的夸张感,作家在行文时会恰当使用语言技巧。经过技巧性处理的语言会呈现幽默、夸张、隽永、浪漫、黑暗、平和等不同的效果,给阅读者美的体验和感受。所以,英美文学具有语言审美价值。如图1-2所示,英美文学的语言审美价值主要体现在六个方面。

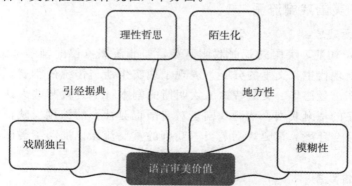

图1-2 英美文学的语言审美价值

(一) 戏剧独白

戏剧独白是英美文学的传统,在语言审美中扮演重要角色。所谓戏剧独白,是指戏剧、诗歌或小说中的人物形象或第一人称叙述者抒发个人情感和主观意识的话语。戏剧独白是人物的剖白，揭示了人物内心隐藏的秘密。简单来说，戏剧独白是心理活动的语言表现，是作者观点与思想的隐晦说明。戏剧独白是存在于英美文学中的独特语言艺术，提升了语言的审美价值。

戏剧独白式表达让语言变得委婉而含蓄。说话者用第一人称说话，自然表达作者的看法和观念，却没有"教导"的痕迹。戏剧独白使得作者成为幕后操控者，一切主观性表达借助人物形象变得客观化。只要说话者是作品中的人物，即使他是作者的"眼耳口鼻"，阅读者也没有丝毫的不适感。作为一种语言技巧，戏剧独白放大了文学作品的艺术价值。中国的文学作品擅长用动作、表情等语言描写来表现人物的心理，给阅读者带来沉浸式体验。而英美文学作品则喜欢用戏剧独白表现人物内心活动，作者用独白性的语言传递人物的性格信息和内心的微妙变化。例如，罗伯特·勃朗宁的《我的前公爵夫人》，作者设计了一个独白者——公爵，公爵在故去的公爵夫人画像前矫揉造作地炫耀就是一种独白。他说："你愿坐下看看她吗？"这句话传递了密集的人物性格信息，暗示了公爵的冷漠、伪善和自私。他还说："夫人的披风盖住她的手腕太多，隐约的红晕向颈部渐渐隐没，这绝非任何颜料所能复制。"这里，他竟然向故去的夫人泼脏水，以显示自己的包容、委屈，伪君子形象跃然纸上。由此可见，戏剧独白的欣赏价值巨大，其精妙绝伦的语言值得反复推敲。

戏剧独白的审美价值还体现在想象力上。戏剧独白善于制造想象空间。通过戏剧独白，阅读者能够发挥想象力，获得自己对作品的独特感悟。戏剧独白的语言表述方式是英美文学作品长盛不衰的一大原因，其对别国的文学创作也产生了重要影响。

（二）引经据典

引经据典是英美文学作品语言审美价值的又一体现。经典之所以成为经典，一部分原因是其语言无与伦比，堪称绝唱，如范仲淹的"先天下之忧而忧，后天下之乐而乐"，刘禹锡的"沉舟侧畔千帆过，病树前头万木春"，用简洁凝练的语言表达了深刻的道理，耐人寻味，回味无穷。这些句子被奉为经典，经常出现在不同的作品中。与中国文学创作类似，英美文学作品中也经常出现典故，这些具有影射、暗示作用的典故升华了语言的艺术性，让语言具有了特别的色彩。引经据典是常见的语言形式，为语言审美价值赋能。

罗马神话故事与希腊文化对接后，许多罗马神话中的神与希腊神话中的神相融合，被赋予了人格。由于神话故事中的神有了一定的人格，与神有关的人物、事件便成为典故性词语，如特洛伊木马、奥德修斯、伊甸园、潘多拉的盒子等。许多作家将典故运用到作品创作中，旁征博引、发挥想象，丰富了文学语言。如 Pandora's box（潘多拉的盒子），潘多拉是希腊神话中的第一个尘世女子，宙斯将潘多拉送给普罗米修斯的弟弟做妻子，嫁妆是一个密封的盒子。潘多拉出于好奇，打开了盒子，灾难、厄运、疾病从盒子中飞了出来。人们总结故事，用 Pandora's box 指代灾祸之源。自此，英美文学作品中常常出现 Pandora's box，增加语言文字的内涵。

与普通的语言描述相比，典故更加含蓄深刻、生动形象。典故让作品语言不再冗长复杂，其背后的历史故事丰富了语言的内涵底蕴，提高了作品的传承性。

（三）理性哲思

英美文学作品中的语言闪烁着理性的光辉。阅读英美名著，许多语句言简意赅、意蕴悠远，如 "Time is a bird for ever on the wing."（时间是一只永远在飞翔的鸟），"Pride prevents others from loving me, and Prejudice prevents me from loving others."（傲慢让别人无法来爱我，偏见让我无法去爱别人）"For those who believe, death is the door to eternal life."（对有信仰的人来说，死亡是永生之门），"Go your way, don't blame others for falling down"（走你的路吧，摔倒了不要怨别人），"When sorrow comes, it comes not alone, but in groups."（当悲伤来临的时候，不是单个而来，总是成群结队），"People live for hope, because with hope, people have the courage to live."（人都是为希望而活，因为有了希望，人才有生活的勇气）。这些短小精悍的语言总是振聋发聩，起到一语惊醒梦中人的作用。

作者将自己对人生的思考凝聚成富有理性光芒的语言，借助人物对话或者事件叙述转告给世人，帮助世人更好地生活与工作。不同于大量华丽辞藻的堆砌，英美文学作品中的大部分语言凝练简约、一语中的。真挚而富有哲理性的语言引人思考，更具有流传价值，如 "When sorrow comes, it comes not alone, but in groups."，很容易使人产生共鸣。英美文学作品中的语言就像灯塔，照亮处于困惑和迷茫中的行人的前路。有时候，充满理性哲思的语言看似平凡质朴，简简单单的一句话却发人深省，给人以巨大的力量。因此，理性哲思是语言审美价值的体现，它赋予语言生命之美。

（四）陌生化

陌生化是英美文学语言的审美价值之一。陌生化语言是英美语言的创新之举，推动了语言的进步与发展。所谓陌生化，是指利用修辞手法、语言方式、语言结构的变化，以不同寻常的语言模式创造文学语言，让语言富有画面感，让作品充满可感性。陌生化语言经常出现在英美意识流小说中，如福克纳的《喧哗与骚动》、伍尔夫的《达洛维夫人》等。恰到好处的陌生化语言常常为作品增添光彩。

陌生化语言体现了极高的艺术审美价值。陌生化语言主张语言形式、结构难上加难，拉长人们对事物的感知时长，从而创造出一种极佳的审美体验情境。例如，凯瑟琳·安·波特的《被背弃的老祖母》，小说用陌生化语言技巧叙述了一位年近 80 岁的老人在弥留之际表现出的意识活动。"起先是任自己的想象驰骋，感觉枕头飘动了起来。进而又想到了飘在风中的吊床，进而又由风声想到屋外瑟瑟作响的树叶……"通过陌生化语言技巧，作品的理解难度大大增加，读者在阅读之后不得不停下"脚步"，思考语言所编织的复杂混乱的画面所表达的含义。由于感受时间的延长，读者获得了美好的审美体验。

陌生化语言可窥见意象的影子，意象联结制造陌生的画面感，让读者以一种探秘的心态去感受作品。与日常的英美文学语言不同，陌生化语言具有画面美感。作者经常将一些脑海中浮现的零碎画面加以陌生化，让读者掉入梦境一般的画面中，产生一种恍惚的美感。例如，"被子上有太阳的味道"，脑海中的太阳通过陌生化语言被具象化、可感化，引人共鸣。陌生化语言可达到通感的艺术效果，给人带来不一样的审美体验。

（五）地方性

文学是现实照进艺术的结果，文学作品是现实的缩影。由于取材于现实生活，英美文学语言呈现出地方性特色。地方性是英美文学语言审美价值的体现之一，地方性语言为英美文学语言带来了全新的审美体验，让英美文学语言呈现出多样化的艺术风格。与官方语言不同，地方性语言充满了人情味儿。朴实的地方性语言很容易将人带入情境，感受当地的民生与风情。地方性语言具有天然的亲切感，其与官方语言相互杂糅，形成独特的语言节奏。

文学作品的风格很大程度上受到社会背景的影响，如 19 世纪五六十年代的英国，当时英国具有独特的地方性特色，但资本主义工业文明极度缺乏。这时期英国的作品多以批判现实主义为主。所以说，西方文化是基于西方社会一定的地方性特色而形成的，是对西方社会状况的真实写照。

（六）模糊性

模糊性语言是指英美文学作品中的语言不只表现字面意思，更表现朦胧而深远的意义。模糊性语言多以模糊词语、模糊句子、模糊段落、模糊修辞等形态出现，通过模糊性表达制造朦胧的意境，增强文学语言的艺术效果。《老人与海》中存在大量的模糊词语，如"The clouds over the land now rose like mountains and the coast was only a long green line with the gray blue hills behind it. The water was a dark blue now, so dark that it was almost purple."（陆地上升起如山一般的云彩，海岸就像一条绿色的长线，几座灰蓝色的小山在背后映衬着。此时的海水已变成深蓝色，深得几乎发紫）。"like mountains""a long green line""the gray blue"等颜色虽然非常具体，但是色彩与景色相结合，不同的读者会产生不同的想象。这就是色彩的不确定性描绘，即模糊性语言。模糊性语言促使读者调动自身的审美经验参与作品的二次创作，使得作者所表达的美更加真实。

模糊性语言给人真实的美感，如《老人与海》中"The line went out and out and out but it was slowing now and he was making the fish earn each inch of it."（钓绳溜出去，溜着，溜着，但眼下它慢了下来，他让大鱼为拖出去的每一英寸钓绳都付出了代价），"went out and out and out"，三个"out"给人带来强烈的视觉冲击，仿佛钓绳就在眼前溜走，被大鱼嗖嗖嗖地快速拖动到水中。"out"虽然不是准确的语言文字，但是给足了想象空间。读者阅读到这里，脑海中甚至自觉展开一幅画面：大马林鱼与老人斗智斗勇，双方互不相让，一场大战一触即发。

过度精准的语言会让文学作品的艺术性面目全非，模糊性语言则是对文学作品艺术性的保护。小说中的误会冲突、散文中的奇思妙想、诗歌中的朦胧优雅、戏剧中的天马行空都是模糊性语言所营造的艺术效果。模糊性语言具有巨大的审美价值，它增加了文学作品的艺术美感，让文学作品字里行间透着美的气质。

二、人文精神关怀价值

人文精神是人类生存过程中遗留下来的精神文化，是人类对理想人格的期许。英美文学作品是人文精神的重要载体，内含人类对自我的关怀，对自然的关爱，对社会的关注，对生命的关心。因此，英美文学具有精神关怀价值。阿伦·布洛克曾说："人文主义的中心主题是人的潜在能力和创造能力。但是这种能力包括塑造自己的能力，是潜伏的，需要唤醒，需要让它们表现出来，加以发展。而要达到这个目的的手段就是教育。"阅读是教育的重要手段，可在潜移默化中提升人的文化修养。英美文学作品更是一剂良药，阅读英美文学作品，接受西方人文精神的洗礼，可收获自我发展与成长。

人文精神是用文化生命追求理想价值，强调文化世界的开拓和文化生命的延续。人文精神是人类精神生命成长的养分，是人类不断超越自己的内在驱动力。人文精神关注对生活真谛的探寻和对命运的理性认识，其内涵分为三个层次：其一，人文精神是指人道主义精神，重视对人类尊严和幸福的追求；其二，人文精神是指科学理性精神，重视对人类生存真理的探究；其三，人文精神是指关心、关爱他人的意识，重视对人类生活意义的追寻。由人文精神内涵可以看出，个体内在价值、个体自我实现、个体自由、个体尊严以及个体之间平等是人文主义的核心价值观念。英美文学作品是人文精神的表象化、具体化，其将人文精神融入文化语言中，用生动的文化故事向阅读者灌输人文思想，实现人文精神关怀。

（一）英国文学作品中的人文精神关怀

英国文学的人文精神关怀历史悠久。从盎格鲁-撒克逊时期到文艺复兴时期再到近现代，一路走来，英国文学发展的每一步都有人文精神的足迹。盎格鲁-撒克逊时期，英国文坛诞生了一部史诗巨作《贝奥武甫》，其讲述了贝奥武甫的一生，向世人展现了理想君主的模样。《贝奥武甫》是一部反映氏族部落社会价值观念的作品，武士在其中扮演重要角色。武士代表着忠诚和勇敢，忠于国王，忠于集体，忠于国家。武士们相信，虽然命运把控人生，但是勇敢的人会从命运手中抢回属于自己的人生。《贝奥武甫》体现了个人命运关怀，鼓励个人追求自由与尊严。

文艺复兴时期，伟大的文学家莎士比亚创作了一系列饱含人文精神关怀的作品，如《哈姆雷特》《奥赛罗》《李尔王》等。《哈姆雷特》是一部关于公平正义的作品，通过哈姆雷特王子的悲惨遭遇以及反抗斗争突出人对正义、对公平的追求。"生存还是毁灭，这是个问题"是《哈姆雷特》中的一句名言，反映了人类自我意识的觉醒。短短的一句话，掷地有声。它呼吁人们解放思想，敢于反抗命运的不公平，用个人力量实现自我成长。

到了近现代，英国文学作品中的人文精神关怀主要体现在对个人生活意义的追寻上，如劳伦斯的《恋爱中的女人》。《恋爱中的女人》围绕两对恋人的情感问题展开，从中探讨了人与社会、人与自然、人与人的关系，倡导个体在相互融合、相互扶持的同时，保持各自的独立性。与此同时，小说还揭露了现代工业生产方式对人性的扭曲，呼吁打破一切扭曲人性的外在因素，呼唤人类健康成长以及人性回归。

人文精神关怀有利于人类更好地成长。随着社会经济的发展，人类的物质需求已经得到满足，但是精神世界有待开发。精神的空虚限制了个人的成长，给个人生活造成了大大小小的难题。英国文学作品是一条通往精神世界的小径，阅读英国文学著作，人类可以获得关于个人成长与发展的启示，心理上会获得极大的满足，生活也会被阳光包裹着前行。

（二）美国文学作品中的人文精神关怀

美国文学作品中的人文精神关怀主要体现在歌颂个性自由和精神解放上，阅读美国文学作品，对个性发展和精神成长大有裨益。例如，海明威的《太阳照常升起》，故事主角是一群年轻的美国人，他们整天醉生梦死，旅游、钓鱼、斗牛，干尽所有快乐的事。但是，他们并不自由，也不快乐，这样的生活只是神经的麻醉剂，空虚才是本质。没有热情，没有信仰，无能为力地活在自己的世界里，是作品中人物的标签。作者通过这样一批人表现虚无主义，表现自己对精神生命的呐喊。《太阳照常升起》给人以生命意义的启迪，体现了对精神生命的关怀。又如菲茨杰拉德的《了不起的盖茨比》，其讲述了主人公盖茨比凭借努力奋斗跻身上流社会，独立自强的他却没有被上流社会真正接纳，也没有收获自己的爱情。作者通过盖茨比这一形象表现了深刻的人文主义精神。盖茨比的成功表现了作者对努力奋斗、不懈追求的时代精神的赞扬。与此同时，盖茨比的挥霍无度又体现了作者对物化社会的反思，盖茨比的家破人亡就是作者对物化社会的态度，他反对人类被物质生活绑架，呼吁人类不要因为追求物欲而丧失理智和人性。除此之外，盖茨比对爱情的追求表明人有追求幸福的权利和自由。

总而言之，英美文学作品具有人文精神关怀价值，是人类精神世界的营养剂。英美文学作品以个人发展为中心，探索了人与世界、人与自然、人与社会、人与人的关系。阅读英美文学作品，人类能够获得个人发展的启示。

三、黑色幽默价值

黑色幽默又被称为"绞刑架下的幽默""大难临头的幽默"，它以荒诞消解传统的滑稽，以无可奈何的苦笑替代轻松开怀的大笑，以绝望惨笑、荒诞不经的方式讲述悲剧。黑色幽默的内核是"悲"，作者用"笑"的形式展现人生的无奈与悲痛，这种两极反差给人留下强烈的震撼感。所以黑色幽默是英美文学重要的艺术形式，为文学发展做出了重要贡献。

黑色幽默产生于美国。当时美国正处于精神信仰崩塌时期，整个社会就像一出荒诞的喜剧，人心浮躁、惶惶不安，找不到生命存在的意义。在这种生活环境中，作家只能用病态的自嘲来排解内心的苦闷与迷惘，黑色幽默由此诞生。之后，黑色幽默成为一种重要的文学表现形式，促进了文学的多样化和多元化发展。

黑色幽默的经典之作是《第二十二条军规》，小说围绕第二十二条军规展开情节，用这条无所不在的军规表现美国军事机构混乱荒诞的现实。《第二十二条军规》打破了传统的小说创作模式，用黑色幽默打造了一部与众不同的小说。《第二十二条军规》的黑色幽默体现在其没有用常规的时间线索展开故事，也没有费力描摹情节与冲突，而是叙述一些看似毫无联系的独立事件，用这些杂乱无章的事件表现混乱不堪的主题。从内容到形式，《第二十二条军规》达到了出乎意料的滑稽效果，也成为黑色幽默小说流派的开山之作。

大部分小说类文学作品遵循传统的写作模式，用人物关系、矛盾冲突来推动情节发展。但是，黑色幽默不再看重小说描写的秩序性，它以个人对现实的反思为基础，打乱情节，颠倒顺序，通过荒诞、夸张的手法创作小说。这种"反小说"的叙事结构具体表现为：①叙事人和作者之间没有明确的界限，读者始终可以感受到作者的存在；②传统的情节被独立的事件取代，主题与情节不再集中反映一个焦点；③人类的活动和思想常以反面形式出现；④存在大量的模仿，通过模仿让口头记载反映现实；⑤当前成为对过去滑稽可笑的再现。凭借与众不同的叙事结构，黑色幽默成为一种新的文化审美趋势，提升了英美文学的艺术价值。

第三节　英美文学的意义

任何物质的存在都有其生命意义，山是树的土壤，水是鱼的家园，虫是鸟的粮食。文学也不例外，有其存在的意义。英美文学是文学的一种，对人类发展有重要的意义。英美文学的意义主要体现在现实、审美以及教育三方面。

一、英美文学的现实意义

文学是社会历史发展的产物，反映了特定时代的社会生活现象。要想深入探究文学作品，结合特定的社会情境会起到良好的效果。从这个角度来说，社会生活成就了英美文学。英美文学是联系作家与现实的纽带，走进英美文学世界，阅读者可以了解当时的历史、文化和思想意识。

英美文学是现实生活的艺术性记录，其在一定程度上反映了先进的社会意识和文化精神。社会意识与文化精神对社会现实有指导与促进作用。因而，社会生活成就了英美文学，英美文学也在回馈社会生活。文学的世界是理想的世界，作家在现实生活中的苦闷和悲痛在文学世界中得以安抚。所以，英美文学作品是现实生活的指导方针。与此同时，文学的世界还是现实的世界，作家将现实生活现象照搬到文学世界中，文学作品像一面镜子，照出现实的丑陋和不堪。此时，英美文学作品是现实生活的警钟，用于警醒世人。总之，作为一种社会意识，英美文学能够介入生活，积极能动地改造世界、打磨生活。这是英美文学的意义所在。

二、英美文学的审美意义

世界上本来没有美，审美的出现让世界变美。那么，审美是怎么出现的呢？艺术家创造了审美，艺术家的绘画作品、文学作品、雕塑作品创造了审美标准。作为一种艺术表现形式，英美文学创造了文学审美。

（一）文学创造语言审美

文学出现之前，语言是人与人沟通的媒介；文学出现之后，语言是艺术化的表达。文学创造了美妙的语言，也创造了语言审美，这就是文学欣赏得以存在的原因。文学欣赏的部分内容是欣赏作品的语言之美，即审美。因为文学的存在，人类学会了语言审美。

罗伯特·路易斯·斯蒂文森的作品《理想中的黄金国》用排比、递进和反问等修辞手法组织语言文字，让语言变成一种富有美感的艺术品。例如，"An aspiration is a joy for ever, a possession as solid as a landed estate, a fortune which we can never exhaust and which gives us year by year a revenue of pleasurable activity."（渴望永远是一种快乐，是像不动产一样坚实的财产，是我们用之不竭，年年犹如岁入那样给予我们快乐的财富。）"a joy""a possession""a fortune"，作者分别用了快乐、财产和财富三个词语，语意层层深入，让人们对渴望有了递进的认识，认识到渴望不光能带来快乐，还能带来财产和财富。三个关系层层递进的词语实现了阅读者情绪的步步高涨。"Is there no more Carlyle? Am I left to the daily papers?"（再也没有卡莱尔的作品了？那我只好读报纸了？）显然，这是一组反问句。作者用反问句成功制造了一个读者"跳脚"的画面，因为读不到卡莱尔作品而惋惜、不甘的人物形象跃然纸上。

如果没有这些文学作品，人们不知道语言还有这么多美好的表达方式。文学创造了语言审美，人们在阅读文学作品时会自觉产生语言审美活动，对作品中出现的语言文字进行审美欣赏，发现其中比较独特、优美的语言表达方式，为自己的创作与输出奠定基础。

（二）文学促进自然审美

自然之美是一种客观存在的美，自然审美的对象是自然景观，包括未经人类碰触的纯天然的原始景物、作为人类劳动生产场所的田园风光、经过艺术加工的自然景观等。通过文学作品的呈现，人们对自然之美有了全面的认识，认识其形态美、色彩美、声响美、动态美、生态美和地域美。

例如，梭罗的《冬日漫步》，"From the eaves and fences hang stalactites of snow, and in the yard stand stalagmites covering some concealed core."（屋檐下、篱笆上倒挂着钟乳石状的冰柱，庭院中冰笋亭亭玉立，不知里面所藏何物。）作者用"stalactites"（钟乳石）"stalagmites"（石笋）形容冰柱的形态，充满了美感。约翰·斯坦贝克在《泉水潺潺》中写道："High in the gray stone mountains, under a frowning peak, a little spring bubbled out of a rupture in the stone. It was fedby shade-preserved snow in the summer, and now and then it died completely and bare rocks and dry algae were on its bottom."（在高高的灰色石山之中，在凹凸的山顶之下，一股小山泉从石缝中潺潺冒出。泉水来自夏日阴影保存下来的积雪，它偶尔完全干涸，现出光

秃秃的岩石和长了藻类的泉底。）在作者眼中，石山是"灰色"的，山顶是"凹凸"的，山泉是"潺潺"的，岩石是"光秃秃的"。一切自然景色在作者眼中都被赋予了独特的美，读者阅读作品，受到了审美熏陶，对山石和泉水形成了美的认知。

阅读、欣赏文学作品时，人们获得了自然审美启发。文学与艺术出现之前，人们对自然审美没有概念，最多感叹一句"自然真美"。文学让人们学会了欣赏自然之美，雪的白是"皑皑"，月的光是"皎洁"，水的净是"清澈"，自然的一切都有了审美标准。

（三）文学促进精神审美

一直以来，文化精神是一种无形的存在，它属于意识，指导人们的一言一行。文学将主观意识客观化，文学作品是文化精神的实体。由于每个人都是独立的精神个体，文化精神百花齐放，而文学促进了精神审美，将文化精神分为糟粕和精华。阅读文学作品，读者可以感受到什么是美的文化精神，什么是丑的文化精神。

艾米莉·勃朗特的《呼啸山庄》中有这样一个人物——奈丽·丁恩，她身上散发着理性与激情的文化精神魅力。奈丽·丁恩太太陪伴凯瑟琳、亨德利长大，是呼啸山庄的忠实奴仆。虽然她对希斯克利夫充满了怨恨，但是并没有以怨报怨。她仍然勤劳，将自己的爱奉献给呼啸山庄，将其打理得井井有条。通过奈丽·丁恩太太，作者传递了以德报怨、勤劳善良的文化精神审美。除了通过人物命运传递精神审美之外，《呼啸山庄》有大量值得欣赏的句子，直接表明了作者的精神态度，如"惩罚恶人是上帝的事，我们应该学会饶恕""时间的流逝，给他带来的是对命运的屈从，和一种比寻常的欢乐更甜美的沉思""天堂不是我的家园，流泪心碎后，我要重返人间"……作者通过这些绝妙的句子表达自己的人生态度和思想精神，告诉世人：学会宽恕，学会沉思，学会热爱生活。

精神世界光怪陆离，各种各样的文化精神存在于精神世界中。精神世界是现实世界的指引，出色的文化精神指导人们更好地生活，肮脏的文化精神导致人生的失败。文学是客观世界的反映，作者通过作品传递文化精神审美，用人物的言行、哲理性的话语告诉人们什么是正确的文化精神，什么是错误的文化精神。

三、英美文学的教育意义

英美文学具有巨大的教育意义。英美文学作品的语言、内涵以及思想情感可帮助学生积累知识，提高文化修养。如图 1-3 所示，英美文学可以辅助学生掌握英语语言、培养人文素养，提高学生的语言表达能力和英语学习兴趣。

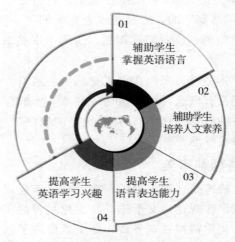

图 1-3　英美文学的教育意义

（一）辅助学生掌握英语语言

英美文学是学生学好英语的重要途径。英美文学作品创造了合适的语言环境，能够辅助学生准确理解、记忆词汇，形成英语语感。通常，文学要用大量单词、短句等语言资料做支撑，英美文学也不例外。学生在阅读英美文学作品时有机会接触到这些语言资料，庞大的语言库给了学生理解、练习英语语法、单词和短句的机会。经常阅读英美文学作品，学生能够在潜移默化中掌握语言技能，说出地道的英语。

除了掌握语言技能之外，英美文学还是培养语感的重要工具。与文本不同，文学在遣词造句上造诣更深，更富有欣赏性。在掌握听说读写能力的基础上，学生可以通过阅读英美文学作品增强自身的语感和表达能力，避免囿于词义和语法的桎梏，提高英语组织和表达能力。英语是与人沟通的媒介，文学是与人沟通的一种形式。与日常对话不同，文学是艺术性沟通方式，遣词造句讲究审美和修辞，其语言更加精练而优美。阅读英美文学作品，学生会掌握英语修辞手法，积累经典语句，增强语言表达能力。

（二）辅助学生培养人文素养

人文素养是人所体现出的内在精神品质。"人文"一词众说纷纭，汉语大辞典解释为：人类社会的各种文化现象。人文素养由科学文化知识沉淀而得，尤其是文学知识。因此，英美文学对学生人文素养的养成具有积极作用。阅读英美文学作品，作者灌注在人物、事件中的思想精神和情感意志会对学生产生潜移默化的影响。散文、诗歌等形式的英美文学作品影响着学生的语言表达能力和思想情感。每部散文或诗歌作品都有一个优秀的主题思想，学生通过阅读语句，层层推理，深挖其中蕴含的情感和意志，帮助自己培养优秀的思想品质。

除了散文、诗歌外，小说和戏剧等形式的英美文学作品对学生的影响更为深刻。小说或戏剧由人物、情节和环境等元素组合而成，复杂的人物形象是学生沉淀思想情感的"秘密武器"，人物在处理事情时的态度和言行值得学生回味和复刻。除此之外，关于高潮迭起的情节和沉浸式环境的语言描述对学生的语言表达和情感沟通也有极大的借鉴意义。跨越时间和空间的文学作品是优秀的教育辅导工具，通过对文学作品的学习，学生可以提升个人修养，厚积文化知识，提升沟通能力。

（三）提高学生语言表达能力

英美文学类型的多样性能帮助学生更好地掌握英语语境。语境是沟通与表达的语言环境，熟悉语境有助于深刻感受和理解语言所表达的情感内涵。英美文学比较擅长营造语境，尤其是散文和小说，它们是学生学习英语的天然环境载体，是学生感受和熟悉语境的宝贵教材。与日常对话相比，文学作品更加看重语言环境的营造。文学作品是对语法、措辞以及书面词汇的集中展示。分析文学作品，学生能够掌握语言的组织逻辑以及考究的语用方法。与此同时，学生还可以学习大量的俚语、俗语，更进一步掌握英语语言文化。俚语和俗语集中体现了英语作为一种语言的诞生方法，学习俚语和俗语可以帮助学生获取更多与英语诞生有关的知识，从而灵活运用英语，提高英语语言表达能力。

在全球化大背景下，各国经济与文化交流密切。英语作为主流语言之一是非常重要的跨国际沟通工具。良好的沟通除了要听懂别人的话语之外，还要听懂别人的话外之音。换句话说，说话者要了解英语语言文化，理解一些固定词组或短语所表达的内涵，避免对语义理解错误。英美文学为学生营造了真实的语言环境。多多分析作品中出现的与历史、文化、社会、经济相关的语境，有利于学生深刻掌握英语语言文化，实现良好的跨国际沟通。

（四）提高学生英语学习兴趣

英美文学对学生提高英语学习兴趣有着积极意义。英语语言的学习比较枯燥无味，语音、语法以及词汇的理解与背诵经常让学习处于相对静止的状态，无法激发学生的学习热情。英美文学作品是一种很好的调味剂。尤其是小说，有趣的故事情节能促使学生不断地学习、吸收词汇、语法，以便更好地理解作品内容。因此，英美文学可以调动学生学习英语的主观能动性。与教材教学相比，英美文学欣赏可以帮助学生形成比较好的学习情感态度，端正语言学习心态，化被动为主动，积极走进英语语言领域，挖掘语言知识，从而成为一位良好的英语语言技能掌握者。

从短期的兴趣爱好到长期的行为习惯，学习英语是一个心理认知的过程。当学习英语成为一种本能习惯时，学生便对英语具备了一种深刻的心理认知。此时，学生才能学好英语。如何将学习英语培养成一种长期的行为习惯？英美文学是有效方式之一。众所周知，英美文学有许多长篇幅的作品，这些作品可以拉长学生对英语的关注时间，促使学生不间断地学习英语，从而培养英语学习习惯。在虚拟性和故事性较强的文学作品空间中，学生全身心地沉浸其中，可构建稳定的英语学习心理。所以，英美文学对学生提高英语学习兴趣意义重大。

第二章　英美文学的发展历程

　　英美文学是世界文学的主要根系之一，为世界文学发展做出了巨大贡献。学习英美文学，了解英美文学的发展脉络，对于英美文学翻译工作大有裨益。追本溯源，笔者重新梳理了英美文学的发展历程，深刻认识英美文学兴起与演变的土壤，全面掌握英美文学，为英美文学翻译理论研究夯实基础。

■■■■■■　第一节　英国文学的发展历程　■■■■■■

　　英国文学历史悠久，经历了漫长而复杂的历史演变过程，最终变成如今多元而个性的样貌。与其他文学一样，英国文学经历了从无到有，从有到精，从精到多的成长过程，不同时期形成了不同的文学风格和文学思潮。

　　如图 2-1 所示，16 世纪之前，英国文学尚处于早期英语文学阶段，经历了盎格鲁-撒克逊时期和中世纪英语文学时期，代表作品有《贝奥武甫》［或译为《贝奥武夫》（《Beowulf》）］、杰弗里·乔叟（Geoffrey Chaucer）的《坎特伯雷故事集》（《The Canterbury Tales》）、托马斯·马洛里（Thomas Malory）的《亚瑟王之死》（《La Morte d'Arthur》）。到了 16 世纪，文艺复兴思潮刮起飓风，英国文学受文艺复兴影响进入近代英国文学时期，一直持续到 18 世纪。近代英国文学先后经历了伊丽莎白时代、詹姆斯王朝时期、启蒙主义思想阶段，诞生了弗朗西斯·培根、威廉·莎士比亚、约翰·弥尔顿、丹尼尔·笛福、亨利·菲尔丁等深刻影响英国文坛的名人，开辟了英国文学新天地。19 世纪之后，英国进入现代文学时期，浪漫主义文学、现实主义文学和现代主义文学登上历史舞台。到了 20 世纪 80 年代，受后现代主义思潮影响，当代英国文学兴起，一直延续至今。

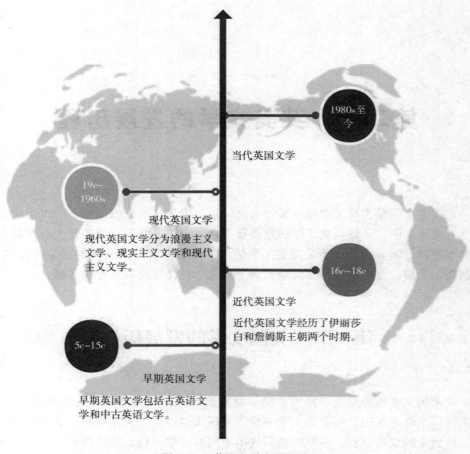

当代英国文学

现代英国文学

现代英国文学分为浪漫主义
文学、现实主义文学和现代
主义文学。

近代英国文学

近代英国文学经历了伊丽莎
白和詹姆斯王朝两个时期。

早期英国文学

早期英国文学包括古英语文
学和中古英语文学。

图 2-1　英国文学发展历程

一、早期英国文学（5 世纪—15 世纪）

（一）古英语文学

公元 5 世纪时，北欧的盎格鲁、撒克逊、朱特人等三个日耳曼部落入侵
英国，成为英格兰岛的早期居民，这为早期英国文学的诞生提供了肥沃土壤。
早期英国文学包括古英语文学和中古英语文学两类，而古英语是盎格鲁-撒克
逊人使用的语言，所以盎格鲁-撒克逊时期文学是古英语文学时期的主流，宗
教文学也在该时期产生。

5 世纪至 9 世纪是古英语文学时期。5 世纪中叶，由于三个日耳曼部落侵
入大不列颠群岛，他们创作的游吟诗歌成为英国文学早期诗歌的主要形态。
此时，英国文学还以凯尔特人创造的口头文学为主，还未形成书面文学。公

元 5 世纪末期，随着罗马帝国陷落，欧洲结束了古典时代而进入到漫长的中古时代，基督教文化成为欧洲文化的精神支柱。公元 590 年，罗马教皇格里高利组织了一批四十余人的布道团，出罗马城西行。597 年，他们渡过英吉利海峡来到肯特王国。自此，基督教传入英国，肯特国王阿瑟尔伯特皈依基督教，该教僧侣开始以拉丁文著书写诗，从而出现了宗教文学。由盎格鲁-撒克逊神学家、历史学家比德（Bede，672—735）撰写的 732 年完成的著作《英国人民宗教史》既有难得的史实，又富于哲理的传说，是这一时期最有历史和文学价值的作品。

8 世纪左右，大概英国北部或中部的基督教诗人写定的盎格鲁-撒克逊人的史诗《贝奥武甫》问世。《贝奥武甫》（《Beowulf》）又译为《贝奥武夫》，是盎格鲁-撒克逊时期最古老的、最长的、最具代表性的较完整文学作品，也是欧洲最早的方言史诗。最初的英国文学是口头的，能说会道的人们用歌唱的方式吟诵故事与传说，他们认为好的故事要经过说唱、吟诵才更加动听。每唱一次，斯可卜（讲故事的人）就会在故事上进行一次增饰，有的人还把许多不同的故事汇编成一个长篇故事，用口耳代代传递，最后才有写本。此时期，保存下来的写本少之又少，《贝奥武甫》是写本中保存最完整的英国民族史诗，与法国的《罗兰之歌》、德国的《尼伯龙根之歌》并称欧洲文学的三大英雄史诗。

《贝奥武甫》的故事内容包括两部分：第一部分讲述瑞典南部济兹王子贝奥武甫拜访丹麦洛斯格国王时，与妖怪哥伦多及其母亲战斗的故事；第二部分讲述贝奥武甫回国被拥戴为王，治理国家五十年并于垂暮之年杀死喷火巨龙，身受重创而死的故事。该作品主人公身上有着英吉利民族特有的尚武精神，反映了盎格鲁-撒克逊时期的社会、政治、伦理以及文化，充满了异教神话和英雄主义色彩，既表现了善与恶纠缠的复杂人性斗争色彩，又体现了一种悲壮的命运感，是一部文学价值较高的英雄史诗。《贝奥武甫》是英国文学的开端，体现了日耳曼文化和基督教文化两种不同的文化传统，在英国文学史上享有盛名。

9 世纪末，盎格鲁-撒克逊英格兰时期威塞克斯国王阿尔弗雷德大帝（Alfred the Great，871—899）为了提高宗教界和俗世的识字率，决定把拉丁文著作翻译成盎格鲁-撒克逊语。他召集一批学识渊博的学者到英格兰从事翻译工作，自己也不时参与其中，翻译了罗马哲学家波爱修斯（Boethius，480—524）的《哲学的慰藉》（《The Consolation of Philosophy》），格利高历的《教士守则》，并称其为《牧人手册》。与此同时，他还主持编写了《盎格鲁-撒克逊编年史》，后人续写编至 1154 年。这部编年史作品是用古英语（盎格鲁-撒克逊语言）写的第一部历史著作，记载了公元 450 年至公元 1154

年每一年的重大事件。

（二）中古英语文学

1066 年诺曼人入侵英格兰，带来了欧洲大陆的封建制度和文化，也带来了一批说法语的贵族。此时，古英语因受到统治阶层语言的影响而发生了变化，12 世纪后发展为中古英语。中古英语文学时期，文学出现了新风尚，开始流行模仿法国的韵文体骑士传奇。韵文体骑士传奇文学专门描写高贵的骑士所经历的冒险生活和浪漫爱情故事，以亚瑟王和绿衣骑士们为主线的故事反复出现在中世纪的历史和文学作品中，代表作品是《高文爵士与绿衣骑士》（《Sir Gawain and the Green Knight》）。

《高文爵士与绿衣骑士》创作于 14 世纪，题材属于亚瑟王和圆桌骑士的传说系列，全诗共 2529 行，是中世纪封建贵族文化的精华所在，代表了中古英格兰北部头韵体诗歌艺术的最高成就。全诗一共分为四部分。第一部分讲述：卡美洛的圣诞夜前夕，一名身披绿色战甲、骑着绿马的骑士闯进宫廷大殿，向亚瑟王的众骑士挑战。圆桌骑士团的高文接受挑战并砍下绿衣骑士的头颅。然而，绿衣骑士并没有死，并要求高文在第二年的元旦到绿教堂找他并接受他的回砍。

第二部分讲述：第二年高文前往绿教堂赴约，途中跋山涉水、翻山越岭，终于来到绿教堂附近的古城堡。古城堡主人热情招待高文，并要求高文用自己的物品与主人白天狩猎所得的猎物交换，以换取城堡的短暂居住权。

第三部分讲述：城堡主人的夫人向高文示爱，高文立马拒绝。晚上主人把猎物送给高文时，高文以吻作为交换，第二天亦是如此。直到第三天，夫人送给高文一条刀枪不入的绿色腰带，高文想到与绿骑士的约定而没有拒绝。晚上，高文没有将绿腰带作为交换礼物给主人，而是吻了主人三下。

第四部分讲述：高文离开城堡，前往绿教堂践行之前的约定，并发现绿衣骑士就是城堡的主人。《高文爵士与绿衣骑士》在描写贵族生活的同时歌颂了骑士身上勇敢诚实、颇有绅士风度和荣誉感的骑士精神。

14 世纪后半叶，中古英语文学发展到了高峰时期，出现了类似古英语诗的头韵体诗，其中教会小职员威廉·兰格伦（William Langland，约 1330—1400）创作的头韵体长诗《农夫皮尔斯》（《Pierce the Ploughman》）是典型代表作品。作为当时的主要诗人，他与杰弗雷·乔叟推动了 14 世纪英国民族文学的发展与英国民族通用语言的形成。

《农夫皮尔斯》是以中世纪梦幻故事形式写成的教诲诗，通过描绘梦中的景象来展现当时英国社会生活图景，以寓言故事的方式惩恶扬善。《农夫皮尔斯》长诗由两部分组成，一部分是皮尔斯的梦境，另一部分是"寻求好、更好、最好"的一连串幻想。作为一部鸿篇巨制的诗歌作品，《农夫皮尔斯》凭借广阔的社会背景、强烈的艺术力量和先锋的民主思想成为欧洲中世纪文学的典范之作。

同一时期，中古英语文学出现了最具代表性的人物杰弗雷·乔叟（Geoffrey Chaucer，约 1340—1400），他被公认为是中世纪英国最伟大的诗人之一，英国诗歌的奠基人，被后人誉为"英国诗歌之父"。中世纪英国僧院文学用拉丁文，骑士诗歌用法语，民间歌谣才用英语，英语被视作难登大雅之堂的粗鄙语言。乔叟却以敏锐的文学眼光发现了伦敦方言的强大生命力，无论是翻译还是创作时，他都坚持使用民间英语作为表现工具，最终将其提升到了英国文学语言的高度。乔叟的出现标志着以本土文学为主流的英国书面文学历史的开始，他的作品推动了英语作为英国统一民族语言的进程。

乔叟的诗歌创作主要有三个时期，法国影响时期（1359—1372）、意大利影响时期（1372—1386）和成熟时期（1386—1400）。法国影响时期，他主要用伦敦方言翻译并模仿法国诗歌作品，创作了《公爵夫人之书》（《Book of the Duchess》）；意大利影响时期，他开始接触资产阶级人文主义进步思想，创作了《白鸟议会》（《The Parliament of Fowls》）、《贤妇传说》（《The Legend of Good Women》）、《特洛伊罗斯与克丽西达》（《Troilus and Criseyde》）；成熟时期，其文学作品内容与技巧已达至臻之境，《坎特伯雷故事》（《The Canterbury Tales》）就是出自这一时期的巅峰名作。

《坎特伯雷故事》全书包含一篇总引和二十三篇故事，其中散文两篇，剩下的都是诗体。整个诗集堪称文学体裁宝库，囊括了骑士故事、市井故事、悲剧故事、喜剧故事、传奇、圣徒传、历史传说、宗教奇迹故事、宗教寓意故事、布道词等在内的当时欧洲大多数体裁。关于诗集内容，乔叟巧妙地设计了一群香客到坎特伯雷城朝圣的故事主线，讲述朝圣过程中教士、武士、修女、大学生、工匠等不同社会阶层人物的故事，生动反映了当时的社会风貌，揭露社会的腐败，宣扬世俗享乐，具有了初步的反封建和人文主义倾向。

乔叟不仅创作了享誉世界的名作，而且开创了传统。他的先锋实验精神与文学实践探索开辟了英国文学新时代，夯实了伊丽莎白时期英语文学全面繁荣的基础，莎士比亚等文学巨匠是乔叟文学创新时代的最大受益者。

二、近代英国文学（16 世纪—18 世纪）

（一）伊丽莎白时期文学（文艺复兴时期文学）

文艺复兴时期与伊丽莎白女王执政时期重叠，文艺复兴的理论与思想给伊丽莎白时期的英国文学带来了深远影响，开启了英国文学创作新时代。这一时期是英国文学高峰时期，文学艺术家层出不穷，文学作品百花齐放，诗歌与戏剧文学成就最为突出。

16 世纪，英国掀起一场诗歌文学风尚，流行于贵族生活圈。托马斯·怀亚特（Thomas Wyatt，1503—1542）和亨利·霍华德（Henry Howard，1517—1547）两位诗人揭开了伊丽莎白时期的文学序幕，他们将意大利人文主义诗歌形式——十四行诗引入英国，为英国诗歌建立了一个优良传统。作为英国文学复兴时期诗歌领域的先行者，怀亚特一直遵循传统意大利式文体，他的许多作品都翻译或效仿意大利诗人彼特拉克的十四行诗，以爱情修炼为主题，讲述痴情追求者与冷酷无情、心有所属的情人之间的纠葛故事。不过，怀亚特在效仿彼得拉克十四行诗的基础上对诗歌韵律进行了大胆创新，他继承了彼得拉克十四行诗前八句的格式，改变了后六句无定式格式，将后六句固定为 cddcee 格式。此举定义了英国十四行诗格式。除此之外，怀亚特还创造了保尔特韵律——交替使用十二音节句和十四音节句，被称为四抑扬音步大师。

霍华德又被叫作萨里伯爵，从小生活在亨利八世的王室家庭，1532 年随国王一起到法兰西，此后自己的文学艺术生命觉醒。他与怀亚特伯爵一起将十四行诗引入英国，成为英国文学史上第一个创作无韵诗的诗人。1557 年，萨里伯爵翻译的《埃涅阿斯纪》卷二和卷四译作将无韵诗格式带入英国文学。他追随韦艾特采用意大利诗的格式写英国诗歌，把韦艾特翻译的彼特拉克十四行诗重新翻译，清晰流畅、修辞优美的翻译积极推动了英国十四行诗的发展，莎士比亚沿用了他的十四行诗形式。

英国戏剧起源于中世纪教堂的宗教仪式，内容以圣经故事为主。14/15 世纪的英国舞台上，戏剧大放异彩。到了 16 世纪末，戏剧进入全盛时期，成为英国文学史上举足轻重的文学存在。伊丽莎白时期之前，戏剧以神秘剧、奇迹剧和道德剧为主。伊丽莎白时期，悲剧家克里斯托弗·马洛（Christopher Marlowe，1564—1593）开创了一种新戏剧——悲剧，为莎士比亚的悲剧创作奠定了坚实基础。作为文艺复兴时期的"大学才子"之一，他留下了可观的戏剧财富，代表作品有《帖木儿大帝》（《Tamburlaine》）、《浮士德博士的悲剧》（《The Tragical History of Doctor Faustus》）、《马耳他岛的犹太人》（《The Jew of Malta》）等。

威廉·莎士比亚（William Shakespeare，1564—1616）与马洛同年出生，在戏剧创作风格上也与马洛品位一致，他笔下的悲剧作品闻名世界。作为英国文艺复兴时期最伟大的戏剧家，莎士比亚以精妙的语言鲜活地刻画了没落的封建主义时期与资本主义原始积累时期的英国社会生活。根据作品的戏剧思想和艺术风格，如图 2-2 所示，莎士比亚戏剧创作可以分为三个时期：历史剧和喜剧时期、悲剧时期和传奇剧时期。

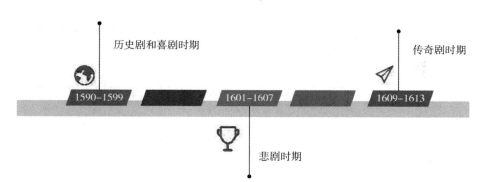

图 2-2　莎士比亚戏剧创作的三个时期

历史剧和喜剧时期（1590—1599），莎士比亚的精力主要集中在诗歌、历史剧和喜剧的创作上，诗歌作品有爱情诗《爱情的礼赞》、长诗《维纳斯与阿多尼斯》，历史剧作品包括《亨利六世上篇》《亨利六世中篇》《亨利六世下篇》《理查三世》《维洛那二绅士》等，喜剧作品涉及《仲夏夜之梦》《威尼斯商人》《驯悍记》等。此外，传世经典《罗密欧与朱丽叶》作为一出爱情悲剧也诞生于该阶段。

悲剧时期（1601—1607），受社会经济生活影响，莎士比亚的创作风格转喜为悲，创作了震撼世界文坛的四大悲剧，《哈姆雷特》（《Hamlet》）、《奥赛罗》（《Othello》）、《李尔王》（《The King Lear》）、《麦克白》（《Macbeth》）。《哈姆雷特》是莎士比亚戏剧中篇幅最长且最负盛名的一部，复杂的人物性格和完美的悲剧艺术手法代表了整个西方文艺复兴时期文学的最高成就。《奥赛罗》讲述了一个嫉妒心超强的摩尔人因轻信他人谗言而杀害无辜妻子的悲剧故事。《李尔王》讲述了国王李尔王偏信诌媚的大女儿和二女儿，退位后却被大女儿、二女儿赶进荒郊野岭，被他抛弃的三女儿却率军救父的故事。莎士比亚认为《李尔王》是他笔下最好的一部戏剧、最伟大的作品，英国诗人雪莱评价《李尔王》是世界上最完美的戏剧诗样本。《麦克白》是莎士比亚悲剧作品中故事情节最简单，但效果最为阴森恐怖的戏剧作品，讲述了英格兰大将麦克白受三名女巫蛊惑弑君篡位、残害百姓、不得善终的故事。

传奇剧时期（1609—1613），莎士比亚的戏剧创作生涯来到末期，创作风格转向浪漫空幻。他通过娴熟的艺术手法将悲剧要素与喜剧要素相结合，创作出浪漫的传奇剧，用美好的结局冲淡悲虐的过程，抚慰人心。莎士比亚的传奇剧包括《辛白林》（《Cymbeline》）、《冬天的故事》（《The Winter's Tale》）和《暴风雨》（《The Tempest》），其中《暴风雨》最为著名。

除了是一位戏剧巨匠外，莎士比亚在诗歌方面成就也较为突出。莎士比亚的十四行诗自问世以来一直备受追捧，其表现内容包括友情、爱情、艺术以及时间等等，将诗人对善的追求、恶的厌恶、爱的向往发挥得淋漓尽致。莎士比亚是西方戏剧史的丰碑，他将重韵体诗文体融入剧本创作，他的戏剧既体现了无与伦比的结构，又表现了驾轻就熟的语言天赋。莎士比亚戏剧的语言是诗化的语言，许多已经发展为英语成语和典故，极大地丰富了英国文学辞藻。

（二）詹姆斯王朝时期文学（王政复辟时期文学）

詹姆斯王朝时期文学是指 1660 年王政复辟后的文学，一直延续整个 18 世纪，许多典型文学形式成熟于这一时期，包括小说、传记、历史、游记等。与此同时，英国抒情诗来到第三时期，诗人展开了至真、至善、至美的诗歌追求，包括约翰·德莱顿（John Dryden，1631—1700）、亚历山大·蒲柏（Alexander Pope，1688—1744）等人。

约翰·德莱顿，英国诗人、剧作家、戏剧评论鼻祖人物，一生为贵族写作，被封为"桂冠诗人"。他最先提出玄学诗人一词，是英国诗歌和散文真正的革命家，对押韵对句定型的贡献让其成为这一时期英国诗坛鼻祖，成为英国文学界的主导人物。德莱顿的诗歌以"颂"和"讽"为中心，颂诗有《英雄诗》《回来的星辰》等；讽刺诗有《押沙龙与阿齐托菲尔》。作为一名文学家，德莱顿在戏剧上也颇有建树，创作了喜剧《疯狂的豪侠》、悲喜剧《女情敌》、英雄悲剧《印度皇后》《印度皇帝》等。

亚历山大·蒲柏是 18 世纪英国最伟大的诗人，推动了英国新古典主义文学的发展。蒲柏是诗歌创作天才，12 岁开始发表诗作，21 岁发表《田园诗集》。蒲柏一生所作作品大致分为四类：田园诗、讽刺诗、哲理诗和翻译作品，其中讽刺诗写的最为出色。蒲柏喜欢用严肃华丽的语言形式表现搞笑滑稽的生活，令人捧腹大笑的同时又发人深省，讽刺诗代表作有《夺发记》《鬈发遇劫记》。蒲柏对于英国诗歌史最伟大的贡献在于完善和扩充了英雄双韵体诗，他的诗歌多采用英雄双韵体，词句精练工整、机敏优雅、富有哲理，许多诗行都能成为格言，用以警醒、鼓励后人。

英国的新古典主义文学兴起于斯图亚特王朝复辟时期，在启蒙主义思想传播过程中，新古典主义者们认为所有的文学作品都应该效仿古希腊罗马的著作以及当时法国的经典著作，将为人文主义服务作为文学作品价值的最终体现。新古典主义者们设定了创作的规则，散文要简单直白、有灵性，诗歌的每一种诗体都要有独立的创作原则，戏剧要用英雄体偶句。良好的秩序、规范的格式、统一的结构、简明的语言就是新古典主义文学。直到 18 世纪后半叶，英国新古典主义文学经历了复兴时代、全盛时代和约翰逊时代，诞生了约翰·弥尔顿、丹尼尔·笛福、亨利·菲尔丁、塞缪尔·约翰逊等著名小说家、文学家。

约翰·弥尔顿（John Milton，1608—1674）是英国文学史上最伟大的六大诗人之一，一生写了大量的作品，题材涉及婚姻、宗教、政治、教育等多个方面，反复倡导政治自由、宗教自由和个人自由。《圣诞晨歌》是弥尔顿的成名之作，描述了基督的产生与发展，其后他又创作了《科马斯》《论出版自由》《为英国人民声辩》《失乐园》《复乐园》《力士参孙》等作品。

丹尼尔·笛福（Daniel Defoe，1660—1731）是英国新古典主义小说家，被誉为"欧洲小说之父""英国小说之父"。笛福将创作的焦点聚集在平民身上，开创了英国现实主义文学风气的先河，与以往文学作品相比，其艺术形式和艺术质量都获得了极大的突破。作为英国启蒙时期现实主义小说的奠基人，他所创作的《鲁滨孙漂流记》《辛格尔顿船长》《摩尔·弗兰德斯》等至今风靡文坛。

亨利·菲尔丁（Henry Fielding，1707—1754）是英国启蒙运动的代表人物之一，是英国第一个用完整的小说理论来从事创作的作家，被萧伯纳认为是除莎士比亚以外英国中世纪到19世纪最伟大的剧作家，与丹尼尔·笛福、塞缪尔·理查逊并称为英国现代小说的三大奠基人。菲尔丁以创作现实主义小说为主，代表作品包括《约瑟夫·安德鲁传》《汤姆·琼斯》《阿米莉亚》。《汤姆·琼斯》这部作品意义非凡，作为英国小说中结构最完美的作品之一，它反映了菲尔丁对小说创作理论的自觉意识，标志着菲尔丁的小说艺术走向成熟。

塞缪尔·约翰逊（Samuel Johnson，1709—1784）是英国文学史上著名的作家和批评家，其对小说、诗歌、散文等文学作品的评论，即使是只言片语，也被奉若神明。在约翰逊时代，英国文学已经开始向浪漫主义方向发展，"三一律"走下神坛，约翰逊被看作那一时期最宽容的新古典主义者。约翰逊一生写过《伦敦》《人类欲望的虚幻》《阿比西尼亚王子》等作品，还编注过《莎士比亚集》，但是这些都不如他所编纂的《英语大辞典》对英国文学界的贡献大。

三、现代英国文学（19世纪初—1960年）

（一）浪漫主义文学

19世纪初，在法国大革命浪潮冲击下英国浪漫主义文学崛起，威廉姆·布莱克（William Blake，175—1827）、罗伯特·彭斯（Robert Burns，1759—1796）等作为先驱创作了《天真之歌》《苏格兰方言诗集》等作品。随着浪漫主义思潮愈演愈烈，浪漫主义诗歌文学形成了两个对立的流派，消极浪漫主义和积极浪漫主义。消极浪漫主义，顾名思义，消极避世，留恋过去；积极浪漫主义则积极主动，敢于正视现实。

消极浪漫主义的代表人物有威廉·华兹华斯（William Wordsworth，1770—1850）、塞缪尔·柯勒律治（Samuel Taylor Coleridge，1772—1834）和罗伯特·骚塞（Robert Southey，1774—1843），他们是第一批真正意义上的英国浪漫主义大师，被称为"湖畔派"。华兹华斯是"湖畔派"成就最高者，与柯勒律治共同出版的《抒情歌谣集》是英国浪漫主义文学的奠基之作，诗集中收录的大部分诗歌为华兹华斯所作。

积极浪漫主义的代表人物有拜伦（Byron）、雪莱（Shelley）和济慈（Keats），他们联手将浪漫主义文学推向高潮。乔治·戈登·拜伦（George Gordon Byron，1788—1824）作为誉满欧洲的诗人，一生创作了无数优秀的作品，包括长篇叙事诗《少侠哈罗尔德游记》《唐璜》等，诗剧《曼弗莱德》《该隐》等，讽刺诗《审判的幻景》。波西·比希·雪莱（Percy Bysshe Shelley，1792—1822）是与拜伦齐名的诗人和政治家，他的一生都怀有追求美好理想的信念，其作品充满了积极、自由的气息。《麦布女王》《伊斯兰的起义》《西风颂》《解放了的普罗米修斯》等都是他的代表作。约翰·济慈（John Keats，1795—1821）是第二代浪漫主义诗人，一生获得了许多称号，像"一个把名字写在水上的人""英格兰的夜莺""露珠培养出来的一朵鲜花"等。他的诗歌具有唯美主义倾向，常常给人色彩感和立体感，表达了对永恒自然美的热爱和对庸俗现实的唾弃，代表作有《夜莺颂》《秋颂》《灿烂的星》等。

浪漫主义文学时期的小说同样成就斐然，当时的小说主要内容包括哥特小说和历史小说，代表人物有沃尔特·司各特。沃尔特·司各特（Walter Scott，1771—1832）是英国著名历史小说家和诗人。自浪漫主义诗歌巨匠拜伦（George Gordon Byron）出现以来，其他诗人的地位摇摇欲坠，司各特也不例外。因为无法超越拜伦，司各特退而求其次，转型历史小说创作，为英国文坛贡献了30多部历史小说巨作，包括《威弗利》《艾凡赫》《惊婚记》等。

浪漫主义文学让英国文学作品摆脱理性束缚，开始重视内心世界、自我情感的描摹与抒发，人们经常能在浪漫主义文学作品中读出崇尚自然、回归自我的味道。宣扬自我、张扬个性是浪漫主义文学对英国文学做出的最大贡献，它冲垮了理性统治一百余年的英国文学城墙。

（二）现实主义文学（维多利亚时期文学）

19世纪30年代后是英国现实主义文学时期，出现了狄更斯、萨克雷、勃朗特、王尔德等重要作家。查尔斯·狄更斯（Charles Dickens，1812—1870）是批判现实主义作家，出身海军小职员家庭的他特别同情英国社会底层小人物的生活遭遇，笔下作品深刻反映了英国复杂的社会现实，为英国批判现实主义文学的产生与发展做出了突出贡献，代表作品有《雾都孤儿》《双城记》《老古玩店》《远大前程》等。狄更斯的小说证明了文学与社会历史的相生关系，对于理解维多利亚社会文化大有裨益。

"边缘人物"是狄更斯小说的亮点，也是维多利亚时期英国社会的真实存在。狄更斯第一个注意到他们并以同情、怜悯的语调将他们写进现实主义小说，激起了社会对"边缘人物"生存命运的关注。"边缘人物"的出现丰富了现实主义小说创作，为下层中产阶级作家 H·G·威尔斯（Herbert George Wells）、阿诺德·班奈特（Arnold Bennett）指明了写作方向。19 世纪，狄更斯小说家的地位无人能及，卡夫卡（Franz Kafka）、贝克特（Samuel Beckett）、陀思妥耶夫斯基等后世作家深受其影响。

威廉·梅克比斯·萨克雷（William Makepeace Thackeray，1811—1863）是与狄更斯齐名的维多利亚时期小说家，是英国小说发展高峰期的重要作家，代表作为《名利场》。《名利场》主要讲述了穷画家女儿蓓基·夏泼不堪受辱歧视，通过出卖色相不择手段向上爬的故事。小说以主人公的遭遇为缩影，辛辣讽刺了英国上流社会没落贵族和资产阶级暴发户的丑恶嘴脸，无情地揭露了英国社会的黑暗面。除了《名利场》外，萨克雷还创作了《纽克姆一家》《巴利·林顿的遭遇》《势利眼集》等作品，其写作风格继承了讽刺小说传统。

托马斯·哈代（Thomas Hardy，1840—1928）是维多利亚时期最后一位小说家，是批判现实主义文学的代表人物，擅长运用社会心理小说、社会讽刺剧等形式对资本主义社会的政治、道德和文化生活进行无情的揭露和批判。哈代的作品将自然的乡土气息、诗一样的温情和严肃的世界观混融在一起，制造出了人生的冲突和命运的悲剧。哈代一生共发表了将近 20 部长篇小说，《德伯家的苔丝》《无名的裘德》《卡斯特桥市长》《还乡》等是他的代表作。

（三）现代主义文学

伍尔芙认为 1910 年是英国小说从传统现实主义走向现代主义的年份，英国小说从此迈入了一个新时代。英国现代主义文学代表作家有萧伯纳、高尔斯华绥、叶芝、戈尔丁等人。

维吉尼亚·伍尔芙（Virginia Woolf，1882—1941）是 20 世纪最伟大的小说家之一，是英国文坛前卫开拓者之一，是现代主义文学和女性主义潮流的先锋人物，革新了英国语言。伍尔芙的小说采用意识流的写作手法，试图探究人类心底潜藏的秘密。她与乔伊斯、普鲁斯特等一起将意识流文学推向世界，建立了传统文学与现代文学的分水岭。女性主义是伍尔芙作品的核心，代表作有《达洛维夫人》《到灯塔去》等。

威廉·巴特勒·叶芝（William Butler Yeats，1865—1939）是英国象征

主义诗歌代表人物，是爱尔兰文艺复兴运动的领导人之一。叶芝的诗歌受浪漫主义、唯美主义、审美主义、象征主义和玄学诗的影响，风格独特。早期，叶芝的诗歌创作具有浪漫主义华丽气息，如《凯尔特的薄暮》。后来诗人逐渐抛弃传统诗歌样式，在现代主义诗人庞德等人的影响下以及爱尔兰民族主义政治运动感受下，其诗歌语言越来越犀利，直奔主题，如《七片树林》《绿盔》等。

乔治·伯纳德·萧（萧伯纳，George Bernard Shaw，1856—1950）是英国现代杰出的现实主义戏剧作家，是诺贝尔文学奖得主，是幽默与讽刺语言大师。萧伯纳一生荣誉众多，其文学作品展示了不同人性魅力，体现了人文主义关怀，具有强烈的批判现实主义精神。他的大部分戏剧作品已经被列为经典剧目，至今仍在世界舞台上燃烧生命，个性的人物形象、精妙的戏剧语言、复杂的艺术样式使"萧伯纳式"戏剧拥有独特魅力。

四、当代英国文学（20世纪80年代至今）

20世纪80年代左右，英国文坛涌现出了一批文学新秀，如艾米斯、斯威夫特等，他们以文学的形式表现历史，关怀国家、民族发展，关照人类生存现状。受后现代主义思潮影响，不少小说家围绕历史题材创作作品，他们的作品被称为"新型历史小说"。

马丁·艾米斯（Martin Amis）是著名的运动派诗人、英国作家、文学评论家，代表作品为《时光之箭》。《时光之箭》是一部历史题材小说，叙事新颖，现实主义伴随意识流，倒叙讲述主人公成为纳粹医生的故事，给人似真似幻的艺术感。格雷厄姆·斯威夫特（Graham Swift）在当代英国文坛独树一帜，他喜欢探究历史，其作品经常穿梭于过去的时空，勾勒逼真而古老的时代画像。

当代英国文学风格复杂多变，与早期英国文学的艺术形式和创作技巧大相径庭。现实主义与实践主义相互交叉，妇女作家层出不穷，当代英国文学呈现出多元化发展的趋势。

▪▪▪▪▪ 第二节　美国文学的发展历程 ▪▪▪▪▪

美国文学发展过程是一个对各民族文学不断吸收与融合的过程，诞生了早期浪漫主义文学、超验主义与后期浪漫主义文学、自然主义文学、迷惘文学、南方文学等文学流派，多样性和复杂性是美国文学典型风格。与英国文学不同，美国文学的发展较快，如图 2 - 3 所示，一共经历了近代美国文学、现代美国文学和当代美国文学三个阶段。

图 2 - 3　美国文学发展历程

一、近代美国文学

（一）英属北美殖民地时期文学

英属北美殖民地时期，美国文学主要是印第安人文化和早期移民文化，它们是美国文学的土壤。印第安人是北美洲土著居民，他们在长期的自然生产中形成属于自己的文化。由于处于早期文明阶段，印第安人没有文字，主要依靠民间口头创作，创作内容包括神话传说和英雄传说。后来，大批移民进驻美国，早期移民文化逐步形成。这一时期，英国殖民统治者利用宗教进行思想殖民，出现了很多关于神学的作品，如以民歌形式写成的圣诗《海湾圣诗》。

（二）北美独立革命时期文学

北美独立革命时期是美国民族文学形成时期，独立革命是民族文学诞生的背景。独立革命之后，美国文学逐渐摆脱英国文学的统治，作家们积极吸取欧洲浪漫派文学的精髓，生动描绘美国的历史、传说和现实生活，美国的民族文化内容逐渐丰富而充实。到南北战争前夕，浪漫主义运动始终处于全盛时期，涌现出了许多不同风格的文学家，如菲利普·弗瑞诺、托马斯·杰弗逊、帕特里克·亨利等。

二、现代美国文学

（一）浪漫主义文学

19 世纪 20 年代到南北战争结束后的二三十年内，民主、自由的情绪始终包裹着美国人民，这一时期浪漫主义处于文学创作的主导地位，先后经历

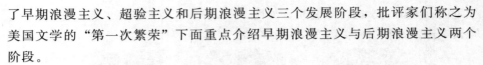

了早期浪漫主义、超验主义和后期浪漫主义三个发展阶段，批评家们称之为美国文学的"第一次繁荣"下面重点介绍早期浪漫主义与后期浪漫主义两个阶段。

1. 早期浪漫主义文学

早期浪漫主义文学始于 18 世纪末，其最典型的特点是喜欢歌咏大自然，作家经常将人物置于美好安宁的大自然中，以反衬现实生活的丑陋不堪，体现自己理想中的生活样貌。因此，早期浪漫主义文学具有强烈的主观色彩，注重内心世界和个性体验的表达，代表人物有欧文、库珀、布莱恩特、朗费罗等。

华盛顿·欧文（Washington Irving，1783—1859）是美国文学之父。作为 19 世纪美国最著名的作家，欧文关注欧洲的奇闻逸事和风俗习惯，常常以英国为背景撰写小说和随笔，作品充满了浪漫主义传奇色彩。他的一生有两部非常重要的作品，《纽约外史》和《见闻札记》。《纽约外史》是欧文第一部重要作品，他以逗趣的形式描绘城市传统，讽刺荷兰殖民者的统治，批驳殖民主义者的暴行和其为自身行为所制造的荒谬论据。欧文用本国题材写出的《纽约外史》帮助美国摆脱了英国文学束缚，对美国民族文学发展起到了积极促进作用。另一部重要的作品是《见闻札记》。《见闻札记》是欧文最具代表性的传世作品，开创了美国短篇小说先河。

詹姆斯·费尼莫·库珀（James Fenimore Cooper，1789—1851）是美国民族文学奠基人之一。库珀的文学生涯开始较晚，31 岁才进行小说创作。第一部小说《戒备》，出版并不成功。后来库珀改变方向，先后创作了革命历史小说《间谍》、边疆冒险小说《拓荒者》、海上冒险小说《舵手》，这三部小说开创了美国文学史上三种重要的小说类型，推动了美国文学的进步与发展。库珀一直被人称作美国的沃尔特·司各特，是美国小说的鼻祖，《皮袜子故事集》是最具代表性的作品。

亨利·华兹华斯·朗费罗（Henry Wadsworth Longfellow，1807—1882）是 19 世纪最伟大的浪漫主义诗人之一，毕生致力于介绍欧洲文化和浪漫主义作家的作品，是新英格兰文化中心剑桥文学界和社交界的重要人物。朗费罗一生最主要的诗作是三首长篇叙事诗（通俗史诗），《伊利吉林》《海华沙之歌》和《迈尔斯·斯坦迪什的求婚》。《伊利吉林》采用六音步无韵诗体，重点描绘了宁静的田园景色和劫后被拆散的恋人的痛苦；《海华沙之歌》是根据印第安人传说精心构思的四音步扬抑格长诗，歌颂了西风之子——印第安人领袖海华沙一生的英雄功绩；《迈尔斯·斯坦迪什的求婚》根据普利茅斯移民传说改写，讲述了一个军官请好友代为求婚结果给他人作嫁衣的故事。

2. 后期浪漫主义文学

19 世纪 30 年代以后，美国文学进入后期浪漫主义创作阶段，代表人物包括爱默生、梭罗、惠特曼等人。拉尔夫·瓦尔多·爱默生（Ralph Waldo Emerson，1803—1882）是杰出的散文家、思想家和诗人，是 19 世纪美国最伟大的哲学家。1836 年，爱默生匿名发表了超验主义思想代表著作《论自然》。《论自然》在现代散文中第一次提倡把乡野世界看作一种无所不包的积极力量，扭转了人们看待自身和他人的方式，是新英格兰超验主义圣经。爱默生的超验主义理论为美国浪漫主义文学运动开辟了道路，具有重要的现实意义。除此之外，他还主张构建独立的美国文学和文化，这一点在《美国学者》和《论诗人》中有所体现。《美国学者》是美国思想文化领域的独立宣言，指出美国本土文化由美国人自己书写，而《论诗人》讲述了理想中的诗人和诗歌，指出诗人的重要性。爱默生始终站在时代前沿，大胆倡导新英格兰超验主义运动，有力促进了美国浪漫主义文学的发展与繁荣，推动了美国第一次文艺复兴的产生。

亨利·大卫·梭罗（Henry David Thoreau，1817—1862）是超验主义代表人物，是自然主义者，是美国著名的散文家，散文风格兼容并蓄、语言富有哲理，代表作品为《瓦尔登湖》。《瓦尔登湖》以大自然和人为主题，讲述了作者自己在瓦尔登湖畔小屋居住的人生经历，提倡人们返璞归真，回归自然生活。通过《瓦尔登湖》，梭罗讲述了现代文明逐渐使人堕落、社会道德日益沦丧的事实，劝诫人们坚守道德底线，找寻生活真正的意义。《瓦尔登湖》是美国文化发展史上一个重要的里程碑，为"美国梦"的诞生奠定了思想基础。

沃尔特·惠特曼（Walt Whitman，1819—1892）是美国著名诗人，代表作《草叶集》。作为美国现代文学开创者之一，惠特曼的诗歌渗透着对人类广泛的爱，他歌颂劳动、歌颂自然、歌颂物质文明、歌颂理想形象，批判一切不符合自由民主理想的社会现象，确立了不受传统格律束缚的自由诗地位，对美国、欧洲诗歌发展，甚至中国新诗的萌芽产生了积极影响。

（二）现实主义文学

南北战争结束后，美国经过几次经济危机，各种社会矛盾问题日益凸显，文学家们对社会前景感到担忧，于是创作基调从浪漫主义转向现实主义，主题涉及农村破产、城市下层人民困苦、种族歧视、劳资斗争等方面，现实主义文学开始占据文学主流地位。如图 2-4 所示，现实主义文学共经历两个阶段：

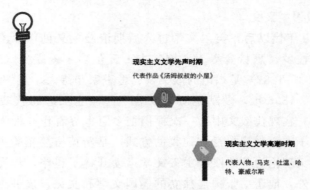

现实主义文学先声时期

代表作品《汤姆叔叔的小屋》

现实主义文学高潮时期

代表人物：马克·吐温、哈特、豪威尔斯

图 2-4　美国现实主义文学的发展

1. 现实主义文学先声时期

19 世纪，美国历史进程中南北战争是最主要的历史事件，这一事件形成了以废除黑奴制为创作主题的废奴文学。废奴文学是现实主义文学的先声，带领美国文学从浪漫主义转入现实主义。废奴文学兴起期间，诗歌、小说、散文等均发挥巨大作用，影响力最大的作品是《汤姆叔叔的小屋》外。《汤姆叔叔的小屋》是美国作家哈里特·伊丽莎白·比彻·斯托（Harriet Elizabeth Beecher Stowe，1811—1896）发表的一部反奴隶制长篇小说，对美国社会产生了巨大影响。林肯曾因《汤姆叔叔的小屋》接见斯托夫人，并感慨："你就是那位引发了一场大战的小妇人。"除了《汤姆叔叔的小屋》外，希尔德烈斯（Richard Hildreth）的长篇小说《白奴》也曾在这片土地上广为流传，严厉抨击种族歧视和奴隶制度。

2. 现实主义文学高潮时期

南北战争后，现实主义的土壤得以滋润，现实主义文学快速发展起来。现实主义文学时期，小说领域的创作进一步成熟，出现了马克·吐温、哈特、霍威尔斯、詹姆斯等著名作家，他们回归美国乡土，展现各阶层生活图景和人们的内心感受。

马克·吐温（Mark Twain，1835—1910），原名萨缪尔·兰亨·克莱门，是美国批判现实主义文学的奠基人，被尊称为"美国文学之父"，一生中写了大量现实主义作品，体裁涉及小说、剧本、散文、诗歌等多方面。马克·吐温的作品批判了不合理的社会现象和丑恶的人性心理，表达了对普通劳动人民的关心。马克·吐温经历了从初期资本主义到帝国主义的发展过程，文学创作因社会环境变化也出现了一些调整，作品风格从轻松幽默到辛辣讽刺，最后变为悲观厌世，代表作品有《百万英镑》《哈克贝利·费恩历险记》《汤姆·索亚历险记》等。

弗朗西斯·布勒特·哈特（Bret Harte，1836—1902），美国西部文学的代表作家，以描写加利福尼亚州的矿工、赌徒而闻名。哈特幼时接受教育的机会很少，但是阅读广泛，这为其以后的小说创作奠定了基础。他擅长写短篇小说，写法颇具特色，被称为"西部幽默小说家""乡土文学作家"，代表作为《咆哮营的幸运儿》。

威廉·迪恩·豪威尔斯（William Dean Howells，1837—1920），19世纪美国著名小说家、文学批评家，美国现实主义文学奠基人。19世纪80年代，豪威尔斯进入小说创作爆发期，先后发表了《现代婚姻》《塞拉斯·拉法姆发家记》《时来运转》《小阳春》《牧师的职责》等作品。

《塞拉斯·拉法姆发家记》是豪威尔斯的代表作，主要讲述了矿漆商人拉帕姆成为百万富翁后遭受市场竞争的挫败而破产回乡的故事。豪威尔斯借主人公拉帕姆的经历来体现对恶性市场竞争的反对，赞扬了拉帕姆诚实守信、坚守道德的优秀品质。

豪威尔斯是一位名副其实的现实主义作家，他倡导现实主义创作，他的演讲稿《小说创作和小说阅读》较为系统地阐述了现实主义创作理论。他认为小说家既是创作者又是阅读者，小说家的任务是通过对真实生活的刻画引导读者理解现实社会。

亨利·詹姆斯（Henry James，1843—1916），英籍美裔小说家、文学批评家、剧作家和散文家，美国现代小说和小说理论的奠基人，代表作有《美国人》《一位女士的画像》《鸽翼》《专使》《金碗》等。詹姆斯开创了西方现代心理分析小说的先河，为美国现实主义文学发展做出了杰出贡献，为20世纪现代派和后现代派文学的崛起起到了巨大影响作用。

詹姆斯出生于纽约市一个富裕家庭，从小接受良好的家庭教育和学校教育。12岁去欧洲日内瓦、波恩等地上中学，长大后定居欧洲，在英国伦敦度过余生。詹姆斯的文学创作共有三个阶段：

詹姆斯文学创作的第一阶段：1869—1881年。这一阶段是詹姆斯的黄金时期，他创作了大量优秀作品。1869年，詹姆斯去欧洲各国游历，陆续发表小说并出版了短篇小说集《感伤的旅程》《跨大西洋见闻录》和旅游小说集《罗德里克·哈德孙》。1875—1876年，詹姆斯旅居巴黎并结识福楼拜、莫泊桑、屠格涅夫等著名作家，其间在《纽约论坛》发表多篇文学通讯。1877—1879年这两年是詹姆斯奠定国际文学地位的两年。1877年，他的人生第三部长篇小说《美国人》问世，这是一部"国际题材"的奠基性小说；1879年，《黛丝·米勒》的问世使詹姆斯彻底打响了国际名号。《黛丝·米勒》以美国和欧洲上流社会文化、生活方式对比为主题，讲述了美国青年温特朋和富商女儿黛丝的爱情故事。1881年，名作《贵妇人的画像》获得发表，巩固了詹姆斯小说家的地位。

詹姆斯文学创作的第二阶段：1885—1890年。这一阶段的詹姆斯比较沉寂，专注于理论学习与钻研，他主要进行了伦敦、巴黎艺术工作室和舞台问题研究，探索了一些小说创作新题材，发表的主要作品有《波士顿人》《悲惨的缪斯》等。

詹姆斯文学创作的第三阶段：1900—1916年。这一阶段，詹姆斯重拾国际题材小说创作，完成了人生中非常重要的三部长篇小说，即《鸽翼》《专使》和《金碗》，《专使》是他最满意的作品之一。《专使》中独特的句法结构和精妙的象征比喻对年轻一代小说家产生了直接影响，位列"20世纪百佳英语小说"第27位。

詹姆斯的小说大多以国际主题为主，重点刻画旅居欧洲的美国人形象。在小说中，詹姆斯以"真实"为基本原则，他认为真实感是一部小说至高无上的品质。与此同时，他还把经验应用于小说创作。真实生活作为小说的灵感来源，经验作为小说的基本素材，这是詹姆斯的现实主义。

（三）自然主义文学

19世纪90年代到20世纪30年代，美国文学史上发生了一场戏剧性变革。面对这场变革，有人认为这是浪漫主义的极端形式，有人认为这是消极悲观宿命论的反映，有人认为这是人类自由与进步的结果，还有人认为这是科学原理在小说领域的严肃应用。这场莫衷一是的文学运动被后人称为自然主义文学运动。这场运动开启了美国自然主义文学之旅，出现一批自然主义文学作家，如克莱恩、诺里斯、德莱塞等。

斯蒂芬·克莱恩（Stephen Crane，1871—1900），美国自然主义文学运动的先驱，堪称美国自然主义文学开拓者，他的作品对后世美国现代作家，如海明威、福克纳等产生了重要的影响。克莱恩的小说喜欢把主角写成牺牲品，他认为人是环境的牺牲品，最典型的作品是《街头女郎玛吉》。《街头女郎玛吉》被称为第一部美国自然主义小说，小说以城市贫民窟为背景讲述了一位穷姑娘玛吉因家庭不幸离家出走，在工厂被工头老板百般羞辱，最终沦为妓女流落街头的故事。这部小说发表时并没有引起大众的重视，直到第二部小说《红色英勇勋章》大获成功，人们才想起它。

《红色英勇勋章》是克莱恩的代表作，被称为美国第一部反战小说。小说讲述了主人公亨利·弗莱明对战争充满浪漫幻想，不顾家人反对毅然决然参加北方军，最终克服战争恐惧，成为一名英雄战士的故事。克莱恩通过这部小说告诉读者：战争使人丧失理智、失去人性。

克莱恩的自然主义小说主题可以归纳为：第一，自然与环境对人类是冷漠残酷的；第二，战争让人狂热而丧失人性；第三，严酷恶劣的外部环境将人性的善与恶暴露无遗。克莱恩的作品为19世纪90年代美国文学运动提供了一个突然的方向和一股新鲜的动力。除了在小说上的成就外，克莱恩还是美国现代诗歌的先驱，他创作的语言凝练、没有韵脚、朗朗上口的诗歌打破了传统，直接影响了美国现代诗歌的发展。

弗兰克·诺里斯（Frank Norris，1870—1902）是美国自然主义文学代表人物。诺里斯早期创作倾向浪漫主义，如《"莱蒂夫人号"上的莫兰》，后来受左拉自然主义创作的影响，转而进行自然主义文学创作，完成了"小麦三部曲"。"小麦三部曲"是《章鱼》《陷阱》和《狼》，其中《章鱼》写得最好。

《章鱼》讲述了农场主要求铁路公司履行诺言被拒后上诉失败，想办法往"铁路专员委员会"塞人同样计划失败，铁路公司动用武力没收土地，农场主自卫反击最终家破人亡，而铁路公司经理也"淹死"在小麦堆的故事。

诺里斯认为自然主义就是达尔文生物进化论和马克思经济决定论之和，遗传、本能、社会文化影响、环境作用等决定着人的行为和社会发展。诺里斯对美国文学影响深远，从海明威粗犷的写作风格中可以窥见诺里斯的影子。

西奥多·德莱塞（Theodore Dreiser，1871—1945）是著名的自然主义作家，美国现代小说先驱，他的作品贴近生活、大胆诚实，获得了无数阅读者的喜爱。德莱塞深受巴尔扎克、达尔文等人的影响，他把自己的小说看作整个世界中的一片丛林，自然主义孕育其中。

（四）现代主义文学

20世纪初到20世纪40年代，美国人一直处于生活场景复杂、价值观念混乱的状态之中，人们对于现实感到不安和迷茫，于是产生了怪诞、幻想、荒谬、夸张等创作方式，试图解释世界的疯狂。在这种创作环境中，美国迎来了现代主义文学时期，作家受到威廉·詹姆斯意识流学说和荣格原型象征理论的影响，作品特别注重对人们内心世界的挖掘和表达。现代主义文学作家也被称为"迷惘的一代"，其中代表人物有庞德、福克纳、海明威等。

埃兹拉·庞德（Ezra Pound，1885—1972）是"迷惘的一代"中的诗人，是意象派诗歌创始人，它与休姆（T. E. Hulme）等人一起发起意象派运动，引发一场诗歌革命。1908年，庞德奔赴英国，成为伦敦现代派诗人领袖；1912年，他成为芝加哥《诗歌》驻伦敦通讯员，主张诗歌可以不顾韵律而只注重内在冲动所产生的节奏，由此发起一项运动。经过学习与研究，庞德认为诗歌必须"把自己笼罩起来"，即诗人不能直接抒发个人心理感受，只能通过客观的非人格化的东西来达到目的。作为现代主义文学的杰出人物，庞德一生写下了《比萨诗章》《邻笛集》《美国现代诗选》等著作。

威廉·福克纳（William Faulkner，1897—1962）是西方现代文学经典作家，意识流文学代表人物，诺贝尔文学奖得主，一生写下19部长篇小说和

120 多篇短篇小说,最著名的作品是《喧哗与骚动》《我弥留之际》《八月之光》《押沙龙,押沙龙!》四部长篇小说。

《喧嚣与骚动》直接反映了现代主义文学对美国小说的影响。现代主义文学擅长用意识流手法表现人物内心世界,福克纳以公平客观的观察者视角进行"内心独白"式心理描写,"意识流"和"多角度"相结合的叙事方式产生了强烈的艺术效果,为现代派小说创作提供了指导。

欧内斯特·米勒尔·海明威(Ernest Miller Hemingway,1899—1961)是 20 世纪最著名的小说家之一,"迷惘的一代"作家中的代表人物,其作品对人生、世界和社会充满了迷茫和彷徨。海明威以文坛硬汉著称,有着高超的现代叙事技艺,与斯泰因、庞德、乔伊斯和艾略特等一起完成了文学语言风格革命。阅读海明威的著作,读者发现文章句子结构简单,有限的词汇、精致的意象和非人化的戏剧语调构成了紧凑、精练的报道式语言风格。

海明威一生创作了许多脍炙人口的优秀作品,如《老人与海》《太阳照常升起》《丧钟为谁而鸣》《永别了,武器》等,其中《太阳照常升起》确定了他作为"迷惘的一代"代言人的地位。

三、当代美国文学

当代美国文学最典型的特征是后现代主义文学成为主流。20 世纪 60 年代之后,后现代主义思潮笼罩整个美国文坛,超现实主义、黑色幽默、荒诞派文学、科幻文学等不同风格的文学作品层出不穷,个性化的文学题材从侧面反映了美国社会生活和文化心理状态。

不同风格的文学中,黑色幽默文学表现最为突出。黑色幽默文学作家喜欢用夸张、超现实的手法表现现实生活中的"非理性""异化"现象,将欢乐与痛苦、温柔与残酷、荒唐与正经糅合在一起,表现一个更加深刻的社会样貌。黑色幽默文学作家实际上是悲观主义者,悲观是黑色幽默文学的本质。例如,约瑟夫·海勒(Joseph Heller,1923—1999)的《第二十二条军规》、托马斯·鲁格斯·品钦(Thomas Ruggles Pynchon,1937 至今)的《万有引力之虹》等,作品以无可奈何的讽刺态度把自我与环境不可协调的矛盾扭曲、放大,现实生活往往与梦境、回忆交织,让作家笔下的世界看起来荒诞不经、滑稽可笑,同时又深刻沉痛。

与此同时,新闻报道或非虚构小说逐渐成为当代美国文学的重要文学样式。随着社会经济发展,有些作家发现现实远比想象离奇,许多引发社会轰动的事件比作家想象的故事更加不可思议,与其虚构,不如报道这些社会事件。因此,作家开始以新闻报道为体裁创作文学作品,新闻事件与个人观察、想象相融合,创作出比报告文学更加细腻、比虚构小说更加真实的贴近生活的文学作品，如杜鲁门·贾西亚·卡波特（Truman Garcia Capote，1924—1984）的《冷血》、诺曼·梅勒（Norman Mailer）的《刽子手之歌》。

《冷血》是卡波特根据 6 年实地调查堪萨斯城凶杀案所积累的素材编写而成的。作为一部长篇纪实文学作品，卡波特以独特的写作视角、全新的文学手法、厚重的社会良知将一出真实的灭门惨案娓娓道来，赢得了社会的赞扬。一时之间，"非虚构小说"大受欢迎，成为一种小说创作者纷纷效仿的文学形式。

《刽子手之歌》是梅勒的代表作品，曾获普利策奖。小说讲述了 1976 年 7 月美国犹他州普罗沃市接连发生的两起凶杀案。一个名叫吉尔摩的假释犯为了发泄自己的怨愤接连杀害两名无辜民众后不愿被判终身监禁而争取死亡的权利的新闻事件。《刽子手之歌》被《华尔街日报》评选为美国文学史上影响力最大的 5 部犯罪纪实作品之一。梅勒将小说写作技巧融入纪实作品中，这种写作手法被许多记者模仿。也因此，梅勒被称为 20 世纪最伟大的记者、最伟大的美国作家之一。

当代美国文学发展历程中，南方文学流派有所发展，新作家不断涌现，如斯泰伦、奥康诺、麦柯勒斯等。南方文学是一种严肃而带有悲剧性的文学，更多关注现实生活中南方人精神上的苦闷。

除此之外，"垮掉的一代""隐退时期"、黑人文学等也占有当代美国文学的一席之地。因此，当代美国文学正处于一个百花齐放的发展时期，各种文学流派异军突起，使得美国文学走向开放多元的发展之路。

第三章　文学翻译概述

文学翻译促进世界各国文化沟通与交流，实现文化借鉴与融合，是世界文化欣欣向荣的有力保障。文学翻译历史悠久，是人类翻译活动的重要组成部分。认识文学翻译，掌握文学翻译，对翻译事业的发展和文化繁荣有着强有力的推动作用。于是，本章从文学翻译的概念与性质、文学翻译的标准与过程、文学翻译审美和文学翻译语境四方面全面而详细地进行阐述，深刻认知文学翻译。

第一节　文学翻译的概念与性质

文学翻译是一项再现写作艺术和文学思想的语言活动。与普通翻译有所不同，文学翻译更加强调创造性，文学翻译主体要有深厚的文学功底，对语言有较强的把控和应用能力。只有这样，人类看到的文学作品才具有灵魂和韵味，而不是机械性的语言符号。文学翻译等同于艺术的再创造。要想做好文学翻译工作，翻译者要对文学翻译的概念和性质有所了解，知其然并知其所以然。

一、文学翻译的概念

（一）文学

文学翻译是文学与翻译的结合，文学翻译概念的厘清，离不开对文学与翻译两个概念的理解掌握。文学是一个飘忽不定的概念，古往今来，许多文人、学者对其做过界定，但从来没有形成一个统一的说法。中国对文学最早的论述主要集中在"诗""文"和"文章"上。例如，《诗大序》曰："诗者，志之所之也，在心为志，发言为诗。"① 《文心雕龙》有云："文之为德也大矣，与天地并生者。何哉？夫玄黄色杂，方圆体分，日月叠璧，以垂丽天之象；山川焕绮，以铺理地之形：此盖道之文也。"② 此时，中国还没有"文学"一词。

文学一词从拉丁文 Litteris 和 Litteratura 演变而来，即 Literature（文学），延续字词知识与书本著作的古文原意。虽然"文学"产生且应用了，但是"文学"的内涵众说纷纭。亚里士多德认为文学是模仿，他在《诗学》中提道："史诗和悲剧、喜剧和酒神颂以及大部分双管萧乐和竖琴乐——这一切实际上是模仿。"后来，德国前浪漫主义文学理论家们对艺术、文学又做了解读："真正的艺术不是模仿自然，而是一种高于常人的个人激情。"他们认为文学是感性的，是主观的。相对应的，俄国形式主义学派认为文学是客观的。俄国批评家罗曼·雅各布森表示："文学代表了一种对日常语言有组织的违反现象，文学改变、强化了普通语言，系统地偏离了日常语言。"

由此可见，文学有着广泛的内涵，不同角度有不同的理解。本书所指的文学是文学艺术，是富有想象力的文学作品，如诗歌、散文、戏剧和小说等。

（二）翻译

翻译是什么？《现代汉语词典》将其定义为：把一种语言文字的意义用另一种语言文字表达出来。美国著名翻译理论学家尤金·奈达认为，翻译是用最贴切、最自然的对等语再现源语的信息，包括源语的意义和风格。虽然中外关于翻译的定义有所不同，但是内涵一致。翻译的内涵包括三层：第一，翻译活动涉及两种语言，包括源语和译入语；第二，翻译活动是内容意义在两种语言之间的对等互换；第三，语言转换过程中，翻译者要确保译语再现原文意义和原文风格。举个简单的例子：

原句：Wine was thicker than blood to the Mondavi brothers，who feuded bitterly over control of the family business，Charles Krug Winery.

译句1：查尔斯·库勒格酿酒厂让蒙特威兄弟断送了手足亲情，他们为了争夺这份家产反目成仇。

译句2：对于蒙特威兄弟而言，酒浓于血，他们为了争夺查尔斯·库勒格这份家业而结怨成仇。

译句2明显比译句1更加高明。译句2遵循了翻译的三层内涵要义，除了原文意义的对等互换，译句2的翻译还保留了原文的语言风格。"Wine

---

① 《翻译通讯》编辑部. 翻译研究论文集（1949—1983）［M］. 北京：外语教学与研究出版社，1984：10.

② 张今，张宁. 文学翻译原理：修订版［M］. 北京：清华大学出版社，2005：11.

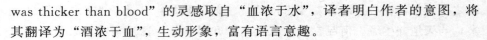

was thicker than blood"的灵感取自"血浓于水",译者明白作者的意图,将其翻译为"酒浓于血",生动形象,富有语言意趣。

(三)文学翻译

国内外许多学者都对文学翻译做过界定和研究,说法不尽相同。在中国,知名文学翻译家茅盾、傅雷、许渊冲以及翻译研究学者张今、许钧等都对文学翻译做过阐释。茅盾曾下过一个具有代表性的定义,他说:"文学翻译是用另一种语言把原作的艺术境界传达出来,使读者在读译文的时候能够像读原作时一样得到启发、感动和美的感受。"文学翻译研究者许钧曾发表观点:"我们认为,文学翻译,有其特殊性。文学,是文字的艺术,文化的一个组成部分,而文字中,又有文化的沉淀。文学翻译既是不同语言的转换活动,又是一种艺术再创造活动,同时是一项跨文化的交流活动。"

无独有偶,文学翻译研究学者张今也对文学翻译进行了定义,他认为:"文学翻译是文学领域内两个语言社会之间的交际过程和交际工具,它的目的是要促进本语言社会的政治、经济和文化进步,它的任务是要把原作中包含的一定社会生活的映像完好无损地从一种语言转移到另一种语言中去。"

在西方,文学翻译一直备受关注。纽马克(Peter Newmark)将翻译分为"想象性翻译/文学翻译"和"事实性翻译/非文学翻译"两种类型。他对"想象性翻译/文学翻译"做过这样的解读:"它涉及人文主义主题,尤其是诗歌、短篇故事、小说和戏剧,通常指向单一的读者群体(如诗歌)或许多观众(如戏剧),常常与内涵意义有关。"赫曼斯(Theo Hermans)在《文学翻译》一文中概括西方学者对文学翻译的普遍看法:"普遍性的观点是文学翻译涉及一种独特的文本,代表了一种独特的翻译。"相较而言,博厄斯-贝耶尔(Jean Boase-Beier)对文学翻译的界定更直接,她表示:"文学翻译的目的是告诉我们源语文本说了什么,包括将源语文本独特的形式特点和问题效果重新创造出来。"

结合国内外翻译家、翻译学者对文学翻译的界定,本书认为,文学翻译是一种原作再现活动,它强调艺术实践,即原作文学性、美学性的再创造。文学翻译除了还原作品的情节、对话等基本信息以外,还要体现原作的艺术性和审美性。所以,文学翻译不只是语言文字符号之间的转换,还是艺术表现形式、艺术形象、艺术风格的再现,是译者对原作主题思想与语言风格的审美表现。简单来说,文学翻译是用另一种语言、另一种文学风格传达原作的艺术形象和语言意境,使译文读者得到与原文读者相同的启发、感动和美的享受。

二、文学翻译的性质

文学翻译之所以叫作文学翻译，是由其性质决定的。根据文学翻译的概念内涵分析，如图3-1所示，其具有还原性、贴近性、模仿性、生动性和创造性。

图3-1 文学翻译的性质

（一）还原性

还原性是文学翻译的基本性质。文学翻译工作就是用另一种语言将原作最大限度地还原，再现原作的语言和结构，让读者阅读译作时如同阅读原作一般。文学翻译的还原性主要体现在句法、音韵、意象、风格等方面。

第一，句法的还原性。句法是语言的基石，句法改变会影响语言的情感。例如，《祝福》（鲁迅）中："她一手提着竹篮，内中一个破碗，空的。"作者用倒装句组织语言，突出祥林嫂的落魄以及众人的冷漠。假如不还原倒装句法，原句就变成了"她一手提着一个装着空破碗的竹篮"，竹篮成为中心语，"空"和"破碗"成为可有可无的装饰语，原作所营造的悲凉落寞之感瞬间消失。由此可见，文学翻译要做到句法的还原，翻译者用另一种语言表述源语文本时要尽量采用原句法，保留原作的语言情感。例如：

原作：她一手提着竹篮，内中一个破碗，空的……（鲁迅《祝福》）

译作：In one hand she carried a wicker basket，in which was a broken bowel，empty...（杨宪益、戴乃迭译《祝福》）

源语言使用了倒装手法，翻译者深谙倒装手法所体现的情感意义，于是进行了句法还原。翻译者用定语从句"in which was a broken bowel"修饰"a wicker basket"，突出"a broken bowel"，又将"empty"放在句尾作为定语修饰"bowel"，放大"破"和"空"，让外国读者感受到作者笔下祥林嫂的不幸和落寞。

第二，音韵的还原性。文字出现之前，许多国家都用传唱的方式继承文学艺术作品。因而，节奏韵律是文学语言的审美特征之一。为了突出文学作品的美学价值，文学翻译工作中，翻译者应该还原作品的音韵，有意识地对源语言节奏、韵律等方面的特征予以还原和再现，将原作的神韵很好地传递出去，突出原作的文学审美价值。例如：

原作：荪壁兮紫坛，播芳椒兮成堂；桂栋兮兰橑，辛夷楣兮药房。（屈原《九歌·湘夫人》）

译作：In purple court，oh！Thyme decks the wall. With fragrant pepper，oh！Is spread the hall. Pillars of cassia，oh！Stand upright. And rooms smell sweet，oh！With clover white.（许渊冲译《九歌·湘夫人》）

原句采用"abcd"的韵式，即"堂"和"房"押韵。许渊冲先生在翻译时采用"aabb"的变通韵式，第一句的"wall"和第二句的"hall"押韵，第三句的"upright"和第四句的"white"押韵，还原了原诗的音乐美。

第三，意象的还原性。意象在文学创作中的地位不容忽视，好的文学作品背后往往有意象的影子。意象分为心理意象、内心意象、泛化意象和观念意象四种。作者经常用意象来表达一些难以言表的情感和思想，制造一种朦胧的文学美感。意象是打开文学作品的钥匙，翻译者在翻译作品时要特别注意对意象的还原。由于文化背景不同，读者有时很难理解原著的一些内容，意象就成了"解题"的关键。所以，翻译者要再现原作的意象，让读者有机会理解作品所描述的形象，进而理解作品内容和情感。例如：

原作：灵皇皇兮既降，飙远举兮云中。览冀州兮有余，横四海兮焉穷。（屈原《九歌·云中君》）

译作：In silver drops，oh！You come with rain. On wings of wind，oh！You rise again. Upon the land，oh！You come with ease. You float over，oh！And beyond four seas.（许渊冲译《九歌·云中君》）

原作围绕"云"这一意象创造了心地善良、高风亮节、福泽天下的"云神"形象。诗人赋予自然界中的"云"英雄形象，融情于景，颇具韵外之致。要想让使用不同语言的读者感受到这股韵外之致，翻译者就要还原"云"这一意象，让读者从云的特征中挖掘、理解"云神"形象。所以，许渊冲先生用"silver drops"指代"云神"，表现意象"云"晶莹剔透、飘忽不定的特征，诱导读者从"云"联想到"云神"，从而抓住原作的韵外之致。

第四，风格的还原性。风格是指文学艺术作品在整体上呈现的代表性面貌。文学风格由内容和形式两部分构成，内容风格表现为题材的一致性、感情的独特性、人物的个性化和主题的独到性，形式风格表现为体裁、塑造形象方式、语言、情节结构特立独行。风格是作品的标签，将风格还原才不会破坏原作独有的魅力。因此，翻译者会尽可能还原原作的风格，让读者领略原作的文学魅力。

（二）贴近性

非文学翻译讲究——对照，一种语言的语意要精准地转化为另一种语言，让不同用语人群理解词句语意，如英译汉，英语单词翻译成汉语词语，汉语要与源单词保持一致。但是，文学翻译与非文学翻译不同。文学翻译不是丁与卯的关系，而是一种艺术性翻译活动，翻译者只要把某一句、某一段、某一篇章的灵魂和精髓翻译出来即可，没必要进行词语一对一互译，那样只会让句子、文章读起来僵硬而刻板。此外，翻译者与原著作者的生活环境不同、文化语境不同、艺术审美不同、语言风格不同，文学翻译不可能做到一比一绝对还原。所以，文学翻译活动具有贴近性。文学翻译的贴近性具体表现在两个方面：

第一，贴近时代。文学作品诞生于特定的年代，带着专属于那个年代的气息和特质。随着时间流逝，不同年代的读者回顾属于特定时代的文学作品，由于文化和观念的变化，阅读上会产生一定的障碍。所以，文学翻译会贴近读者生活环境，解决因时代差异造成的阅读障碍。文学翻译者会在保持原意不变的前提下根据时代需求适当调整译作的用语选择和表述习惯，贴近当前时代语言审美，确保优秀文学作品流芳百世。

第二，贴近地域文化。文学作品是现实生活的产物。无论是诗歌、散文，还是小说，大多数作者都是从现实生活中获取灵感的，作品中的环境、细节、人物和物质等都有特定社会的影子，地域文化性较强。如果不了解某个地域的文化、习俗、生活习惯和表达方式，阅读者就很难理解文学作品的内容以及情感，阅读的意义不大。文学翻译的贴近性顾及了文学作品的地域文化差异，在保证作品内容和思想不变的情况下，翻译者会用本民族、本地域的艺术审美、语言风格来转述作品，实现两个地域人群的沟通与交流。

（三）模仿性

文学翻译具有模仿性。文学是对现实生活的模仿，文学翻译是对源语文本的模仿。为什么说文学翻译是一种模仿？文学无距离而语言有边界，艺术无障碍而形式有差异。不同国家的文学作品有不同国家的语言个性和形式风格，无等差地直译会令文学作品陷入无人赏的窘境，因为读者无法穿越文化障碍、社会差异去欣赏、理解译作。所以，文学翻译是一种模仿，除了准确传递作品信息之外，翻译者还要对文学作品的语言表现形式、风格特征、审美情趣进行模仿，用与原作相似的自己国家的文学表现形式、艺术风格和审美方式翻译源语文本，便于读者欣赏和理解著作。

举个例子，唐诗《江雪》（柳宗元）是一首五言绝句，格律要求严格，篇幅固定，讲究平仄，还要押韵。翻译者不可能再现《江雪》的格律，只能根据本国诗歌的形式风格进行模仿。于是许渊冲先生将"千山鸟飞绝，万径人踪灭"翻译为"From hill to hill no bird in flight, From path to path no man in sight"，尽量让单词和单词、短语和短语对仗工整，上下结构一致。这样，国外读者在阅读唐诗时也可以大致感受到唐诗的格律美、形式美，掌握五言绝句的基本形态。

（四）生动性

文学因语言而鲜活，文学作品中的人物、情节和环境通过生动的语言一一再现，给予读者真实感。文学翻译的本质是语言翻译，文学语言讲究生动化、形象化和艺术化，文学翻译也要具有生动性。生动性是文学翻译的重要特征，翻译者不应该生搬硬套，僵硬地翻译语言，而应该结合源语言所描绘的人物形象特点、环境特色、情节动作灵活生动地翻译语言，将源语言的中心内容表现出来。只有这样，文学翻译作品才是有灵魂的可读性高的作品。例如：

原作：Between her agitation and her natural awkwardness in getting out of the cart, Peggotty was making a most extraordinary festoon of herself but I felt too blank and strange to tell her. （查尔斯·狄更斯《大卫·科波菲尔》）

译作1：在她心中的激动和下车时生来的笨拙之间，坡勾提把自己弄成一个最奇特的彩球，不过我觉得太扫兴太惊奇了，未告诉她这一点。

译作2：坡勾提当时心烦意乱，再加上她本来下车就很笨手笨脚的，所以她把身子弄得歪扭曲折，成了样子顶特别的彩绸了。不过，我当时心里一片茫然，满怀诧异，不顾得跟她说这个。

显然，译作2更加精彩。翻译者没有采用直译的方法，而是在语言的生动性上下足功夫，将原文的画面用翻译语言展现了出来，给读者留下审美和想象的空间。

（五）创造性

"此时无声胜有声"是文学作品的艺术生命。文学作品的语言常常含蓄而委婉，作者常用隐藏语来表达真实的情感和思想，这是文学作品的意趣所在。所以，文学作品常常在语义、形象和意蕴等方面留白，留给读者想象和发散的空间。基于此，文学翻译具有创造性特征，文学翻译工作是一种创造性工作。正如林语堂先生所言："凡文字有声音之美，有意义之美，有传神之美，有文气文体形式之美，译者或顾其义而忘其神，或得其神而忘其体，决不能把文义、文神、文气、文体及声音之美完美同时译出。"翻译者要具有创造性思维，抓住文学作品的"神"或"义"，进行二次创造，引导读者体悟原作的深层意义。文学作品的创造性主要体现在以下三方面：

1. 语义的创造性

"一词多义"是中外语言的共同特点。由于语言的模糊性和多义性，文学作品中语言的含义要结合一定的语境才能解释清楚。因此，文学翻译中语义的翻译要具有创造性，翻译者要根据自己的理解翻译语言，全力表现语言的隐藏真意。例如：

原作："宝玉，宝玉，你好……"（曹雪芹《红楼梦》）

译作："Bao-yu! Bao-yu! How..."

这句话出自《红楼梦》第九十八回《苦绛珠魂归离恨天 病神瑛泪洒相思地》，是黛玉临终前的最后一句话，里面藏着说不尽的爱恨纠缠，既有谴责，又有悔恨，还有失望，情感复杂，一语道不尽。此时，翻译者在进行原文翻译时就要发挥想象力和创造力，用相对应的"暗语"回敬源语言，体现原文的精彩。针对黛玉临终所言，翻译者不是用"How could you"，将语言基调定义为谴责，而是用"How"，一句想象空间极大的留白语，让读者展开无限遐想，更符合原文内涵。

2. 形象的创造性

文学作品经常用比喻、拟人、通感等修辞手法描述某一场景、人物或者事件，让文学形象具体可感。基于此，文学翻译就不是源语和译语的一一对应，而是一种二次创作。翻译者要根据对原作的理解进行形象的创造，让读者感受到原作的形象风格。因此，文学翻译的创造性还体现在形象的创造上，即翻译者通过创造建立源语和译语的桥梁，让读者深刻理解原作的文学形象。例如：

原作：I ran with the wind blowing in my face, and a smile as wide as the Valley of Panjsher on my lips.（卡勒德·胡赛尼《追风筝的人》）

译作：我追，风拂过我的脸庞，我的唇上挂着一个像潘杰希尔峡谷那样大大的微笑。

这句话描绘了一个充满希望的人物形象，作者用潘杰希尔峡谷比喻笑容，拟人化再现风的柔情，用风和笑容让读者感受生命的朝气和希望。翻译者将比喻、拟人等修辞手法运用其中，用更优美的语言再现语意，蕴含创作精神。

3. 意蕴的创造性

任何一部文学作品都有其要表达的意义和内涵，都有其所要传递的情感和思想，这种意指就是文本的意蕴。意蕴具有不确定性。一千个读者有一千个哈姆雷特。由于意蕴指向性不足，不同的读者对其有不同的看法。翻译者也是读者的一员，对原作所表达的意蕴，作者有自己的独到见解。因此，文学翻译的意蕴具有创造性特征，译作所体现的意蕴可以窥见翻译者的思想和情感。

第二节　文学翻译的标准与过程

一、文学翻译的标准

从某方面来说，文学翻译是一种语言创作艺术。文学翻译的首要任务是实现审美交流，即目标语言读者体会到源语言文学作品的审美意趣。虽然文学翻译的自由度较高，但是其本质是翻译，目标语言要忠于源语言。因此，文学翻译制定了标准，翻译者在翻译作品时要遵循其准则和依据，使其在文体、语言、审美上与原作风格保持一致。

纵观我国翻译史，文学翻译标准不一，有严复的"信、达、雅"，有鲁迅的"宁信而不顺"，有傅雷的"神似"，有林语堂的"忠实、通顺、美"，有钱钟书的"化境"，有张今的"真、善、美"，有许渊冲的"意美、音美、形美"。其中，严复的"信、达、雅"和林语堂的"忠实、通顺、美"备受推崇，二者的内涵也相近。经过长时间的实践，尽管仍然有新的翻译标准出现，"信、达、雅"这一翻译标准一直是文学翻译的金科玉律。"信、达、雅"这一翻译标准将翻译理论从"直译、意译"的二元标准上升到三元标准，确定了文学翻译的基本框架，奠定了文学翻译高质量发展的理论基础，如图 3-2 所示。"信、达、雅"文学翻译标准的内涵如下：

图 3-2　文学翻译标准

（一）信

"信"是指意义不悖原文，即译文要准确，内容不偏离、不遗漏、不增减。"信"的主旨是译文忠实于原文，既包括内容忠实，又包括风格忠实。但是，"信"不是死忠，不是逐字逐句的表面翻译。作为文学翻译标准，"信"是理解基础上的忠实，是指翻译者结合上下文语境和原文语言风格反复推敲得出译语言的具体表现。从词典中直接取义不是"信"，符合上下文语境的引申义才是"信"。对文学翻译而言，死译不是精准，围绕源语言内容进行灵活翻译才是"信"的最高境界。下面以王文娜译本的《瓦尔登湖》为例，按照"信"的标准进行赏析。

原作：This is a delicious evening，when the whole body is one sense，and embodies delight through every pore. I go and come with a strange liberty in Nature，a part of herself.（亨利·戴维·梭罗《瓦尔登湖》）

译作：这是一个清爽宜人的夜晚，我浑身上下的毛孔都被内心的喜悦充斥着，我自由地穿梭在大自然中，融为它的一部分，这种感受十分奇特。（王文娜译）

从译作内容来看，翻译者并没有生搬硬套。翻译者以信为标准，字斟句酌，结合上下文语境揣摩每个单词在原文中担任的角色，找出它的隐藏意。如"delicious"，本意是"美味的"，引申义多包含"美好"的意思。翻译者根据"delicious"的语言色彩进行变通，结合语境，将其翻译为"清爽宜人的"，措辞既与原文的情感色彩相一致，又充满了语言美感。

由此可见，严复的文学翻译标准——"信"，忠实于隐藏信息。诗歌、散文、小说等在语言表达上有相似之处，即模糊性。正如小说中的人物永远不会直白地说出自己想要什么一样，诗歌和散文所传递的信息也比较隐晦，因此单纯地翻译文学作品的源语言有可能只是东施效颦、邯郸学步。正因为如此，严复提出"信"，忠信于原文要旨。

（二）达

"达"是通顺流畅的意思，即译文的语言规范完整，表达自然地道。文学翻译不是从一种语言到另一种语言的冰冷切换，它要求译文有本国的语言风情，使阅读者读到文字时不至于陌生或不适。傅雷曾经表示，理想的译文仿佛是原作者用中文重写了一遍。傅雷对于文学翻译的理解与"达"相一致，希望读者阅读起来感受不到任何翻译的痕迹。世界上有千万种语言，它们有属于自己的语言体系。两种不同语系的语言相互切换时，翻译者要考虑语言的语法、句法结构，将源语言的语法结构调整为译语的语法结构，用译语的表达习惯表现源语言。只有这样，译作才能达到"达"的标准，阅读者才会感觉译文通顺、地道。接下来分别以王文娜译本的《瓦尔登湖》和方柏林译本的《喧哗与骚动》为例，按照"达"的标准进行赏析。

原作 1：Sympathy with the fluttering alder and poplar leaves almost takes away my breath；yet，like the lake，my serenity is rippled but not ruffled. These small waves raised by the evening wind are as remote from storm as the smooth reflecting surface. （亨利·戴维·梭罗《瓦尔登湖》）

译作：我的心跟着摇晃的赤杨以及白杨摆动，时间好像在这一刻静止了。我的平静如同湖水，仅仅泛起一点涟漪，不起波澜。晚风吹过湖面，虽然称不上微波粼粼，但也定不是波澜壮阔。（王文娜译）

赏析："These small waves raised by the evening wind" 属于名词短语。名词短语有两种结构："名词＋后置定语"结构和"前置定语＋名词"结构。该短语中，"These small waves" 是名词，"raised" 是后置定语，"by the evening wind" 属于修饰 "raised" 的状语。如果按照英语思维翻译成汉语，该短语应该表达为"波纹被掀起通过夜晚的风"。可是，这种语言表达方式不符合中文的用语习惯，读起来既不通顺，又不优美。所以，翻译者按照中文的语言逻辑翻译原作，根据"状语＋定语＋名词"的短语结构表述原文，将其翻译为"晚风吹过湖面"，地道又优美。

原作 2：You can be oblivious to the sound for a long while, then in a second of ticking it can create in the mind unbroken the long diminishing parade of time you didn't hear. （威廉·福克纳《喧哗与骚动》）

译作：你可以长时间无视这个声音，可是一秒的滴答就足以把你未曾听过的那些时间从脑海里全部调集出来。这时间排成队列，绵延不绝，渐渐消逝。（方柏林译）

赏析："the long diminishing parade of time you didn't hear" 这个短语，主语是 "time"，"you didn't hear" 是时间的修饰语，翻译为"未曾听过的那些时间"。

从上面两个例证来看，"达"就是化繁为简、通顺自然。翻译者要具有源语言和译语言两种语言思维，了解两种语言的表达习惯，用常人所理解的语句转化源语言，使得翻译作品的语句言简意赅、提纲挈领、通顺优美。

（三）雅

"雅"与傅雷的"神似"、钱钟书的"化境"异曲同工。"雅"的本质是美。文学翻译标准——"雅"，是指结构匀称、音韵典雅、语言地道，充满文学美。所以，"雅"更偏向于一种审美标准，要求译作要有意境美和神韵美。我国的文学翻译界曾出现过这样一句话："做文学翻译，对通篇的格调和境界的传达要运笔得当，收放自如；传奇妙，通其神"[1]，道出了"雅"的真谛。落脚到文学作品翻译实践中，按照"雅"的翻译标准，翻译者要表现出原作

① 刁克利. 译事三境界：第二十届韩素音青年翻译奖竞赛英译汉参赛译文评析 [J]. 中国翻译，2008（6）：81-85.

的形美、音美和意美。

形美是指译文与原文在形式特征上保持一致，长短、分行、格律等文学形式所体现的美感要延续到译文中，让译文表现出形式美。下面以许渊冲先生英译的《念奴娇·赤壁怀古》为例，赏析其中的形美。

原作：大江东去，浪淘尽，千古风流人物。（苏轼《念奴娇·赤壁怀古》）

译作：The endless river eastward flows，With its huge waves are gone all those，Gallant heroes of bygone years.（许渊冲译）

原文 3 句，译文 3 句，基本上做到了"形美"。形美标准主要针对诗歌这种构思严密、结构严谨的文学形式。翻译者从形美出发翻译词句，与原句结构基本一致，严谨工整、疏密有致，富有形式美感。

音美是指音韵节奏之美。何谓音韵？朱光潜在《诗论》中曾表示："就一般诗来说，韵的最大功用在于把涣散的声音联络贯串起来，成为一个完整的曲调。好比贯珠的串子，在中国诗里这串子尤不可少。"从朱光潜先生的论述来说，音韵就是把声音贯串在一起，形成错落有致的语气节奏。邦维尔在《法国诗学》里说："我们听诗时，只听到押韵脚的一个字，诗人所想产生的影响也全由这个韵脚字酝酿出来。"基于邦维尔的论述，音韵节奏之美主要体现于押韵脚，翻译者在翻译原文时要注意押韵，突出原文的音美。下面以许渊冲先生英译的《醉花阴》为例，赏析其中的音美。

原作：薄雾浓云愁永昼，瑞脑消金兽。佳节又重阳，玉枕纱厨，半夜凉初透。（李清照《醉花阴》）

译作：Thin is the mist and thick the clouds，so sad I stay. From golden censer incense smokes all day. The Double Ninth comes now again；Alone I still remain. In the curtain of gauze，on pillow smooth like jade. Feeling the midnight chill invade.（许渊冲译）

为了突出原诗的音美，许渊冲先生选择了增译法，添加"so sad I stay""Alone I still remain""invade"等短语或单词押韵。这些短语或单词不仅将整首诗的声音贯串起来，读起来朗朗上口，而且还原了源语言的情感色彩，体现了原诗的意境。

意美是指意境美，即把原作最内核的东西翻译出来，让读者读起来犹如阅读原作一般。下面以许渊冲先生翻译的莎士比亚名作《奥赛罗》为例，赏析其中的意美。

原作：What an eye she has! Methinks it sounds a parley to provocation.（威廉·莎士比亚《奥赛罗》）

译作：她的眼睛多么迷人，我看着真是可以"一顾倾人城"了。（许渊冲译）

原文中莎士比亚用特洛伊神话中海伦式美人来形容苔丝梦娜，指出苔丝梦娜的美貌可以引起军队的混乱。许渊冲先生将西方文化与中国文化相联系，认为莎士比亚笔下苔丝梦娜的美貌与汉武帝时期李延年曲作中妹妹李夫人的"一顾倾人城"极为相似。所以，许渊冲先生用"一顾倾人城"翻译原作，将西方语言移植到阅读者熟悉的文化土壤上。当读到"一顾倾人城"时，阅读者就想象到了苔丝梦娜明眸善睐、顾盼生辉的神采。这就是意美。翻译者抓住每一句话中最核心的内容，将其与本土文化相融合，用本国语言巧妙翻译，让读者精准理解原作。

二、文学翻译的过程

文学翻译过程并不统一。不同的翻译者有不同的翻译习惯，翻译过程也会存在差异。但是，对于一般的翻译者而言，他们几乎都会经历（如图 3 - 3 所示）翻译准备、原作解读、语言翻译、译本校对四个阶段。

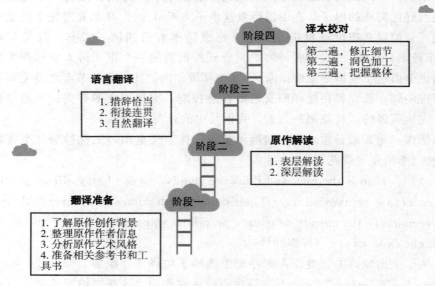

图 3 - 3　文学翻译过程

（一）翻译准备

俗话说，磨刀不误砍柴工。翻译准备是文学翻译的重要环节，只有做好翻译准备工作，翻译者才能在翻译时游刃有余。翻译准备工作较为烦琐，主要包括了解原作的创作背景、整理原作作者信息、分析原作艺术风格、准备相关参考书和工具书等。

1. 了解原作创作背景

任何一部文学作品都是特定社会历史的产物，当时的经济、文化、政治等因素孕育了它。因此，翻译原作之前，翻译者要分析原作的历史背景和文化背景，了解作者是抱着什么心情、什么态度、什么思想写下作品的，从而确定作品的情感基调和中心主旨。

例如，海明威的长篇小说《太阳照常升起》。这部小说"出生"于美国经济、社会、文化全面转型时期。当时，美国经济的腾飞使得消费主义占据消费观念的主流地位，人们产生了价值迷惘。在繁华如梦的商业世界中，崇尚享乐的价值取向与传统文化共同构成了美国文化现代化过程中的时代悖论：一方面，资本增值的生产逻辑要求人们坚持勤俭、诚实的工作伦理；另一方面，资本增值的消费逻辑又鼓励人们超前消费、休闲享乐。在这种背景下，海明威创作了《太阳照常升起》，描述了那一代人在生活方式、价值取向上发生的深刻变化，展现了他们复杂矛盾的心路历程。

了解《太阳照常升起》的创作背景，翻译者就把握了创作者的心路历程，对作品的翻译形成基本思路。更重要的是，了解创作背景，翻译者可以对照本国相似的历史文化时期，用自己的经验、感受理解原作，与作者产生某种思想和情感的共鸣，便于实现文学翻译的最高标准"雅"。

2. 整理原作作者信息

作品是作者灵魂和思想的结晶。整理原作作者信息是文学翻译准备工作不可或缺的环节，如果不了解作者，贸然翻译作品，可能会出现"想当然"的危险。不了解原作作者，翻译者所翻译出的作品会失去生命的光彩。所以，翻译准备阶段，翻译者要搜集、整理原作作者的相关信息，了解作者的思想情感主张、语言表达习惯和基本创作手法。关于接触、了解作者信息，主要有以下途径：

（1）阅读代表作品。代表作品是作者文学素养的缩影，作者的语言风格、创作手法、思想主张甚至情感态度都凝聚在文学作品中。大量阅读代表作品，翻译者会和作者成为"好朋友"。

（2）阅读与作者相关的文献。阅读作者相关文献是翻译者了解作者的重要途径。翻译者可以搜集、整理一些分析作者创作风格、语言色彩、思想主张的文献资料，通过权威、详细的资料分析全面掌握作者信息。

（3）阅读一些与作者相关的传记、回忆录或者百科全书，如《外国历史名人》（中国社会科学出版社）、《中国大百科全书》（中国大百科全书出版社）。这些与作者相关的传记会帮助翻译者快速认识作者、熟悉作者，奠定后期翻译的深厚情感。

3. 分析原作艺术风格

一部文学作品一定有其独特的艺术风格，把握艺术风格，译本才会产生"信、达、雅"的翻译效果。因此，分析原作艺术风格成为翻译准备工作的重头戏。翻译者要在真正落笔翻译之前全面把握原作艺术风格，这样在翻译时才能做到形美、音美和意美。例如，《太阳照常升起》（海明威），"硬汉式表达"是原作的主要风格，整部作品对话鲜明、句式简短、抒情直白。作品内的人物、景物、事件通过生活化、口语化方式自然呈现在读者眼前，文白畅晓、语言凝练。如果不了解原作艺术风格，翻译者就可能走偏，将《太阳照常升起》引向抒情式、浪漫式表达方向。所以，翻译之前，翻译者要全面分析、把握原作艺术风格，保证译本风格忠于原作。

4. 准备相关参考书和工具书

相关的参考书和工具书是文学翻译者必备的辅助工具，翻译准备阶段要将这些工具书准备齐全。常用的工具书有 Webster's New World Dictionary of the American Language（《韦伯斯特新世界美国语言词典》）、Longman Dictionary of Contemporary English（《朗文当代高级英语辞典》）、《现代汉语词典》（汉英双语，外语教学与研究出版社）等。

（二）原作解读

理解是文学翻译的前提和基础。文学翻译是两种文化、两种思想的碰撞和融合，翻译者是主动融合的一方。翻译者要将本土文化、个人思想与原作所体现的文化、思想融合，将原作文化思想用本土化的方式呈现出来，帮助读者理解原作。这就要求翻译者解读原作，深入作品内部，对原文本的各个层面进行具体化的品味和认知。关于原作解读，如图 3-4 所示，大致分为表层解读和深层解读两个层级。

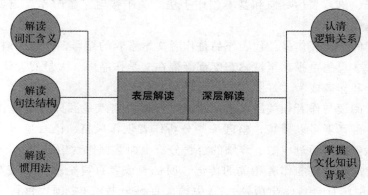

图 3 - 4　原作解读的两个层级及内涵

1. 表层解读

表层解读是指对原文本语言的解读，包括对原文本词汇含义、句法结构和惯用法的理解和分析。

（1）解读词汇含义。一词多义是语言的普遍现象，任何一个语种的语言都存在多义词，有其本义和引申义。例如，算账，本义是统计计算账目，引申义是吃亏后再次和人争执较量。文学作品中许多词语都是多义词，翻译者要分清楚当下词语使用的是本义还是引申义，而不仅仅是照抄字面意思。所以，翻译者要对原作的词汇进行解读，结合上下文语言环境，确定词语的真正含义。

（2）解读句法结构。句法结构是支撑一句话的框架，了解句法结构，语句表达才能自然顺畅。所以，解读句法结构是解读原作的重要工作，翻译者在语言翻译之前需要通读文本，了解文本的基本句法结构，了解文本的语言思维方式，找到源语言思维与译语言思维转换的通道，奠定语言翻译的思维基础，实现语言的顺畅翻译。例如，"no more...than..."结构，它常用于两者之间的比较，并对两者加以否定，即"既不……又不……"。只有掌握这一句法结构的思维定式，翻译者才能对该框架下的语句进行正确翻译。

（3）解读惯用法。惯用法是语言的一大特色，是语言文化智慧的独特体现。每种语言都有属于自己的习惯用法，彰显了地域文化特色。如果不了解该语言文化，按照寻常思维逻辑分析，语言翻译就有可能出现错误。文学作品经常出现语言习惯用法，以彰显措辞风采。因此，文学翻译前提准备阶段，翻译者要认真理解该语言的惯用表达，掌握语言习惯用法，准确理解语言所表达的内涵，以免造成翻译错误。例如，"talk horse"，"horse"是马，但是"talk horse"解释为"吹牛"。

2. 深层解读

深层解读是将原作解读工作上升到逻辑思维层面，将翻译工作下潜到段落、句子关系和文化背景知识等较深层次，解决一些知识误区，避免翻译出现误差。

（1）认清逻辑关系。不同语系的语言思维方式不同，如英语重形合而汉语重意合。何谓形合？形合是用语言形式手段，包括词汇手段和形态手段，实现词语和句子的连接。何谓意合？意合是通过词语、句子所含意义的逻辑关联实现词语或句子的连接。形合是一种综合型语言，意合是一种分析型语言。综合型语言常用词汇本身的形态变化来表达语法意义，而分析型语言则通过虚词、语序来表达语法意义。

由于语言思维方式不同，上下语句的逻辑关系就不能用本土语言的思维逻辑去推敲，而应该用源语言所采取的逻辑思维关系去表达，这样才不会出现表述问题。

（2）掌握文化知识背景。不可否认，源语文化与译入语文化存在差异。准确捕捉源语文化信息，对源语文化向译入语文化移植大有裨益。因此，在解读原作时，翻译者要对原文中出现的一些俚语、俗语、流行语进行查阅、分析，理解语言背后的文化现象，理解语言产生的背景，以便从本土文化中找到合适的语言进行精准翻译，确保译文信息忠于原文。例如：

原作：What though care killed a cat，thou hast mettle enough... （威廉·莎士比亚《无事生非》）

译作：忧愁伤身，你是个好汉子，会把忧愁赶走的……

伟大的文学家莎士比亚用了一个典故"care kills a cat"（忧虑害死猫）来比喻忧愁伤身。如果不了解该典故，翻译者可能就直接将其翻译成"忧虑害死猫"，曲解原文信息。因此，翻译者在对原作进行深层解读时要关注文化知识背景，搜寻认知范围以外的信息，准确翻译原文。

（三）语言翻译

充分解读原作之后，文学翻译工作进入落笔环节，翻译者要真正开始进行语言翻译，将源语言转化成译入语。语言翻译工作的重点是表达。"表达"二字可以分解为"表"和"达"，"表"是原作语言形式和内容的呈现，"达"是指原作语言形式和内容在译作中的呈现效果。要想获得成功的表达，应做到关键内容正确和表达得当。内容正确在原作解读阶段已经完成，表达得当就成了语言翻译阶段的主要工作。表达得当主要表现为措辞恰当、衔接连贯、自然翻译。

1. 措辞恰当

词语是语言的基本单位，词语表述不合理，句子、段落，乃至文章都会出现瑕疵。文学翻译是由词到句、由句到段、由段到章的翻译，措辞是否恰当，直接影响翻译效果。要想恰当措辞，翻译者应从上下文语境入手，结合语境翻译成译入语的习惯性表达。例如：

原作：The course of true love never did run smooth. （威廉·莎士比亚《仲夏夜之梦》）

译作：真爱无坦途。

其中，"course"指船或飞机的航向、航线。如果不结合原句语境翻译，这句话就变成了"真爱的航线跑起来不顺畅"，表达既不准确，又不顺畅。实际上，翻译者将其翻译成"真爱无坦途"，言简意赅，朗朗上口。显然，翻译者在语言措辞上狠下了一番功夫，他猜透了莎士比亚的表达意图并将其转化成中文惯用表达方式，让其变成至理名言。由此可见，措辞恰当很重要，它不仅可以让译作读起来明了顺畅，而且可以升华译作语言艺术。

2. 衔接连贯

衔接是译文是否流畅的重要影响因素。句子与句子之间存在一定的逻辑关系，或转折，或并列，或顺承，或因果。翻译者要理解句子之间内在的逻辑关系，按照逻辑关系衔接语句，使语篇读起来连贯通畅。例如：

原作：He is simple-minded and does not try to figure out when he has reached such a humble level. But he knew he was getting to that point，and he knew it wasn't a shame，so it didn't hurt his true self-esteem. （欧内斯特·米勒尔·海明威《老人与海》）

译作：他心地单纯，不去捉摸自己什么时候达到这样谦卑的地步。可是，他知道这时正达到了这地步，知道这并不丢脸，所以也无损于真正的自尊心。

分析原文，前后句子之间存在逻辑关系，"but"是内容转折的信号。所以，翻译者用"可是"连接前后句，读起来逻辑通顺，前后连贯。假设没有"可是"做桥梁，读者就不知道作者在强调后半句，不知道"无损于真正的自尊心"是所要表达的重点。由此可见，衔接非常重要，合适的衔接让句子出现了轻重缓急，有利于读者体验情感。

3. 自然翻译

不成熟的翻译很容易出现翻译腔，翻译出来的语言生硬、晦涩、难懂，读者读起来困难重重。之所以会出现翻译腔，是因为翻译者受源语言表达方式影响太深。自然翻译是与翻译腔相对的翻译方式，不受源语言牵制，按照母语思维逐句翻译，译文流畅自然，犹如本土作品。因此，语言翻译阶段，自然翻译是语言翻译者应承担的重要工作，通过自然翻译确保表达得当，保证阅读顺畅。

（四）译本校对

译本校对是文学翻译的最后一个流程，看起来微不足道，却至关重要。译本校对直接决定译文的质量。翻译过程中的疏忽、错误通过校对可以发现，然后查漏补缺，保证译作品质。一般来说，三遍校对是常规操作。第一遍，修正细节问题，如标点错误、字词错误、语句不通等；第二遍，润色加工，调整段落语句顺序，确保逻辑通顺，调整措辞，保证语言优美；第三遍，把握整体，确保译文没有错误，确保译文风格统一。

第三节 文学翻译的审美再现

文学翻译与美学思想密不可分。作为翻译艺术的一部分，文学翻译更加富有审美意义。德国艺术大师歌德认为翻译是对原文的模仿，翻译者要重现美学信息，移植异国文化，丰富本国文化。所以，文学翻译是一种文化的审美再现。

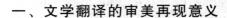

一、文学翻译的审美再现意义

（一）还原艺术形象

库勒拉在《美学原理》中提到，文学翻译是满足社会美学要求的创造性脑力劳动，目的在于让译语读者获得与源语言读者相同的美学体验。文学作品的艺术形象是读者获得审美体验的主要载体。因此，文学翻译的审美再现的意义主要体现于还原艺术形象。翻译者为了再现作品的艺术审美，会最大限度地发挥艺术想象力，用极富文采的语言还原文学作品的艺术形象，让读者感受原作的审美风采。

（二）再现真实情感

文学作品中人物的思想、观点、立场、气质、品德、才能等处处透着情感审美。文学翻译的审美再现有利于原作中人物真实情感的展现，能够在潜移默化中影响目的语读者的审美。作为审美的重要组成部分，思想情感是文学翻译审美再现的重中之重。翻译者会通过理解、解读，用译入语完美再现文学作品所表现的情感审美。

（三）展现语言艺术

文学翻译是语言的翻译。作为语言艺术的重要载体，文学从字句到篇章处处体现语言的美学艺术，如修辞美、音韵美等。文学翻译的审美再现是语言艺术的再现。文学翻译的审美很大部分集中在语言艺术上面，翻译者会根据语言的美学特征进行艺术化处理，用体现修辞、音韵等美感的语言组织方式进行翻译，展现原作的语言艺术。

二、文学翻译的审美再现表现

文学翻译的审美再现主要体现于语言形式系统以及非形式系统两方面。

（一）语言形式系统表现

语言形式是文学语言的外部形式，包括语音、语言结构和修辞等。语言审美信息主要靠语音、语言结构以及修辞等语言形式传递。因此，文学翻译的审美再现表现为语言形式的再现。语言形式使得文学作品能够艺术化传达艺术形象和意象意境，语言形式再现就是文学翻译的审美再现。语言形式再现主要是语音再现、语言结构再现与修辞再现。由于中西方语音与语言结构存在较大的区别，原文的语音和语言结构难以完整还原。但是，翻译者可以结合译入语文化语境进行调整，在语义不变的前提下表现语言形式审美风格。

（二）非形式系统表现

除了语言形式之外，文学作品的审美特征还存在于不能被直接感受的、不确定的、无限性的非形式系统之中，这就是平时所说的语言的模糊性。模糊性语言是非形式系统的审美特征，如作品潜藏的思想品质和精神情感、遣词造句表现的意境以及风格等。非形式系统的审美再现主要表现于语言的内在美，翻译者要通过联想、想象进入一个体验的世界，感知作品的独特魅力。非形式方面的审美再现主要包括两个方面：情志与意象。一部优秀的文学作品总是蕴含着作者丰富的人生体验和思想感悟，翻译者通过与作者进行跨时空对话，用自身的审美感知力和审美想象力进行内在美的翻译，在译文中表现作者的情志，再现文学翻译中隐藏的美。

第四节　文学翻译的文化语境

1990 年，苏珊·巴斯耐特（Susan Bassnett）和安德烈·勒菲佛尔（André Lefevere）共同提出翻译"文化转向"这一概念。翻译"文化转向"是指翻译研究不应该只关注语言问题，更应该关注语言背后的历史文化，在历史文化视野中讨论语言问题。由于翻译"文化转向"的出现，文学翻译活动逐渐向着文化传播与文化阐释的方向发展，这与文学的属性相契合。文学是内容信息的传递，也是不同民族审美情趣、思维方式和文化习俗的彰显。因而，文学翻译与文化语境息息相关。笔者从文学与文化语境的关系入手，分析了文化语境对文学翻译的影响。

一、文学与文化语境的关系

文化语境是指与言语交际相关的社会文化背景，包括文化习俗和社会规范。文化习俗是指人民群众在社会生活中世代传承、相沿成习的生活模式，是社会群体在语言、行为和心理上的集体习惯；社会规范是一个社会对言语交际活动做出的各种规定和限制。

文学与文化语境紧密相连，文学在语境中生成意义，文化语境是文学的生命环境。与此同时，文学体现文化语境，文化语境隐藏在文学之中。文学的文化语境主要表现为三点：

第一，作者在文学作品中创造的语境；

第二，读者在文学阅读中感受的语境；

第三，文学作品的历史语境。

文化语境具体涵盖政治、经济、文化、习俗等诸多方面，文学作品因文化语境而产生特定意义。文化语境是文学作品创作的土壤，作者的思想、情感以及想要表达的信息全部来自文化语境。勒菲佛尔曾说："翻译不仅是语言层面上的转换，它更是译者对原作所进行的文化层面上的改写。"

文学翻译是文学的二次创作，文学作品通过文学翻译变成另一种"样貌"的自己。所以，文学翻译与文学创作的环境相似，文学翻译与文化语境同样存在"血脉关系"。文学翻译以文化语境为翻译依据，翻译者通常会从文化语境中判断文学作品所要表达的主旨和情感，从文化语境中辨识文学作品里出现的典故、俗语。文化语境是做好文学翻译工作的坚实后盾，文学翻译效果直接受文化语境影响。

二、文化语境对文学翻译的影响

文学翻译的文化语境包括源语文化语境、译入语文化语境两种，这两种文化语境不同程度上影响着文学翻译效果。

（一）源语文化语境对文学翻译的影响

源语文化语境，顾名思义，指的是原作品产生的社会文化环境。文学翻译受众多文化因素影响，在众多文化因素中，源语文化语境对翻译的影响最直接。原作者的文化背景、原作品的社会经济环境等纷纷制约文学翻译。如果不了解源语文化语境，翻译者就无法对原文进行准确理解，译文质量将无法保证。例如，英汉两种语言，由于种族、历史、文化不同，英语与汉语的起源与发展、思维与表达存在较大差别，如果从字面判断字意，翻译的误差会比较大。举个简单的例子，汉语说"玩得开心"，英语说"enjoy oneself"，从汉语语言逻辑推断，"enjoy oneself"则成了"享受自己"，与原意相差千里。所以，源语文化语境直接决定文学翻译效果。

（二）译入语文化语境对文学翻译的影响

译入语文化语境是指译入语的社会文化传统、历史背景和审美价值观等。译入语文化语境会直接作用于翻译者，让其在翻译过程中自觉考虑译入语文化语境中的接受群体，使译作带有译入语文化语境色彩。文学翻译深受译入语文化语境的影响，尤其是社会文化传统的影响，译入语言通常带有浓烈的风格特征。例如，王尔德的《夜莺与玫瑰》，受译入语文化语境影响，翻译者在翻译时会适当删减词汇，保留语义的同时让其表现译入语的审美特征。

第四章　英美文学翻译的基本理论

　　英美文学翻译理论是翻译实践的高度概括与总结，对英美文学翻译有积极的指导意义。尤其是在全球化环境中，翻译涉及众多的、复杂的交际过程。文本、意图、阅读、接受原本等跨语言、跨文化的翻译活动如果单纯依靠实践经验进行下去，无论是整体翻译，还是细节翻译，把控难度都将增大。翻译理论是一种理性的思维模式，是对文学翻译的规律性认识。探索英美文学翻译理论，翻译者将把握文学翻译的基本规律，对原本有一个从整体到细节的掌控力，极大提高文学翻译效果。

第一节　英美文学翻译的语篇理论

　　20 世纪 90 年代，西方语言学家将语篇理论引入翻译学研究范围内，以语篇为单位提出翻译学研究的新模式——语篇翻译。语篇理论打破了翻译单位的传统认知，改变了"词对词、句对句"的传统翻译方式，翻译不再局限于原文和译文两种基本的语言体系，翻译对象扩展到了文化、情景等语境层面。系统认识语篇理论，强化语篇意识，文学翻译工作者将从传统的字、词、句翻译中解脱出来，整体把握语篇的内在逻辑及连贯关系，掌握原文主旨与作者意图，让译文更加出彩。

一、语篇概念

　　何谓语篇？语篇是指具有特定主题和作者意向的一些意义相关的句子通过一定的连接手段，按照一定的思维模式，为达到一定交际目的而结合起来的语义整体。语篇是一个相对抽象的概念，是思维加工的结果，阅读者需要分析后才能理解语篇的含义与功能。如图 4 - 1 所示，根据不同的语篇形态，语篇大致有四种分类方式：

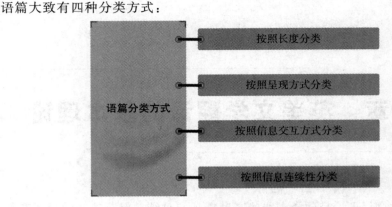

图 4 - 1　语篇的四种分类方式

其一，按照长度分类。语篇有不同的长度，从短到长，语篇可分为词汇语篇、句子语篇、语段语篇、短篇章语篇、长篇章语篇五种。其中，词汇语篇会被扩展成句子，如"a scientist"，在一定的语境氛围中，其语义被扩展为"This is a scientist"。所以，语篇是两个句子（或两个分句）以上的语言形式。

其二，按照呈现方式分类。语篇按照呈现方式可以分为纯语言语篇和图文语篇两种。纯语言语篇包括有声语言、纯字面语言；图文语篇包括影视剧下方的字幕、图文或图表等。其中，图文语篇可以结合图片、视频等给出的情境分析语篇语义，翻译起来事半功倍。

其三，按照信息交互方式分类。人物、情景、事件是语篇的基本构成要素，三者之间相互联系。人物和情景推动事件发展，事件酝酿产生人物和情景。对话和动作是三者互相作用的关键，塑造人物，搭建情景，促使事件发生。其中，对话包括真实对话和被记录的对话两种。根据信息交互方式不同，语篇被分为静态语篇和动态语篇两种。静态语篇是指语篇中出现大量的独白或文字记录的对话；动态语篇是指真实发生的对话，语言内容和形式随着语境变化而变化。

其四，按照信息连续性分类。针对表格、图示、路标和广告等形式，语篇可以分为非连续语篇和连续语篇两种。非连续语篇就是保留语言的原始形式，即表格、图示、路标等；连续语篇是指将表格、图示、广告等口头解说或文字记载下来。

二、语篇的重要性

传统语言学中，语言单位的最高级别是句子。作为基本语言单位，阅读者能够从句子中判断说话者所要传达的思想与情感。但是，句子与句子之间存在逻辑关系。有时候，一个句子并没有表达一个完整的语义，其存在的意义是铺垫。此时，如果只阅读单个句子，所获得的信息就会与实际出现偏差。所以，从语言的逻辑性表达来看，语言之间的关系不仅存在于句子内部，而且存在于句子之间，如"其""它"等前指或后指性词语，前一个句子（或后一个句子）中包含后一个句子（前一个句子）的内容要素。阅读者或翻译者需要阅读两个句子，并通过逻辑分析，判断前后句的整体语义。因此，为了更好地表达与理解语义，语言应该出现超出句子的更大单位并分离这些单位，确定其内部联系、组织、形式特征以及各种范畴的关系，这就是语篇。语篇是为完整语义服务的。

语言具有社会交际功能，而句子并不能表达一个完整的独立信息。从交际功能考虑，没有独立绝对的句子，句子存在于上下文之中，句子的情感、意义随着情境而变。因此，阅读者或翻译者要总览全文，站在一个较高的点上分析句子，将句子当作整体的一部分来理解，从语境中感受句子的内涵。语篇与情境、语境"血肉相连"，语篇是特定情境的文化信息载体。从语篇高度分析原文，阅读者或翻译者能够在文化情境中有效理解语言，掌握语言所表达的真实情感和语义信息。

三、语篇理论的基本内容及特点

（一）语篇理论的基本内容

语篇理论基本包括五方面内容：第一，语篇的单位。语篇单位包括词组、小句、标点句、完整句等。这些单位内部各要素之间以及单位与单位之间存在何种联系，各个单位如何组织成为连贯话语，是语篇理论的基本内容之一。

第二，语篇的类型。不同的语篇在功能目的、使用语言手段、所传达的信息性质等方面存在极大的差异，只有了解语篇类型，掌握语言表达规律，阅读者或翻译者才可能快速而准确地抓住原文的重点和中心。如图 4-2 所示，语言类型包括叙述类语篇、说明类语篇、联想类语篇、演辞类语篇四种。

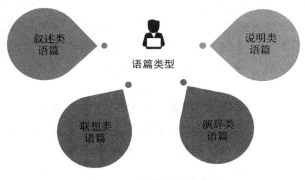

图 4-2　语篇的四种类型

叙述类语篇一般指按照一定的时空顺序串联特定的空间、场景、人物的描绘性文本，如典故、故事、笑话等。叙述类语篇的阅读关键在于对话，对话是语篇的灵魂所在。阅读者或翻译者要学会理解、分析语篇中的对白或独白，掌握信息，把控文化情感。

说明类语篇一般指科技成果、产品、人物、景点等信息的介绍文本。说明类语篇的逻辑表达一般按照由表及里、由浅入深、由上到下、由繁到简的顺序进行，包括引言、层级信息以及小结等。说明类语篇的阅读技巧就是抓住语篇内部的语句、段落关系，按照总分总或分总的阅读方式整体把握原文，分析原文的主干信息，精准而快速地掌握原文。

联想类语篇是指结构松散、逻辑性差、接近日常口语表达的一种语篇类型，多见于寒暄、会谈、访谈、答记者问等场景。这种语篇类型突出强调交际功能，在共同的语境下，说话者经常省略双方已知信息，语言简单而松散。阅读者或翻译者需要结合上下文语境理解语篇信息，通过一些关键词、画面意象展开跳跃式、联想式思考，推断原文语义。

演辞类语篇与联想类语篇类似，演辞类语篇属于即兴发挥，表现性较强，如祝酒词、迎送辞。演辞类语篇阅读或翻译的重点在于快速串联，阅读者或翻译者需要抓住语篇的关键性词语，将其按照语言逻辑串联成句子，将语篇浓缩成更小的语篇单位，以便更好地理解原文内容。

第三，语篇的衔接。关于语篇的衔接，有三个角度的解读。其一，通过语法和词汇手段的表层结构衔接；其二，语篇中不同成分、部分之间的比较具体的语义联系；第三，衔接是语义前后联系的具体形式。目前，语篇的衔接主要指语义联系的具体形式，包括照应、替代、省略、连接、重复、同义词、反义词、上下义关系、搭配等。

第四，语篇的连贯条件。语篇的连贯条件多围绕衔接与连贯的关系展开，衔接是语篇的具体意义关系，连贯是语篇产生的整体效应。语篇的连贯有三个条件：句子间有概念上的联系、句序符合逻辑、句子主述位结构相互联系。除此之外，关于语篇的连贯条件，还存在另一种说法。其将语篇的连贯条件归纳为"内部条件"和"外部条件"，"内部条件"是指语篇的意义以及体现语篇意义的衔接机制，"外部条件"是指文化语境、情景语境、认知图式和心理思维等因素。

第五，语篇的分析模型。语篇的分析模型呈现出多样化的发展趋势，比较主流的分析模型有：其一，杨才英引介 Van Dijk & Kintsch 关于语篇理解的模型——语言表层解码、语义连贯和情景模型，以此为参考，提出语篇分析模型，即以句子为单位的词汇语法功能分析、语篇衔接构建、心理模型完型；其二，张德禄根据系统功能语法语篇分析的两个层次，提出的语篇分析模型，即语境、语篇、评价语境；其三，辛斌、赖彦根据互文性分析的理论基础、目标与原则、维度与范畴、方法与应用价值，提出语篇分析模型，即互文性分析。

（二）语篇理论的特点

关联性和整体性是语篇理论的主要特点。

1. 关联性

关联性是语篇的基本属性。语篇各单位之间存在一定的内在关联，包括各语句单位形式上的关联和其他语篇单位之间形式上的联系。各单位之间的关联反映了语篇内容上的紧密关系，只有掌握各单位之间的关联，阅读者和翻译者才能理解语篇的整体内容和意义。所以，关联性是语篇的主要特点，而语篇关联性通过形式上的衔接和意义上的连贯来实现，即衔接和连贯。

（1）衔接。韩礼德和哈桑（Halliday & Hasan，1976）的《语篇的衔接中》提到，"衔接是语篇中一个成分和对解释它起重要作用的其他成分之间的语义关系。"简言之，衔接是将语句聚合在一起的语法及词汇手段的统称，是语篇中各个单位在形式上的"黏合剂"。例如：

A. The recognition that feelings of happiness and unhappiness can co-exist much like love and hate in a close relationship may offer valuable clues on how to lead a happier life.

B. It suggests，for example，that changing or avoiding things that make you miserable may well make you less miserable，but probably won't make you any happier.

A 与 B 作为两个独立的句子，内部存在联系。B 句开头的"It"指代上一句话，是上一句话内涵的补充与延伸。A 与 B 体现了句子与句子之间的指代衔接。

所以，组词成句、造句成篇、篇连成章，衔接功不可没。如果失去衔接，各级单位将各自为战，呈现的是一盘散沙。词语一直是词语，句子永远是句子，不会出现语篇，也不会形成语篇理论。可见，衔接是语篇存在的前提和基础。认识衔接，无论是对原文的理解，还是对译文的表达，都很重要。

语篇的衔接包括内部衔接和外部衔接两种类型。内部衔接是语义衔接，是语篇中深层语义的连贯表达。内部衔接比较抽象。外部衔接是有形的衔接，是语篇的表层结构。外部衔接包括语法衔接和词汇衔接两种类型，语法衔接具体分为指称、替代、省略和连接四种类型，其中前三种是语法手段，最后一种是逻辑手段，词汇衔接包括重复和搭配。这些衔接手段让语篇达到语义上的连贯。由于不同语言对应的衔接手段不同，翻译者要学会识别源语言的衔接手段，并将其用译语的衔接方法连贯起来，准确传达原文的信息。

（2）连贯。连贯是一种语篇内部关联形式，是将词语、小句、句群合理恰当地连成更大的语义结构的一种逻辑机制。只有篇章的语义存在合理的内部逻辑关系，语篇才能实现连贯。语篇连贯分为语用连贯和心理连贯两种类型。语义连贯在语言使用中与语境意义融合体现为语用连贯，在语篇处理中与阅读者（或翻译者）认知作用反映为不同程度上的心理连贯。连贯所体现的语篇关联性特点包括意义关联性和主题关联性两种。意义关联性是指语篇各部分之间意义相互关联，主题关联性是指语篇各部分在整体上表现为主题一致。

语篇连贯的常见手段有语篇标记语、词汇连贯、语篇类型和语篇模式。语篇标记语是表示单位间语义关系的连接词语，有意义的标记比例越高，语篇越连贯；词汇连贯是指通过词汇来组织语篇的语义关系；语篇类型和语篇模式是实现语篇连贯的基本手段，句子、段落通过一定的顺序和结构组成逻辑通顺、上下联系的语篇。

语篇的衔接与连贯相互联系、共同作用，促成语篇的关联性。如果语篇内部由各种衔接关系联系起来，且语篇在与语境的关系上保持语域的一致性，那么整体语篇读起来会非常连贯。在语篇中，衔接与连贯相对应，衔接本身是连贯的一种表现形式。各级局部单位只有衔接恰当，语篇整体才会更加连贯顺畅。

2. 整体性

语篇是一系列连续语段或句子所构成的语言整体，整体性是语篇理论的基本特点。语篇理论的整体性包含两层含义：第一层，语篇的整体性是局部的整体性，语篇的局部单位单独构成完整内容，它是语篇整体的一部分，虽不能完整表达语篇的内容和意义，但是和语篇存在某种内在语义联系。第二层，语篇的整体性不仅表现为语篇结构的完整，而且表现为写作意图的完整。

众所周知，文学作品，尤其是鸿篇巨制，内容中会出现各种各样的声音，给人一种"乱花渐欲迷人眼"的复杂感。众多的人物形象、曲折的故事情节、纷繁的场景环境，都要求阅读者或翻译者具有非常丰富的想象力和联想力，站在整体高度看待各部分，并将其有机整合，把握作品真正的精神。作为叙事语篇类型，文学作品体现了语篇理论的整体性特点。语篇理论的整体性表明，阅读者或翻译者利用语篇理论理解原文，可从认知层面、审美层面完整获得写作者的思想和意图。

语篇是由不同部分、不同层次单位组成的整体，在整体内部作用下，其在不同程度上失去独立自主性，获得一些原本没有的性能。正是因为不同部分不是简单的相加关系，而是改变自身特点与性能的主动融合，所以部分与部分之间联结紧密，构成了有机统一的语篇整体。所以，语篇整体性的本质是语篇的各部分潜在"共同意思"。

基于语篇的整体性，各个部分暗藏原文的"共同意思"，但是并不能集中体现出来。语篇的"共同意思"分散、隐秘于各个层级单位之中，阅读者或者翻译者需要经过逻辑推理、综合分析才能发现各组成单位"想要说什么"，进而拼凑出语篇的完整思想。这个过程叫作整合。整合是语篇整体性阅读、分析的心理过程，其能够把无形的、隐藏的思想、情感以及意义聚合成共同思想。整合实现了"1+1＞2"的阅读、翻译效果，它让局部单位超越原本的意义，让局部单位更高层次的总体思想慢慢浮现。

基于语篇理论的整体性，无论是非文学作品，还是文学作品，阅读者或翻译者都需要具备整合意识。非文学作品各级语篇单位之间的逻辑简单而明确，句子与句子、段落与段落之间的接应非常清晰，阅读者或翻译者只要按照语篇的框架逻辑分析各级单位之间的关联便可把握语篇的整体思想。所以，非文学作品中"接应＞整合"，但整合意识也发挥着重要作用。

文学作品结构较为复杂，作者的真实意图经常隐藏在一些人物语言、动作或者情景之中。阅读者或翻译者在阅读文学作品时，经常会被不同的叙事、情节吸引，看到不同的风景，听到不同的声音。这些不同的情感、声音具有很大的迷惑性，阅读者或翻译者如果不具备整合意识，可能会被作品"牵着鼻子走"，进而出现表层阅读、翻译现象。因而，文学作品中"整合＞接应"。阅读者或翻译者要立足整合意识，考虑各部分之间存在的某种隐性的思想、情感关联，结合上下文阅读、翻译，保持语篇各个部分的内在情感一致。

四、语篇理论下的英美文学翻译

语篇理论是英美文学翻译的重要指导理论，语篇理论的关联性和整体性与英美文学翻译活动不谋而合。语篇理论将连贯而完整的较大语言交际单位，如段落、篇章，作为分析对象，这有利于翻译者从整体上把握原文，看清楚句与句、段与段之间的衔接关系，发现内在语义的连贯关系，明确原文的意图性原则和信息传递原则，从而翻译出源语言中的潜在信息。因此，语篇理论指导下的英美文学翻译活动处于"一览众山小"的总览地位，翻译者会随时回顾上下文，从全局着眼，将局部统揽到某个正确的方向，归纳出原文本的主题思想与表达风格，创作出上下文语义连贯的优秀译作。接下来，本书将具体探讨语篇理论指导下英美文学翻译的优势及策略。

（一）语篇理论指导英美文学翻译的优势

如图4-3所示，语篇理论指导英美文学翻译具有四大优势。翻译者根据语篇理论进行译文的创作，有利于译文整体语用原则和表述方式的建构，有利于译文语义的连贯，有利于译文还原原文，有利于译文的调整和修复，最终创作出高质量的译文作品。

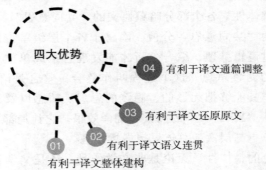

图 4 - 3　语篇理论指导英美文学翻译的四大优势

1. 有利于译文整体建构

如何界定一部优秀的英美文学翻译作品？一部优秀的翻译作品必然突出原作者的写作意图，突出原作品的中心思想，准确再现原文的语言信息与审美态度，使阅读者产生如同源语言阅读者一般的阅读效果。如何创作优秀的英美文学翻译作品？语篇理论是优秀英美文学翻译作品的理论基石，语篇理论指导英美文学翻译作品的谋篇布局，帮助译文进行整体建构。

语篇理论指导下，翻译活动与写作活动的轨迹基本相同，翻译者根据目的语的行文需求挖掘原作的单位结构关系、语义连贯关系、语用原则以及信息传递原则，将原作的各种关系、原则转换成译语的语言结构以及用语原则，按照译语的表达逻辑重新组织语言，删繁就简，建构符合读者用语习惯的译文。

2. 有利于译文语义连贯

语言结构分为两种：线性序列结构和层次成分结构，层次成分结构依托线性序列结构而生。共线频率高的线性序列容易固定成一个整体单元，当两个或更多线性序列组合在一起时，语言就会产生层次结构，其中每个线性序列就变成了一个成分结构。比如，"There is no doubt…" 和 "It suggests…" 两个线性序列组合在一起，就会产生新的层次成分 "There is no doubt…It suggests…"。

语篇的层次律与语言结构特点极为相似。一部英美文学作品会同时存在多个线索，各个情节线索按照时间顺序先后展开，写完一个情节再写下一个情节，前一个情节或与后一个情节存在并列关系，或与后一个情节存在递进关系，这就形成了层次。在一环扣一环的层次结构中，作者想要传达的某种思想或情感随着时间的推移、情节的推进而逐渐浮现，在某个高潮点彻底迸发，这就是语义连贯的内在逻辑。

词组、句子、段落、篇章等都属于语篇的单位，这些单位共同构成了语篇基本框架结构。英美文学作品的篇幅较长，作品的层次成分结构通常以段落为基本单位进行划分。按照语篇的层次进行作品翻译，有利于培养翻译者的层次结构观。翻译者将根据"开端—发展—高潮—结局"的结构顺序划分原文段落，根据情节变化分析、总结段落的主要内容，根据内容建立段落与段落之间的内在联系。这样的文学翻译过程避免了语义不通。翻译者根据段落情节内容建立译作的层次结构，逐层翻译，有序叙述，还原原作的语义逻辑，实现译文的语义连贯。

3. 有利于译文还原原文

每一部英美文学作品都是经典，其完整性毋庸置疑。翻译者在翻译英美文学作品时，每个词、每句话的翻译不是真正的难点，如何完整呈现作品才是难点。译文要保证思想、意义与原作完全一致，完整阐述原作。传统翻译的焦点是句子，传统翻译的译本是对句子的简单复刻，这样很容易丢失、曲解原意。与传统翻译不同，语篇翻译理论立足原作整体，根据语段的意思翻译，注重上下文关系，注重完整意义的表达。因此，语篇理论有利于译文对原文的整体还原，保证译文的准确性和完整性。

4. 有利于译文通篇调整

语篇理论指导下，翻译者会对原文语篇的连贯结构、逻辑层次和整体脉络进行分析和总结，按照总结的框架和脉络组织和创作译文。但是，译语有其独立的语言体系，按照原文的连贯结构、逻辑层次进行翻译的行文，无法保证译文语篇的通顺连贯。要想确保译文的连贯，就要对译文进行通篇调整。语篇理论不仅指导译文的创作，而且是译文调整的依据。语篇理论有利于译文的结构调整和语用调整。

（1）结构调整。译文的逻辑关系和线性顺序组成了连贯结构。逻辑关系重组和线性顺序重排是译文结构调整的主要工作。逻辑关系与线性顺序密切相关，逻辑关系决定线性顺序，线性顺序隐藏逻辑关系。译语与源语言存在的文化环境不同，语言组织与表达的逻辑关系、线性顺序也有所不同。译文在进行结构调整时，翻译者要站在语篇的高度，根据译语的表达习惯谋篇布局，重新建立语言的逻辑关系和句子、段落的线性顺序，在保持原意不变的前提下实现语言的调整与变通，提高译文的连贯性和可读性。

（2）语用调整。当译语的语篇无法通过结构调整达到连贯时，翻译者就要进入语用调整层面，对不连贯的译语进行深层次的语义探索，调整用语。不可否认，原作和译作存在文化图式差异。由于社会环境、文化习俗、生活方式、思维方式、价值观念不同，作者和翻译者的知识结构也有所不同，翻译者对原作中一些词语、典故、现象的翻译可能与原意有所出入，导致段落、

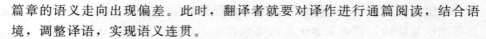

篇章的语义走向出现偏差。此时，翻译者就要对译作进行通篇阅读，结合语境，调整译语，实现语义连贯。

（二）语篇理论指导英美文学翻译的方法

衔接和连贯是语篇翻译的两大主体，语篇理论要求英美文学翻译做好译文的衔接与连贯工作，提高译文质量。原文的衔接包括词汇衔接、照应、省略等，翻译要对照原文，进行语言的词汇衔接、照应以及省略，达到还原源语言的翻译效果。与此同时，翻译者还要兼顾语义连贯，从小句和语篇层次的实义切分入手，保证译文的语义连贯。

1. 衔接

（1）词汇衔接。词汇衔接是指将一对或一组具有语义联系的词语接续在一起。有语义联系的词语是指在一定意义上完全或不完全重复的词语，包括同义词、近义词、上下义词等，也可能是具有联想关系的同一语域的词。语义联系是英美文学作品的常见现象，作者经常用同义词、近义词或者上下义词进行词汇衔接，实现对句子的完整叙述与意义的完整表达。翻译者在翻译时要注意前后语义联系，做好词汇衔接，确保译文与原文语义一致。例如：

原作：

She dwelt among the untrodden ways,

Beside the springs of Dove;

A maid whom there were none to praise,

And very few to love...

（华兹华斯《逝去的爱人》）

译作：

她住在罕有人去的地方，

靠近白鸽清泉之旁；

这位姑娘没人对她赞扬，

也不为她儿女情长……

原作中的"She""A maid"属于同义词，都是指诗中的露西。作者用这组同义词进行语篇的上下衔接，体现了诗歌的模糊美。因此，翻译者在译文中对两个衔接词也做了同化处理，保留原意的同时保持原作的审美风格，让译文阅读者感受到原诗的艺术魅力。

（2）照应。照应通过具有指称作用的语项与其所指项之间的语义联系实现。其中，具有指称作用的语项包括人称与物称代词（他、她、它）、指示代词（这个、那个）、比较词（这样、其他）等。指称语项与其所指项在语篇中建立关系，实现段落、篇章的逻辑联结。根据语篇的照应关系，文学翻译过程中，翻译者要学会发现文本中的指称语项，在译本中体现指称语项与其所指项之间的指代关系，实现译文语句的原样衔接。例如：

原作：It was the best of times，it was the worst of times，it was the age of wisdom，it was the age of foolishness，it was the epoch of belief，it was the epoch of incredulity，it was the season of Light，it was the season of Darkness，it was the spring of hope，it was the winter of despair，we had everything before us，we had nothing before us，we were all going direct to Heaven，we were all going direct the other way——in short，the period was so far like the present period，that some of its noisiest authorities insisted on its being received，for good or for evil，in the superlative degree of comparison only.（查尔斯·狄更斯《双城记》）

译作：那是最好的时代，那是最糟的时代，那是智慧的年代，那是愚蠢的年代，那是信仰的时期，那是怀疑的时期，那是光明的季节，那是黑暗的季节，那是希望之春，那是绝望之冬，我们眼前拥有一切，我们眼前一无所有，我们都在直升天堂，我们都在堕入地狱——简而言之，那一时期极像当前的时期，有些最有影响的人士坚持认为，你说它好也罢，说它歹也罢，都只能用最高级形容词。

作者用物称代词"It"开头，组成英语排比句。与"It"对照的单词及词组是"age""times""the period"，彼此之间呼应，形成逻辑关系。翻译者按照句子的衔接方式——照应进行翻译，将该段落分割成两部分，前一部分是"那是最好的时代……我们都在堕入地狱"，后一部分是"简而言之，那一时期极像当前的时期……都只能用最高级形容词"。"那是"和"那一时期"是相互对照的两个词，"那是"是原文的指称代词，"那一时期"是其所指项。翻译者用"那是"翻译"It was"，既还原了原文的指称项，同时又具备汉语语言诗意化的风采。如果直译成"它是"，语句读起来便显得缺乏情感。

（3）省略。省略衔接一般是使用语法手段，将前文提到的部分与省略的部分联系起来。省略衔接会让语句言简意赅、条理清晰。英语语言经常出现省略现象，主语、谓语、宾语等都可以省略。对翻译者来说，省略句是一种挑战。在英语向汉语转换过程中，翻译者要将省略的部分补充完整，保证汉语语句逻辑清楚，语义通顺完整。例如：

原作：For，the time was to come，when the gaunt scarecrows of that region should have watched the lamplighter，in their idleness and hunger，so long，as to conceive the idea of improving on his method，and hauling up men by those ropes and pulleys，to flare upon the darkness of their condition. But，the time was not come yet；and every wind that blew over France shook the rags of the scarecrows in vain，for the birds，fine of song and feather， took no warning.（查尔斯·狄更斯《双城记》）

译作：因为总归有一天，这一地区稻草人般骨瘦如柴、衣衫褴褛的贫民在闲散、饥饿中看够了这点灯人将灯扯下拉上，就会想到要改进他的办法，用这些绳子和滑轮把人挂上去以照亮他们黑暗的处境。不过，那一天还没来到，掠过法国的风还在枉费力气地抖动这些稻草人身上的破烂衣裳，因为那些歌喉婉转、羽毛鲜丽的鸟儿尚未有所警觉。

原作中的这段话由两个复杂句组合而成，这两个复杂句运用了许多的省略，乍一看到，目的语读者会有些茫然无措。此时，他们就要想到英语语法中的省略情况，将缺失的部分补足再去阅读，这样语义就会清晰许多。翻译者也是如此。从译作可以看出，翻译者发现了原文中的省略，并将其中的省略衔接关系转化成汉语表达习惯，形成完整且优美的句子。例如，"in their idleness and hunger" 短语，其完整句是 "The paupers are in their idleness and hunger"。它省略了主语和谓语，变成一个插入语，插入句子之中。如果不把省略部分补充完整，译文就会缺失主语。所以，翻译者将主语补充出来，仍然省略谓语，并将主语与句子开头的 "the gaunt scarecrows" 相联系。"the gaunt scarecrows"（骨瘦如柴的稻草人）是一个比喻，作者将贫民比喻成稻草人，生动地再现了贫民的形象。翻译者将 "the gaunt scarecrows" 变成形容词，翻译成"稻草人般骨瘦如柴、衣衫褴褛的贫民"，构成整个复杂句的主语，然后按照汉语语用习惯，构建辞藻优美、语义清晰的语句。

2. 实义切分

（1）小句的实义切分

小句的实义切分是根据实际功能对句子进行意义划分，将句子中的已知（或称旧知）划分为主位，将句子中的未知（或称新知）划分为述位。韩礼德[①]将主位分成三类：单项主位、复项主位和句项主位。单项主位没有内部结构，不能再分成更小的功能单位；复项主位有内部结构，可根据语言的三大纯理功能进一步划分为语篇主位、人际主位和经验主位；句项主位指在小句复合体中由小句充当的主位。

单项主位在句子中一般充当主题成分，并体现及物性中的某一种功能，像参与者、过程或环境成分，其形式包括名词词组、代词、动词词组以及表示时间地点的副词短语、介词短语等。例如：

①Rose and the others（单项主位）didn't go to school.（"Rose and the

---

① 韩礼德是英国当代语言学家，是世界两大主要语言学派之一的系统功能语言学创始人。系统功能语言学以语义为核心，将语言分成三种功能，即概念功能、人际功能和语篇功能。概念功能认为语言的功能是形成大脑对内外部世界的基本概念，人际功能认为语言是与他人互动的工具，语篇功能认为语言是以交际为目的的信息整体。

others"表示参与者)

②Once(单项主位)she was a very good girl. ("Once"表示过程)

③In that park(单项主位),I have played for four years. ("In that park"表示环境)

复项主位是由单词或词组复合体构成的主位。其中,语篇主位表示语篇衔接,分为持续成分、结构成分和连续成分三种。持续成分指语言交际中新话题开始的语篇标示,如"now,well,oh";结构成分是指复杂句中连接两个短句的连接词,包括结构连接词(and,or,neither,but)、主从复合句连接词或词组(until,in spite of,because)、关系连接词(which,what,as);连续成分是指把一个分句和前文联系起来的附属语连词或词组,如"then,that is,at least,in that case"。

人际主位包括称呼成分、情态成分、语气标记成分和惊叹成分四种。称呼成分是指人称、物称,如"John,ladies,man";情态成分是表示说话者主观判断的情态附加语,如"absolutely,surely";语气标记成分是指限定操作词;惊叹成分是表示惊讶、感叹等感情的语气词,如"oh"。

经验主位与单项主位相同,体现句子的主题成分,经常对应句子中的语法主语、补语或环境附属语。

句项主位是指小句充当主位。句项主位一般出现在有两个动词的英语语句中。比如:

①If autumn comes(句项主位),can winter be far behind?

②Jack opened the windows(句项主位)and the wind blew in.

翻译者掌握主位类型对句子结构分析和情感感知大有裨益。例如人际主位,翻译者在句子中看到情态成分、惊叹成分等人际主位成分,就可以判断出句子情感以及祈使句主述位结构句型,进而根据主位类型推断出其是否属于人际主位。例如:

原作:The crippling stones of the pavement(单项主位),with their many little reservoirs of mud and water,had no footway,but broke off abruptly at the doors.

译作:坑洼不平的石头路面上,到处积满污水,无处下脚,没到各家门槛。

这句话中"The crippling stones of the pavement"是主位,其余部分属于述位。这说明这句话的主题是"坑洼不平的石头路面",后面的述位部分围绕该主题展开,阐述坑洼不平的石头路面发生的各种状况。按照原文的结构排布方式,翻译者确定了该句话的主题,将其余部分看作对主题的描述,较好地保留了原文的语言特色。所以,语篇理论指导下翻译者对小句进行实义切分，划分句子的主述位结构，有利于抓住语篇的主题，脱离生搬硬套的翻译状态，实现译文的顺畅表达。

（2）语篇的实义切分

文学作品属于超句际语言单位——语篇。在语篇层次上，主述位结构之间的联系和变化直接反映句际关系，这种联系和变化就是主位推进。主位推进规律帮助语篇实现实义切分，让翻译者看清语篇的内部结构，便于对语篇信息进行整理，从而完成高质量的翻译。所以，基于语篇的翻译离不开主位推进。许多学者根据主位推进关系研究、总结了主位推进模式，比较出名的模式有丹尼斯主位推进模式和徐盛桓主位推进模式。

捷克语言学家丹尼斯（F. Danes）提出了五种常见的主位推进模式（如图4-4所示）。简单线性推进模式是指前句的述位是后句的主位；连贯主位模式是指前句表述结束后，后句表述以前句为基础，附上新的述位；派生主位推进模式是指第一小句提出总主位后，从总主位派生出几个次主位；分裂述位模式是指前句的述位被分裂成几个部分，后句使用被分裂的第一小句的述位作为主位展开描述；跳跃主位推进模式是简单线性推进模式的变体，在推进程序中省略了一节主位链环。丹尼斯认为这五种主位推进模式相互依存，经常混合出现在语篇中。

图4-4　丹尼斯的五种主位推进模式

徐盛桓经过大量英语语篇研究，提出了英语语篇中四种常见的主位推进模式（如图4-5所示）。平行性发展模式是以第一句的主位作为出发点，后面的句子均以此句的主位作为主位，引出不同的述位，从不同角度对同一主位铺展开来。有时候，各句的主位并不完全相同，而是第一句主位的一部分。延续性发展模式是指前句的述位成为后句的主位，这个主位又引出一个新的述位，被引出的新述位充当下一句的主位，以此类推，实现语篇的成长。集中性发展模式是指各句分别以不同的主位开始，但是述位都是第一句的述位，如："English is a country；France is a country；Turkey is another country
…"交叉性发展模式是指前句的主位是后句的述位。

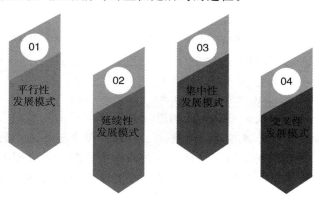

图 4 - 5　徐盛桓的四种主位推进模式

主位推进模式是英语语用规律，翻译者掌握主位推进模式，就可以实现对源语言的深层次理解与翻译。具体来说，翻译者可以通过主位推进模式找到语篇中的主位和述位，跳出寻找衔接与连贯的标志语的浅层翻译圈子，再现语篇省略或重复的内容，找到语篇真正的主题，达到理想的连贯翻译效果。

分析上述两种主流的主位推进模式，不难发现，主位推进模式只有两种形态：重复和非重复。重复的主位推进又分为重复主位型、重复述位型和完全重复型三种。重复主位型是指后句重复前句主位，有时前句主位是后句主位，有时前句主位是后句述位；重复述位型是指后句重复前句述位，有时前句述位是后句主位，有时前句述位是后句述位；完全重复型是指后句重复前句的主位和述位，这种类型包括四种变体，即前句主述位共同做后句主位、前句主述位共同做后句述位、前句主述位做后句主述位、前句主述位做后句的述位和主位。非重复的主位推进是指后句既不重复前句主位，又不重复前句述位。翻译者根据主位推进中主述位的重复和替代明确主述位之间的联系，发现语篇的隐藏信息，把隐藏信息放置到语境中翻译，加强译文语篇内部的连贯性。例如：

原作：A narrow winding street，full of offence and stench，with other narrow winding streets diverging，all peopled by rags and nightcaps，and all smelling of rags and nightcaps，and all visible things with a brooding look upon them that looked ill.

译作：一条臭气扑鼻的曲折窄街与其他曲折窄街相连，住的都是衣裳破烂、头戴睡帽的人，街道上一股烂衣睡帽的气味，所有眼见得到的东西都带着一副预示不祥的沉郁样子。

显然，这句话属于重复主位推进，前句主位是后句的主位。翻译前，翻译者会对文本进行主述位结构分析，依据重复主位推进规律，将隐藏部分还原出来，具体如下：

A narrow winding street，full of offence and stench，with other narrow winding streets diverging. The narrow winding street lives all people by rags and nightcaps. And the narrow winding street is all smelling of rags and nightcaps. And in the narrow winding street，all visible things with a brooding look upon them that looked ill.

结合还原句，翻译者在翻译时找到了语篇中每个短句的主题成分，降低了翻译难度，实现了语篇的连贯翻译。在译作中，翻译者又根据重复主位推进规律将原作中未出现的信息隐藏起来，按照汉语表达习惯将每个短句串联成通顺、清楚的语句。

第二节　英美文学翻译的功能对等论

每一位翻译者都希望自己的译文达到"信、达、雅""神似"或"化境"的标准。但是，译文究竟处在一个什么翻译水准？到何种程度才能称得上"神似"？这就不好下定论了。有人曾通过译文与原文的文字对比来评定翻译的质量，却因为两种文化语言的对应性盘根错节而得不到正确的结论。因此，英美文学翻译要从文字对比的怪圈中走出来，寻找别的翻译途径。

翻译本质上是信息传递，即交际。交际要建立在功能对等基础上，也就是说，英美文学作品的翻译要以功能对等为前提，帮助译文阅读者获得与原文阅读者几乎一致的思想、情感感受，实现信息交流的目的。什么是功能对等？功能对等又如何作用于英美文学翻译？接下来，笔者将对功能对等论进行详细阐述。

一、功能对等论

（一）功能对等论的产生与发展

每一种语言的短语、句子与另一种语言相比，总有语气强弱之分、描述具体抽象之分、表达雅俗之分，很难一一对应。而且，两种语言的地域环境、习俗文化、政治制度不同，不同语系人群对语言所表达的内容会形成差异化认知。所以，译文与原文在内容和形式上难以完全对等。由于这种实际情况的存在，20世纪五六十年代开始，众多学者和翻译理论家将翻译的焦点放在对等性上，试图找到相对对等的翻译路径，提高翻译水准。那一时期，语言学观点和实用主义观点成为对等翻译研究的两种主流观点。语言学观点认为翻译要利用语言学方法展开，但是这种翻译理论忽略了文化的信息传递，对等翻译效果一般。另一种观点——实用主义观点认为翻译对等是将源语言以及蕴藏的文化内涵传递给另一种语言体系的阅读者，利用功能对等的翻译方法达到较好的翻译实践效果。显然，实用主义更符合当时的翻译发展趋势，功能对等论由此登上翻译的历史舞台。

那个时期功能对等论的提出者主要有美籍俄裔构造主义者罗曼·雅各布森（Roman Jakobson）和尤金·A. 奈达（Eugene A. Nida）。雅各布森以符号学和语言学为基础提出对等翻译理论，从语内翻译、语际翻译和符际翻译等方面对翻译的本质进行厘定和分析，探讨了信息在不同语言之间传播的观点与看法。奈达的功能对等论是在其"动态对等"学说的基础上提出的对等翻译理论，在强调翻译内容的同时注意形式的对等。

20 世纪 70 年代，凯瑟琳娜·赖斯（Katharina Reiss）于 1971 年提出功能主义翻译理论雏形，即源语言的文本和译语的文本在语言表现形式、交际功能以及思想表达等方面应该基本对等。与此同时，赖斯还提出三大功能文本类型：诱导型文本、表达型文本和信息型文本。诱导型文本常见于广告、布告等形式，目的在于说服信息接收者采取行动；表达型文本以语言美学为划分标准，强调文本的语义句法和结构组织，如条例法令、学术文章等；信息型文本是以信息传递为目的的文本，掺杂信息、知识、感情、意图、观点等多种元素，如说明书、教材、新闻等。赖斯的功能主义翻译理论认为不同文本类型有不同的对等翻译方法，不能混为一谈。

之后，赖斯的学生汉斯·弗米尔（Hans Vermeer）在其观点的基础上提出了功能翻译理论的核心理论——翻译的目的论。之后，贾斯塔·霍茨·曼塔利（Justa Holz-Manttari）根据翻译目的论创建了翻译行为论。最后，克里斯蒂安·诺德（Christiane Nord）用英文对功能派的各种翻译理论进行了整理与归纳。

（二）奈达的功能对等论

虽然翻译的功能对等理论在长期的发展中一步步走向成熟，但是奈达的功能对等论仍然是对等翻译的一个风向标。这是因为奈达的功能对等论推崇翻译服务于读者，而这与大多数文本创作的初衷不谋而合。文本创作的目的是信息传递，信息传递的终端是读者，读者在阅读、接收信息后会对信息进行反馈与输出。文本阅读是信息传递与接收的过程。翻译是另一种阅读，只有以读者为中心进行翻译，译文的阅读者才能在感知与情绪上达到与原文读者类似的状态。奈达的功能对等论将重点转移到读者对译文的反应上，力求

译文与原文对等。所以,奈达的功能对等论对翻译工作来说非常重要。

1. 功能对等论的内涵

奈达在长期的《圣经》翻译研究中提出了功能对等论。功能对等论的前身是动态对等理论。1964年,奈达编写了重要的翻译学书籍《翻译的科学探索》,整本书以其长期的《圣经》翻译活动为例,阐述了语言翻译理论与相关实践。书中第一次出现了动态对等理论并解释"动态对等"翻译实现于分析、转化和重新组织三个翻译步骤。1986年,奈达的另一部翻译力作《从一种语言到另一种语言:论〈圣经翻译中的功能对等〉》问世,书中不再采用"动态对等",而是用"功能对等"代替"动态对等",由此功能对等论这一概念正式成型。

功能对等论是指两种语言之间达成功能对等。奈达认为世界上每一种语言都是独一无二的,一种语言没有办法完全翻译成另一种语言。所以,寻求文字表面的对应是一种"愚蠢"的翻译思想。虽然语言存在差异,但是不同语系语言的基本结构和组织规律相类似。换句话说,语言的功能存在对应的可能性。

在奈达的功能对等论中,功能对等是近似对等,即翻译过程不可避免地存在语义缺失,但翻译失误要控制在最小范围内。因此,奈达设置了功能对等的最低限度和最高限度。功能对等的最低限度是让译文读者对译文的理解达到原文读者理解和领悟文本的水平,功能对等的最高限度是让译文读者按照原文读者理解和领会原文的方式来阅读和感知译文。

奈达认为,所有的翻译都要为译语读者服务。所以,功能对等论的核心是读者的反应。翻译者要将读者的反应放在首位,考虑译文读者能否理解原文想要表达的内容与思想。为了让译文读者达到与原文读者近乎一样的阅读效果,奈达从翻译角度解读了语言功能,将语言功能划分为表达功能、认知功能、交际功能、信息功能、命令功能、情绪功能、寒暄功能、施为功能和美学功能九种。其中,信息功能是最主要的功能。

2. 功能对等论的主要观点

如图4-6所示,功能对等论主要包括三大观点。奈达将信息传递放在翻译首位,保证原文意思的准确传达。在保证信息准确传递的前提下,奈达的功能对等论还对读者反应、原文形式有要求。三大观点的具体内容如下:

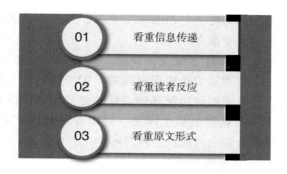

图 4 - 6 功能对等论的主要观点

（1）看重信息传递。信息传递是功能对等论最主要的观点。功能对等论看重信息的传递，即原文意思的再现，反对"死扣"原文形式。奈达表示，"把信息从一种语言传译成另一种语言时，必须不计一切代价保存其内容，形式处于次要地位"。与形式相比，内容更加重要。如果内容与形式发生冲突，翻译者要改变形式以保留内容，避免信息的严重失真。一般情况下，理想的翻译有四个条件：传达意义、传达原作精神和风格、行文自然流畅、两种语言的读者产生类似反应。然而，语言之间有差异，用语习惯、文化认知、表达形式有不同。翻译时，内容与形式会不可避免地发生矛盾，如果强烈要求形式保持一致，语言翻译可能陷入表层文字对应的糟糕状态；如果格外看重内容信息的"传真"，源语言的形式与风格可能走样。所以，理想的翻译很难实现。退而求其次，功能对等论认为翻译者起码要保证译文传达意义、行为自然流畅、两种语言的读者产生类似反应这三个条件得到满足。所以，功能对等论指导下的翻译看重信息传递，当内容与形式二者对立时，保内容而弃形式。

（2）看重读者反应。与传统翻译标准不同，功能对等论认为译文读者的领悟程度是衡量翻译质量的标准。如果读者对译文的领悟达到原文读者的领悟程度，那么译文的翻译质量比较不错；如果读者对译文的理解与原文所传递的信息出入较大，译文的翻译质量就比较差。以读者的理解情况为标准衡量翻译的质量，比较符合实际。因为每个人都是独立的个体，拥有独立的思想和判断，以译文的风格形式和语言相似度作为判断标准，每个人的翻译都是优秀的翻译，每个人的翻译也都是不合格的翻译。所以，以读者反应作为翻译评判标准比较公平与合理。功能对等论看重读者反应，以译文读者反应作为翻译的依据。翻译者以译文的可懂性为前提进行文本翻译，确保译文读者可以接受且能够做出反馈。

（3）看重原文形式。功能对等论看重信息传递，不等同于放弃原文形式，忠于原文形式仍然是该理论的重要观点。忠于原文内容和形式是翻译活动的两驾马车，在没有冲突的情况下，二者同等重要。如果直译能够传递文本内容，翻译者就没有必要改变原文形式。

功能对等论为原文形式转变设置了条件：①直译导致原文意义偏差；②外来语误导读者；③形式对应造成意思模糊；④形式对应无中生有，出现原文不存在的内容；⑤形式对应违反译语语法规则或损害语体和谐。当出现这些情况时，原文的形式就要服从于译文，翻译者要对译文文字进行变通，或者利用脚注解释说明，避免可能产生的误解。

3. 功能对等论的文化移植

奈达的功能对等论认为源语言文化与译语文化存在一定的差别，差别越大，翻译越需要调整。所以，功能对等论认为翻译时应该进行文化移植，即理解源语言的文化语境。语言符号的意义取决于语言共同体的文化，文化色彩不同，文化负载词就不同。何谓文化负载词？文化负载词是文化的标记，最能体现一种语言所承载的文化信息，集中反映了当下的社会生活。历史文化和民情风俗凝练成文化负载词。

然而，文化负载词是直译的"绊脚石"。每一种语言及其用语习惯都是由文化历史积淀而成的，如果不是生长在该语言环境下，就会对一些文化负载词很难理解。就像每个人都有属于自己的"口头禅"，如果不是与表达者相熟，了解独属于他的语言符号，就很难猜到他在说什么。文化负载词也是如此。如果译语读者不熟悉源语言的文化历史，很可能误解文化负载词，进而导致对文本信息理解的偏差。所以，功能对等论考虑到语言文化的差异性，要求翻译者在直译达不到最佳的信息传达效果时选择意译，理解文化负载词的历史渊源和文化背景，寻找译语中有同等内涵的词汇替代，实现文化移植。

4. 功能对等论的风格对等

功能对等论强调翻译者要尊重原文的文体和风格，不能将散文翻译成说明文，也不能将诗歌翻译成记叙文。虽然有时候语言形式会让步于语言内容，但是语言总体风格要保持不变。这里的风格不是内容与形式的统一，特指作品体裁的艺术风格。如果原作是诗歌，翻译者就要用诗歌的风格来翻译，译文要表现原文的语言风格和结构形式特点。与前文提到的原文形式不同，那个原文形式指的是小句的语法结构和构成形式，这里的形式指整个作品、文本所呈现的风格特点。所以，翻译时风格可以实现对等。

翻译者要在翻译前对原作进行整体阅读与分析，确定原作的体裁，熟悉原作的语言风格，在翻译时用与原作相一致的语言风格进行写作。比如海明威的文笔清新凝练，对话真实犀利，描述细致精确，翻译者就不能用搞笑、幽默的语言风格来翻译原作。只有这样，原作与译作才能实现风格对等，读者在阅读译作时才能获得与原作读者相近的艺术感知与审美体验。

二、功能对等论指导的英美文学翻译

（一）词汇对等

语素是语言的最小单位。语素按音节分为单音节语素、双音节语素和多音节语素三种。汉语中，双音节语素和多音节语素叫作词语，如双音节语素"枇杷"、多音节语素"精彩纷呈"等。词语是汉语的灵魂，汉语使用者习惯用词语组成句子，如"你吃饭了吗？""外面的世界真精彩"。词语是汉语语言架构的核心要素。英美文学翻译是从英语语用习惯向汉语语用习惯的转换，根据功能对等论，为了让译文读者能够接收到与原文读者对等的信息，翻译者要将英语词汇转换成与之对应的汉语词语，包括四字词语和叠词，凸显汉语的语言特点，确保阅读者获得较好的阅读体验。例如：

原作：In Kinvara, poor as we were, and unstable, we at least had family nearby, people who knew us. We shared traditions and a way of looking at the world. We didn't know until we left how much we took those things for granted.（克里斯蒂娜·贝克·克兰《孤儿列车》）

译作：在金瓦拉，我们一家穷困潦倒，时好时坏，但是身边至少还有家人，有相熟的故交。我们有着共同的传统和世界观。直到离开故土，我们才明白当初对这一切是多么习以为常、熟视无睹。

翻译者在翻译这段文字时特意运用了四字词语和成语，用节奏感强的四字词语对换原文中出现的词汇，让译文语言变得生动鲜活的同时有效诠释了原文的语义。例如，"poor"本义为"贫穷"，翻译者用"穷困潦倒"替代"贫穷"，语言更有力度，也更符合汉语语言审美习惯。又如，"unstable"本义为"不稳定的"，翻译者用"时好时坏"解读"unstable"，更符合语境，也增加了语言的文学性。相比"不稳定的"，"时好时坏"更具有生活感，有利于读者"走进"小说情境，感受主人公一家人的生活状态。翻译者用四字词语或成语成功化解了直译带来的语言空洞问题，用非常地道的中国语言来翻译原作，确保译文读者能够获得与原文读者几乎相同的阅读感受。四字词语或成语的运用体现了读者反应的对等原则，翻译效果更好。

除此之外，为了实现读者反应的对等，翻译者也可以用叠词表现英语词汇，提高译文的生动性和可读性。例如：

原作：The food Mrs. Byrne makes is bland and unappealing—soft gray peas from a can, starchy boiled potatoes, watery stews—and there's never enough of it.（克里斯蒂娜·贝克·克兰《孤儿列车》）

译作：伯恩太太做的饭菜寡淡无味：软趴趴、灰扑扑的罐装豌豆，硬邦邦的煮土豆，稀稀拉拉的炖菜，而且永远吃不够。

　　原文意思是伯恩太太做的饭菜不好吃。翻译者理解作者的意图之后结合原文词汇进行了翻译，用中国人的习惯用语生动描绘了食物的真实状态。例如，"starchy boiled potatoes"，中国人描述土豆喜欢用"硬邦邦"，翻译者直接用叠词"硬邦邦"替换"starchy"，既尊重原意，又符合汉语表达习惯。这段话中，翻译者运用了大量的叠词，像"软趴趴""灰扑扑""稀稀拉拉"，突出了饭菜质量差，让读者直接感受到了伯恩太太的苛刻。翻译者用叠词还原原文词汇，对等地传递了原文信息，帮助读者获得了与原作读者相似的情感体验。

　　总而言之，意译法是功能对等翻译的有效方法。翻译者通过归化或重复将英语词汇对等翻译成四字词语或叠词，建立汉语语境的同时保留原文语言风格，引起目的语读者的强烈共鸣，实现原文与译文的信息对等和读者反应对等，提高翻译质量。

（二）句意对等

　　由于汉语和英语在语法结构上的不同，有时候句法功能对等很难实现。此时，根据读者反应对等原则和信息传递对等原则，翻译者可以忽略句法结构对等，用意译法保证译文的可读性和可接受性。但是，汉语语法结构与英语语法结构也有相似之处，如二者都遵循"主语＋谓语"的句法规则。此时，翻译者就可以采用直译法，保证原文和译文形式对等。所以，所谓的句法对等是翻译者灵活判断的结果。假如直译效果不好，翻译者可以根据需要选择采用增译、长句变短句或反译等方法翻译英语语句，实现原文的中文式表达。例如：

　　原作：Recalling what Fanny said about ladies wanting to feel pretty even when they don't have much money...（克里斯蒂娜·贝克·克兰《孤儿列车》）

　　译作：我想起范妮曾经说过，就算手头不宽裕，女人们却仍然希望打扮得漂漂亮亮。

　　原作中这句话真正的主句只有一个单词"Recalling"，后面全是对"Recalling"的修饰和解读。"Recalling what Fanny said"是整个句子的主干，"ladies wanting to feel pretty even when they don't have much money"是对"what"的补充。由此可见，增加定语是英语语法结构的重要特点。与复杂冗长的英语句子不同，汉语表达给人精简干练的感觉，短小精悍是汉语的语言特色，如诗词。中国的文学家喜欢用简短的语言表达深刻的意思。因此，翻译者将原句中的宾语从句拆分翻译，将其拆分成"ladies wanting to feel pretty"和"even when they don't have much money"两部分，将"even when they don't have much money"提到前面，整个宾语从句变成"就算手头不宽裕，女人们却仍然希望打扮得漂漂亮亮"。这样的语言表达符合汉语语用习惯。翻译者将英语句法形式成功转化成汉语句法结构，营造了熟悉的汉语语言环境，提高了读者对原文的理解力和接受度。

除了长句变短句，增译和反译也是功能对等翻译常见的翻译方法。增译是指译文在内容、形式和精神上与原文对等。换句话说，翻译者在理解原文意思之后，要根据原句增加必要的词语或者小句，让原句的汉语语言组织在语法、语言形式上符合汉语表达习惯。反译是指将句子从肯定的表达转化成否定的表达。用反译的方法翻译原作，读者更能感受语句所表达的信息和情感。例如：

原作 1：That my boyfriend is acting like a mom.（克里斯蒂娜·贝克·克兰《孤儿列车》）

译作 1：我男朋友是个嘴碎的老妈子。

此句为增译句。原作中这句话的直译是"我的男朋友正在扮演着老妈的角色"。翻译者根据原句的情感和意思，进行了增译，用"嘴碎的"形容"mom"，生动形象，语义明确。"嘴碎的老妈子"实现了原句与译句的精神情感对等，既一针见血地说出了男朋友的性格与形象，又与原文的情感色彩一致，让读者精准地接收了原文信息。

原作 2：It's as if she's been walking on a wire, trying to keep her balance, and now, for the first time, she's on soild ground.（克里斯蒂娜·贝克·克兰《孤儿列车》）

译作 2：她仿佛一直在钢丝上行走，千方百计不掉下去。而现在，多年来第一次，她一脚踏上了坚实的土地。

翻译者采用反译法翻译整句话，将"trying to keep her balance"（努力保持平衡）翻译成"千方百计不掉下去"，突出了这句话中主人公内心的焦虑和紧张，表现了主人公生活的不容易。与直译相比，反译更能表现原文的意思。

总而言之，长句变短句、增译、反译等方法符合奈达的功能对等论，翻译者可以根据原句灵活判断，选择合适的译法翻译原句，实现句意对等，实现信息的对等传递。

（三）修辞对等

修辞是指用比较艺术化的方式处理词语或句子，生动形象地表达比字面意思更加深刻的内涵。修辞手法包括排比、比喻、夸张、对偶、象征、反讽等等，使用过修辞手法的语句更加优美。与此同时，修辞手法还是作者风格的表现形式之一。一部文学作品中，修辞手法是不可或缺的存在，作者经常通过修辞手法达到某种表达效果或营造某种语言氛围。因此，翻译者要注意原作与译作的修辞对等，只有通过修辞对等，译文读者才能知道原文读者在语义和修辞层面从原文中获取了什么信息。例如：

原作：Paper airlines, loud belches, high-pitched, ghostly moans followed by stifled giggles...（克里斯蒂娜·贝克·克兰《孤儿列车》）

译作：于是一会儿是纸飞机，一会儿是打响嗝，一会儿是幽幽的尖叫呻吟，接着有人捂嘴咻咻地笑……

显然，原文运用了排比手法，"Paper airlines" "loud belches" "high-pitched"，对仗工整，节奏感和韵律感较强，情感表达上更加饱满而细腻。翻译者根据修辞对等原则，在翻译时同样运用了排比修辞，即"一会儿是纸飞机""一会儿是打响嗝""一会儿是幽幽的尖叫呻吟"，所描绘的画面栩栩如生，给人身临其境之感。翻译者通过增译和修辞对等的方式将孩子们疯玩儿的场景完美地表现了出来，给予了读者与原文相对等的信息和情感。

实现修辞对等是让译文与原文一样能够与读者产生共鸣的重要途径。为了实现修辞对等，翻译者要建立意译意识，大胆改变单词词性或者增加、减少词汇，让汉语句意与原文相符，让读者获得最好的阅读体验。

（四）文化对等

语言与文化相伴而生，文化催生语言，语言延续文化。所以，英美文学翻译不仅是语言的翻译，而且是文化的翻译。翻译过程非常艰难，翻译者在表现句意的同时还要呈现句子潜藏的文化信息。换句话说，翻译者要相当熟悉英语文化和汉语文化。当英语著作中出现文化负载词时，翻译者要从汉语文化中找到与文化负载词类似的英语文化，用与汉语文化相对应的词语替代文化负载词，让读者通过汉语词语背后的文化信息了解原作潜藏的文化内涵。例如：

原作：The young children are restless, and the older boys stir up trouble in small ways, wherever they can find it. I want nothing to do with these boys, who seem as feral as a pack of dogs.（克里斯蒂娜·贝克·克兰《孤儿列车》）

译作：小不点儿们时刻不肯安生，一些年纪大点儿的男孩又总是到处惹是生非，简直无孔不入。我可不想跟这些男孩掺和，他们活得像狼一样野。

"a pack of dogs"中的"dogs"是文化负载词。狗在英语国家是一种文化的象征，英文中有许多关于狗的俗语和俚语，如"He is a lucky dog."（他是一个幸运儿）。英语国家喜欢用狗来比喻人，这与其文化息息相关。英语国家属于游牧文明，古时候，英语国家的人民发现狗有灵敏的嗅觉和矫健的身姿，经过驯服可以帮助狩猎，还可以陪伴主人。所以，英语国家的人民对狗非常友好，他们认为狗是家庭成员，是优异的象征。因此，许多俚语中会出现狗，用狗暗喻人的勇敢。狗是一个褒义词。但是，中国属于农耕文明，狗这种对农耕没有益处的动物并不受到重视。古时候，中国人饲养狗的目的是看家守财。此外，狗在中国有奴才的贬义属性，如"狗奴才"。

如果翻译者不了解英语文化和汉语文化的差异，将原句中的"a pack of dogs"翻译成"一群狗"，就会离题万里。因此，翻译者按照文化对等原则进行翻译，将英语文化移植到合适的汉语语言土壤之中，用汉语文化体现英语文化。具体来说，翻译者将"as feral as a pack of dogs"翻译成像狼一样野。用狼替代原文的狗，表现男孩的野性难驯。在汉语文化中，狼的地位与英语文化中的狗相似，有些中国游牧民族甚至将狼当作部落图腾，所以翻译者用狼翻译原文的狗，充满灵性且贴切，帮助读者获得了与原文读者相似的信息。

（五）风格对等

高质量的翻译不仅会保留原意，还会保留原文风格。所谓风格对等，就是译文语言风格与原文相似。只有译文语言风格与原文相似时，读者才能体会到原作的艺术之美。例如：

原作：Carmine tilts his head up and leans back in my arms, floppy as a sack of rice. "Yite," he murmurs, pointing.（克里斯蒂娜·贝克·克兰《孤儿列车》）

译作：卡迈恩抬起头，在我怀里往后仰，好似一袋松垮垮的大米。"光光……"他一边嗫嚅，一边伸出手指指着。

为了将原文的语言风格完美地阐释出来，翻译者将"Yite"翻译成"光光"。这是因为原文中的卡迈恩还是一个婴儿，不能用清晰完整的话语表达自己所见的事物。所以，作者用"Yite"这个单词表现卡迈恩的话语风格。实际上，"Yite"是"Light"。翻译者根据中国婴儿的说话风格将"Yite"翻译成"光光"，惟妙惟肖地再现了原文语言风格。

综上所述，奈达的功能对等论解决了直译和意译之间的冲突。在追求词汇对等、句意对等、修辞对等、文化对等、风格对等的翻译过程中，翻译者可采用意译法、直译法和归化法相结合的翻译方式解决英汉语言转化中出现的信息不对称、情感有偏差等问题，通过各种翻译小技巧，如增译、反译、省略等保留原文的内容精神和美学价值，让译作在忠于原作的基础上自然、流畅且语言优美。

第三节　英美文学翻译的语境适应论

语境是指语言表达和意义生成的环境。语境分为宏观语境和微观语境两种。宏观语境是脱离具体语言的大的社会环境，包括政治经济、时代背景、人文地理环境、社会文化心理等；微观语境是围绕具体语言所产生的语音、词汇、语法、语篇等语言因素。英美文学翻译既要把握宏观语境，又要掌控微观语境。宏观语境给予翻译者语境通观思想，有利于翻译者对语言的整体把握与分析；微观语境帮助翻译者落点于语言细节，有利于翻译者具体分析源语言的词语、句子以及行文手法。宏观语境与微观语境相辅相成，保证译文品质。宏观语境和微观语境是语境适应论的核心语，理解宏观语境和微观语境，掌握语境适应论，对于做好英美文学翻译工作颇有帮助。

一、适应原作宏观语境

英美文学作品是特定社会的精神文明结晶。根据语境适应原理，翻译者要适应原作的宏观语境，了解、掌握文学作品产生的政治经济环境、时代背景以及当时的社会人文现象，关注文学作品创作的历史渊源。只有当认知与原作宏观语境相适应，翻译者才能将原文中的隐藏信息挖掘出来并合理地翻译成译语，帮助读者理解原文的深刻内涵。如图 4-7 所示，关于英美文学作品的宏观语境适应，大致围绕以下几个方面展开：

A 政治制度的适应

B 生产生活的适应

C 自然环境的适应

D 人文文化的适应

E 思维习惯的适应

图 4-7　英美文学作品的宏观语境适应结构

（一）政治制度的适应

政治制度是国家机器的重要组成部分，影响人民生活和经济生产。所以，一个国家的政治制度决定文化建设，映射文艺形式。英美文学作品在一定程度上反映着一个国家的政治制度。如果不了解作品中描述的政治制度，对与政治制度相关的语言符号不熟悉，翻译就是一场无字天书的磨难阅读，译文很容易出现"翻译腔"。

语言是人类沟通与表达的基本工具，政治制度、文化生活、地理环境等都需要用语言去体现和服务。但是，语言不是上层建筑，它是上层建筑的附属品，上层建筑的变化也会引起语言的变化，就像社会政治制度变革会引起语言表达习惯的变动一样。中国几次用语习惯的变化都与政治制度有关，如先秦时期孔子提倡用"雅言"，至秦始皇统一，小篆成为正统，到了近现代，白话文取代文言文。英美国家亦是如此。不同的社会政治制度虽然改变不了语言的形状与结构，但是会改变语言的组织方式、语用习惯，创造出一些具有社会政治制度标签的词语或句子。这种语言现象会在文学作品中有所体现。当进行文学作品翻译时，面对一些"奇怪"的词语，翻译者要考虑与该词语有关的社会政治制度，了解词语产生的故事，将词意准确地传达给译文读者。

政治制度的适应是英美文学翻译者的必修课。翻译者一定要熟悉作品发表时期的政治制度，了解那个时期政治制度对语言文化的影响，掌握那一时期出现或消失的词语、句子，理解新词语或句子的特殊含义。只有完美适应原作的政治制度，才有把握翻译好英美文学作品。

（二）生产生活的适应

语言是一个生理与心理等多种因素交织交互的复杂系统，语言的使用既体现了系统内部结构要素之间的相互制约，又受到系统外部各种因素的相互影响。生产生活方式作为语言系统外部因素之一，通常会与自然环境、政治制度等相互作用，构建新的语用习惯和表达方式。

生产生活方式是社会谋取生产资料的手段，是人类生存与发展的决定力量。物质生产与精神生产创造了世界，也创造了语言。伴随着新物质的出现，新词语也在出现，如中国的牛耕生产方式创造出了牛脾气、孺子牛等新词语，英国的马耕生产方式创造出了"horse doctor"（蹩脚医生）、"horse sense"（基础常识）等新词汇。所以，生产生活是文学作品语境形成的重要因素。某一时期的生产生活环境会对语言形成影响，而语言的变化必然会反映在作者的作品中。因此，生产生活适应是语境适应论的构成成分之一。翻译英美文学作品，翻译者要掌握作品创作时期的生产生活样貌，了解生产生活给社会带来的变化，理解新变化出现后的新词语，在相对熟悉的环境中开展翻译活动，提高译文质量。

（三）自然环境的适应

地域是语言划分的重要标准。地域环境不同，人们的行为方式、生活习俗、思维观念以及文化审美等也存在较大的差异，语言是最直接的体现。不同区域的人群有属于自己的音调、音色和语言组织方式，如美国得克萨斯州人的口音很重，见面喜欢用"howdy"（how do you do?）打招呼，这是只有当地人才知道的俚语。地域环境是自然环境的重要内容。地域语言特色间接说明了自然环境对语言的深刻影响。自然环境直接影响某一区域的语言。所以，自然环境是宏观语境的组成部分之一。

受自然环境影响，英美文学作品中会出现一些固定搭配，即俚语、典故、俗语、谚语等。例如，"there are plenty of fish in the sea"，这个谚语是英国"海文化"的产物。由于英国围海而生，语言文化与海休戚相关。"there are plenty of fish in the sea"是英国人在失恋时常用的安慰语，中文可以翻译为"天涯何处无芳草"。如果不在语境中翻译，这句话就变成了"海里有许多鱼"。所以，翻译者在看到这些特定词组或短句之后不能直接翻译，不然会出现语义误导的翻译错误。此时，适应原作的自然环境就显得格外重要。翻译者要从自然环境入手查询原作中出现的"罕见词"的词义，从而把握整句话的语气、语调、情感和意思，精准地传达原作的信息、文化与风格。自然环境适应是译文还原原文的重要保障。翻译者应该了解英美文学作品作者所生活过国家的自然地理环境，熟知与之相关的语言文化，在合适的语境中翻译源语言。

（四）人文文化的适应

人文是一个广泛而复杂的概念。西方的人文在与科学相对应的语境中产生，中国的人文最早出现在《易经》中。随着人类文明的进步与发展，人文概念的内涵越来越丰富，涉及政治、哲学、历史、文艺、风俗等多个方面。信仰、情感、道德和美感是人文文化的精髓，而信仰、情感、道德和美感对语言的使用有极大的影响。尤其是美感，很大程度上决定了语言风格与特色。比如，汉语经过长时间的审美积累形成了均衡、对称的美学价值观，"支体必双"[①]的偶式语言结构成为语言审美的统一标准。"两个黄鹂鸣翠柳，一行白鹭上青天""先天下之忧而忧，后天下之乐而乐""蒹葭苍苍，白露为霜"……对仗工整是汉语表达的重要审美特点。

英美文学作品有其独特的人文文化环境，"孕育"出具有个性色彩的语言。例如，英国人说话委婉而礼貌，语句比较长，经常用从句含蓄地说出自己的真实想法。如果翻译者不在人文文化语境中理解原作的语言，很有可能无法再现原文的语言风格和特色。

除了美感外，情感、道德、信仰也影响文学作品的创作与表达。比如，英国的足球文化氛围相当浓郁。作为老牌足球国家，足球几乎是每个英国人都会谈论的话题。当然，与足球有关的情节也可能出现在文学作品中。如果翻译者不了解英国的足球文化，关于足球话题的语篇翻译就可能出现错误。

---

① "支体必双"出自刘勰《文心雕龙·丽辞》中的"造化赋形，支体必双；神理为用，事不孤立"。"支体必双"，支体即肢体，文中泛指一般物体；双就是对。"支体必双"是指文句结构常用对偶。

又比如，英国人以自嘲为乐，喜欢拿自己、自己的政府、自己的语言开涮，这种自嘲式的冷幽默需要在一定的语境中才能被理解。否则，别人哈哈大笑，你却不知所云。作为目的语读者与原作的"传话筒"，翻译者需要掌握与作品相关的人文文化，帮助读者进入正确的文化语境，感知语言的真正含义。要想做好英美文学作品的翻译，翻译者就要适应人文文化，在相对应的语境中感知语言，准确传达语言信息。

（五）思维习惯的适应

思维习惯是一种内在语境构成要素，对语言表达方式起重要的制约作用。思维与语言的关系是"体"与"用"的关系，思维是体，语言是用。不同文化地域人群的思维方式不同，语言表达方式也会存在差异，思维习惯制约语言交际。汉语与英语组织方式不同，是因为中国人与西方人的思维习惯不一样。汉语语言表达的背后是整体思维、思辨思维和具象思维，写作者在语言组织之前喜欢进行整体布局，文章开头一个词、一句话没有什么特殊的含义，一旦与整体联系在一起，词和句就如同果子见到了树木，有了自己的意义。局部与整体是人们思维中经常考虑的一对矛盾。在处理这一对矛盾时，东方思维多从大处着笔，从总体上阐释，注重整体效果。这种"语境通观"思想体现出思维对语言表达的影响。

整体思维制约语言表达的另一种表现就是在语言运用中讲求词、句、段、篇的有机联系，前呼后应，首尾一致，前有伏笔，后有交代，前有悬念，后有解释。在大的段落中，写作者多运用各种连词、副词将全篇连为一体。整体思维还使得汉语常用"意合法"连接分句，不拘泥于严格的语法结构。"意合法"不仅体现在句子内部，而且体现在句子之间。行文中，句子之间并没有明显的逻辑关系，零散的句子向着一个核心目标聚集，每个句子看似不知所云，组合在一起就形成了中心思想。"意合法"使得每一个句子都具有独特的语义内容，同时还将预设的语义内容演绎成各种不同特点的句子，提高了句子的思想张力。这种预设依赖于语言表达者精密、深邃的思维能力和对整体语义内容的把握能力。在预设之后，语言表达者将整体语义内容演绎转换为语言的外在表现形式，即各种句子。

思辨思维把天地万物看作富有美感的对立统一体，对立互补，相辅相成。思辨思维是语言表达的重要支撑，正反互证，构成精妙的语言。除了思辨思维外，具象思维也是汉语的重要思维特征。逼真、具象的意象语言是具象思维的体现。同时，音译外来词是具象思维作用的结果。

与汉语不同，英语是形态丰富的语言，"形合法"是英语的思维特点。由于英语注重逻辑思维，常规的句子一般由语义、关联词、结构层次、逻辑联系组合而成。在逻辑思维指导下，英语是一个语言线性序列，大多数句子按照线性结构延伸、铺展开来，各个句子具有基本相同的性质、句式和句型。甚至，句子的长短差别也很小，短句与短句加合在一起，集中表达语义内容。随着句群的增多，语义也在拓展和丰富。由于英语和汉语思维习惯不同，英美文学作品的翻译要适应两种思维习惯。翻译者要建立英语语言思维习惯，首先通过英语思维方式解读、翻译作品语言，然后切换思维习惯，用汉语思维方式重新将作品语义组合成语言，实现译文完整清晰且通顺自然的表达。

二、适应原作微观语境

微观语境是指语篇内的上下文和前后语。上下文和前后语是由特定话语方式、结构方式以及文体风格等因素营造出的氛围，也代表了作者独特的文学趣味以及读者领悟这种氛围时特定的审美感受。所谓适应微观语境，是指翻译者表现出的对语言结构的各个要素的基本了解，包括对语音、词汇、语法、语义、语体和语篇的了解。通过适应微观语境，翻译者可以对篇章中词、句、段落、语篇等各级单位的构成，对复杂的语义内容、特殊的句式表达等产生十分清晰的认知。所以，适应原作微观语境是做好英美文学翻译的前提与基础。

如图 4-8 所示，微观语境具有具体性、明确性和可操作性等特点。具体性是指微观语境中语言表达形式具体，所表达的语义具体。语句有一个具体的语境，不同的语境决定语句内容以及情感。明确性是指微观语境中各级语言单位从形式到内容都很明确。可操作性是指微观语境中各种语言"变体"都是可操作的，都可以通过一定形式描写出来。即使是与宏观语境联系紧密的一些语言单位，只要进入微观语境，语用者就可以根据其性质明确其语义所指。

图 4-8 微观语境的特点

根据微观语境所含有的要素，翻译者为了做好英美文学作品的翻译工作，需要适应微观语境的各要素，具体如下。

（一）适应语音语境

语音是语言的重要组成部分，语音表现一定的语义内容。语音形式的不同直接影响语义内容，直接关系到翻译质量的优劣。语音形式，即语流音变的发生，由上下文语境决定。什么是语音的上下文语境？语音的上下文语境由相邻的语音形式构成，因此语音流变是建立在相邻两个音的相互关系的基础上的。与此同时，音节与音节的配合也受到语音上下文语境影响，音节的数目、音节的响度等都依赖于语境条件。从音节数目讲，音节内容有一种相互牵制的内动力，这种内动力使音节在数目的配合上一般以整齐、匀称的平衡形式出现。它们在具体的语言表达中体现为一种单对单、双对双、多对多的平衡分布状态，包括连词前后的结构、动宾搭配。掌握音节形式规律，翻译者就可以结合适应语音语境所表现的形式规律组织语言，让译文语言符合源语言的音节形式，达到一种平衡的语言结构，突出译语的形式美感。

（二）适应词汇语境

词汇组成语境，语境赋予词汇某种特殊的情感与意义。词汇语境与宏观语境存在内在联系，宏观语境决定词汇语境。适应词汇语境，翻译者能从语境中感受到词汇的内在含义，提高译文翻译的准确性。在词汇的上下语境中，词汇很有可能脱离本身的语义而表达某种特定的含义。翻译者适应原作所表现的词汇语境，就能看到词汇究竟以什么样的目的出现，词汇与词汇组合在一起的客观规律是什么，词汇的不同选择的客观依据是什么。得到这些词汇信息，翻译者就能够判断原文词汇的性质，找到恰当的译语词汇表达原语。

词语一旦进入一个完整的语言系统，它就自带语境感。在词汇的上下文语境中，某一被应用的词汇本身就是构成语境的要素之一。当一个词与另一个词组合之后，它们相互就形成了语境的参照系。通过词语建构起参照系后，翻译者便可以判断词汇在语境中的真面目。词汇在上下文语境中可以改变它在词典中的面貌，改变句子在语言意义上的解释，可以使语言单位在整个语篇中获得各种各样的复杂关系。适应词汇语境，翻译者能在宏观语境指导下进入微观语境，在各级语篇单位中分析词汇，准确判断词汇在上下文语境中所体现的特定含义，以便精准翻译，让译文语义与原文语义一致。

（三）适应语义语境

上下文语境促成的词语之间的其中一种关系是转化关系。从词语语义的感情色彩看，上下文语境可以改变词语语义的感情色彩，使词语的语言意义与语用意义处于逆转或旁转的状态之中。所以，适应语义语境，翻译者可以判断词语的语言意义和语用意义，提高译文翻译质量。

（四）适应语法语境

词汇的语法性质和功能体现在句子中。英语中的一句话一般比较长，一句话就能形成一个语境。在语境中，翻译者可以根据前后短句判断词汇的语法功能，认识词汇的各种变化形式所受的条件制约，认识各种语法单位的功能变换。当对词汇的语法功能产生一定了解之后，翻译者会对句子结构形成一个较为清晰的认识，从而准确翻译出整句话的意思。所以，适应语法语境，有利于实现译文的高质量翻译。

（五）适应语体语境

语体是民族共同语的功能变体，是为适应不同交际领域的需求而形成的语言运用特点体系。即使是散文，作为与其他文字形式区分的标准，它也需要注意语体的运用。语体既与笔法有关，又与艺术有关。作为语言运用特点的体现，奈达将语体风格大概分为五种：礼仪的、正式的、非正式的、随便的和亲切的。他在《关于社会语言学》中提到了对这五种语体风格的界定：礼仪的语体一般是固定说法，用于各种典礼；正式的语体一般用于与不相识的人的对话，社会地位较高或权威人士说话时也用这种语体；非正式的语体通常用于跟相熟的人日常聊天；随便的语体是在非正式场合中使用的一种语体，朋友聊天、亲人说话等都可以用这种语体。

不同的语体暗示了不同的对话场合，也暗示了对话主体的不同身份。适应语体语境，翻译者可以有效判断所翻译话语传达的情感，根据情感特点翻译语句意思，从而精准传递原作的内在语义。

第五章 英美文学翻译的应用理论

英美文学翻译是汉语替代英语表达同一主题、同一故事、同一内容。翻译者要想用读者熟悉的语用方式表现原作的内容与形式，就要对英美文学作品的笔法风格、句法节奏有一定的了解。因此，笔者从英美文学作品的艺术性入手，阐述了英美文学翻译的艺术性原则、笔法与风格、句法与节奏，引导翻译者在艺术性原则指导下按照原作的笔法、风格、句法、节奏进行翻译，让译文在呼应原作的基础上展现出个性化的艺术色彩。

第一节 英美文学翻译的艺术性原则

艺术性活动是以审美意念为核心的人类主体用以寄托、交流、陶冶精神世界并升华思想情感的活动。文学作品的创作是一场艺术性活动，文学作品可被称为艺术品。文学作品灌注了作者高雅的审美，承载了作者多情的思绪，记录了世界多彩的变化，具备了艺术的审美性和精神性。与此同时，文学作品的语言精妙优美、引人入胜，是不可多得的传承艺术。写作过程中，作者对文字千锤万凿，力图用美的文字表达美的精神，向世界传递美的声音。翻译过程与写作过程极为相似，翻译者在一定程度上充当了原作作者的角色，他需要不断打磨文字，做到与原作神似，传递原作的语言美和精神美。

所以，翻译是艺术的高级形式。翻译既需要绘画的真实艺术，又需要音乐的韵律艺术，还需要雕塑的匠心精神。翻译是一种综合性艺术。以艺术标准进行英美文学作品翻译，更能凸显作品文字语言的艺术性和文学性，突出作品的审美精神。如果一个翻译者缺乏艺术修养，其对英美文学作品的翻译将是一场邯郸学步，翻译效果势必大打折扣。当一个翻译者具备一定的艺术修养之后，他还要遵循一定的艺术性原则。何谓艺术性？艺术性是指文学艺

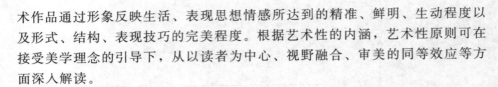

术作品通过形象反映生活、表现思想情感所达到的精准、鲜明、生动程度以及形式、结构、表现技巧的完美程度。根据艺术性的内涵，艺术性原则可在接受美学理念的引导下，从以读者为中心、视野融合、审美的同等效应等方面深入解读。

一、接受美学理念下的英美文学翻译艺术性原则

（一）接受美学理念

19世纪60年代后期，联邦德国"康士坦茨学派"代表人物姚斯和伊瑟尔提出了一种文学理念——接受美学理念。接受美学理念由两种核心观念组合而成，即期待视野和视野融合。期待视野是姚斯理论的核心内容之一，主要强调读者在阅读作品之前已经具备某种倾向性的审美要求和标准；关于视野融合，伊瑟尔认为一部作品在读者阅读之前存在大量"空白"和"未定点"，只有经过读者阅读并接受以后作品才具有审美价值。他们二人都强调了读者的主体地位，把一部作品的重心从作者、作品转移到读者的审美接受和审美经验上。不同时代、不同年龄以及不同文化背景下的读者，对同一作品的理解有所不同。由于文化认知、价值观念、思维方式的不同，不同的人在同一部作品中看到了不同的"风景"。所以，接受美学把开放性和不确定性看作文学文本的本质特征。读者是文学作品意义的建构者，是文学作品系统中必不可少的一部分。要想还原一部作品的艺术性神韵，翻译者必须以读者为中心，以作品的审美情感为线索翻译原作，让读者感受到文本的意义和价值。

（二）英美文学翻译的艺术性原则

1. 以读者为中心原则

（1）翻译者作为读者的"大同小异"原则。翻译者在英美文学作品阅读中扮演特殊的角色，他既是原作的接受者，又是译作的创作者。作为原作的接受者和阅读者，不同的翻译者对原作有着独一无二的理解，这种独一无二的理解让译作的创作呈现出了个性化和选择性艺术特点。因为译作创作的个性化和选择性艺术特点，译作的创作表现出了一定的自由度。相对自由是艺术创作的前提。翻译者可以根据自己的解读进行原作的翻译，让原作在保留原有审美风格的同时体现出翻译者的艺术修养。

尽管译作的创作相对自由，但并不意味着译作可以漠视社会文化契约。社会文化契约是社会经济条件下经济关系、政治关系、法权关系以及意志关系的综合，是推动整个社会发展进步的精神文化。翻译者相对自由创作的前提是尊重社会文化契约，尊重原作的基本设定。翻译者要接受原作的制约，接受审美客体中艺术形象或艺术意境对主体的引航，在"大同"的基础上进行"小异"的创作。这种"小异"体现在翻译者的接受目的、修辞情境以及

个人因素对译文的影响等方面。接受目的,即翻译者想要从原作中获得什么；修辞情境是指现实情境、个人情境和时代社会情境；个人因素是指个体的人生观、价值观、审美观、社会阅历、兴趣爱好、文化认知、个性气质等。个人因素是英美文学翻译作品艺术性最主要的影响因素。作为一名接受者,翻译者将自己接收到的信息翻译成相对应的另一种语言,这会受到翻译者自身文学修养和语言素养的影响。

（2）普通读者的艺术性原则。英美文学作品的艺术欣赏,简单来说就是文学作品艺术美的欣赏,包括语言美、结构美以及情感美。翻译者要想将英美文学作品的艺术美传递给读者,就要以读者为中心进行文学作品的翻译。不同的读者对艺术美的衡量标准不同,但是艺术之美都要从物化的作品信息中获取。所以,作为译作读者,他们获取艺术美的渠道相同,即从译文中获得与自己认知经验、人生经历、审美阅历相符合的艺术之美。

翻译者要兼顾不同读者的艺术修养和审美水平,在还原原作语言信息与情感内涵的基础上,创作出一般性的艺术作品。这就要求翻译者对普通读者有一定的了解。普通读者作为文化共同体的主体,他们对于语言艺术具有民族性的共同审美,具体体现在选词、句式以及文章风格等方面。

在选词上,汉语要求用词雕文织采、文雅细腻,富有诗情画意。与英语的直白朴素不同,汉语强调语言的文学性和艺术性,常用四字成语、叠词、意象词等生动形象地描绘事物,把人带到优美的意境当中。所以,根据阅读者的艺术审美习惯,翻译者在用词上多注意叠词、成语、意象词等词语的运用,并将词语按照中式语言表达习惯排列组合,提高译文语言的欣赏性和可读性。

在句式上,汉语句式与英语句式不同。汉语句式短小精悍,常采用排比、对偶等结构性句式组织语言,看起来颇具美感。例如,《声声慢·寻寻觅觅》："寻寻觅觅,冷冷清清,凄凄惨惨戚戚",对仗工整,从结构上看语言精致,富有艺术性。所以,翻译者在句式运用上要进行结构转化,将英语语言结构转化成汉语语言结构,以符合阅读者的艺术审美期待。

在文章风格上,语气、修辞等影响文章风格。汉语的修辞手法和英语的修辞手法相似,但是修辞的语言组织和表达方式不同。而且,汉语的语气、称呼与英语也不尽相同。翻译者要根据译文阅读者对语气、修辞的理解进行语言表达,提升译文的审美认同度。

当然,读者的主体作用不宜过分夸大。读者和作者谁占据主体地位还要取决于作者能否创造出鲜明的艺术境界及其物化的程度如何。读者固然可以调动自己的想象对作品的艺术境界进行再创造,但是读者在文学作品再创造时使用的生活经验和审美经验还是由与词采、声律有关的物化信息唤起的,

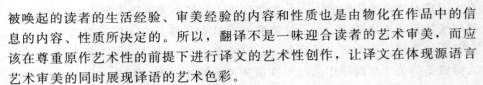

被唤起的读者的生活经验、审美经验的内容和性质也是由物化在作品中的信息的内容、性质所决定的。所以，翻译不是一味迎合读者的艺术审美，而应该在尊重原作艺术性的前提下进行译文的艺术性创作，让译文在体现源语言艺术审美的同时展现译语的艺术色彩。

2. 视野融合原则

"视野"是指由认知经验构成的理解范围。英美文学作品因为作者的认知经验有其固定的形式结构和较为稳定的思想内容，翻译者的二次创作受原作作者创作时的视野限制，译文只能在固定视野基础上进行二次发挥。与此同时，译文还要受到翻译者视野的限制，翻译者的认知与经验水平决定了译文的最终质量和艺术高度。

由于既受到原作作者的视野限制，又受到翻译者的视野限制，翻译活动实际上是一场视野融合活动。翻译者要根据既有认知经验去理解原作，将原作所表达的知识信息和生活经验内化成自我认知的一部分，实现认知经验的积累与增加。所以，翻译遵循视野融合原则，尤其是主观色彩鲜明的艺术性翻译，更离不开视野融合的帮助与作用。

视野融合原则加大增加了原作的不确定性和可创造性，有利于译文的艺术性创作。在视野融合理念下，读者与文本之间始终处于动态交互的对话状态，读者通过既有知识经验深入文本内容，文本通过读者的参与呈现意义生成的无限性。读者的期待视野与文本的召唤结构在相互交融中创造了文本的意义。读者以既有文化视野主动填充、确定文本的空白点和未定点，创造出带有鲜明个性色彩的文本意义。翻译者作为掌握译语文化和源语言文化的阅读者，拥有属于自己的语言表达习惯、情感审美、个性学识和认知经验。翻译者凭借自己的视野进入英美文学作品的内容世界，领悟原作意图和意蕴，然后将自己的视野与原作视野相融合，利用丰富的语言知识、文化知识进行文学作品的二次创作，利用想象力和创造力填补文本空白点和未定点，在呈现原作内容与形式的同时，呈现翻译者的精神解读水准。

读者的视野与原作的视野始终处于时而融合、时而断裂的变化状态之中。读者的视野经过消解和同化，打破了原有的视野结构，在自我否定与吸收同化中形成了新的视野。这个解读过程就是视野融合过程。解读的过程就是视野不断接纳、修正、扩建与调整的过程。翻译者作为阅读者，在视野融合原则下，他会对已有的认知经验进行调整与改造，对作品进行重新创作，将自己的生活经验与情绪记忆融入文学作品的译作之中，创作出一部与原文相似却又不同的艺术作品。所以，在视野融合原则下，译作是一部与原作高度相仿的艺术作品，它在还原原作的同时表现出一定程度的艺术异化。

3. 审美的同等效应原则

美的本质是一种关系属性，是对象特性与人类的正价值指向性的高度和合。人类既是创造美的主体，又是感受美的主体。所有的美都是一种关系属性，客体对象形成了美，人类审美时感受到这种美的存在。审美是美存在的前提。由于艺术美是一种关系属性，欣赏美的主体必须心中留存或产生审美愿望，如此有机会感知、欣赏艺术作品的美。英美文学作品作为一种艺术品，如果原作所体现的审美观念、审美价值与阅读者的审美倾向不符合，阅读者就感应不到作品所散发的艺术魅力。

但是，人类有基于地球生存环境的共性审美倾向。就像绘画、音乐，它们跨越千年、横跨东西地域被不同时代、不同时空的人欣赏，是因为这些艺术作品具有人类基本的共性审美倾向，世界各地的人都有能力欣赏作品的艺术之美。这便是审美的同等效应。英美文学作品翻译同样遵循审美的同等效应原则，翻译者要将共性审美通过语言传播给译语使用者，让译文阅读者获得美好的审美体验，提升自身的审美水平。

第二节 英美文学翻译的笔法与风格

一千个读者就有一千个哈姆雷特。世界上没有两部相同的著作，也没有两个相同的人。每一部英美文学作品都有其独特的风采，具体体现在笔法和风格上。英美文学翻译是一种文学艺术传播行为，译作要尽量与原作保持一致，以实现文字信息与艺术风格的完整传播。因此，翻译者要对英美文学作品的笔法与风格有所了解，奠定译作延伸原作笔法与风格的基础。

一、英美文学翻译的笔法

"笔法"一词出自春秋笔法。春秋笔法是一种写作方法，表现在文章中就是文字只写三分，留有七分的空白与猜想空间。行文欲言又止、蜻蜓点水，不直接阐述对人物、事物的看法与见解，主要通过细节描写、使用修辞手法等方式婉转地表达自己的观点。这种春秋笔法极为深隐犀利，难以索解，极大地增加了文字的信息含量，给人留下非常广阔的思考空间。从文学的角度分析，春秋笔法要求用词准确、选词谨慎，将深层次的内涵隐藏于平淡的话语之中。中国许多文人认为春秋笔法是我国修辞的最早萌芽。

春秋笔法的核心是"简而有法"，引申到文学作品之中，它是用于区分作品的概念。笔法与春秋笔法一脉相承，但是经过文学历史的发展与变迁，笔法的含义在原有的基础上得到了发展。笔法代表文学作品的语体与文体，笔法不同，文学作品的语言风格千差万别。笔法是文学作品保持艺术个性的源动力。如图 5 - 1 所示，根据英美文学作品的文体与语体特点，英美文学作品的笔法大致分为五类：

图 5 - 1　英美文学作品笔法

（一）记叙笔法

记叙笔法是指将作者的所见、所闻、所感、所想、所历用文字语言叙述表达出来的一种笔法。记叙笔法带有鲜明的作者标签，翻译者一定要翻译出作者的笔调与风格。记叙笔法一般以写人、记事、绘景为主要内容，在谋篇布局和遣词造句上有一定的规律特点。在谋篇布局上，记叙笔法一般体现时间顺序，或顺叙，或倒叙，或插叙，营造不同的阅读气氛，为读者带来不同的阅读体验。除了时间顺序外，有时作者还以地点为顺序展开描写，描绘不同地点的风景与人事。

在记叙笔法中，开头和结尾是两个重点。语篇开头所运用的记叙方法包括开门见山、描形绘神、埋伏笔、设悬念、对比映衬、渲染气氛、先闻其声等。开门见山是指语篇开头点明主题；描形绘神是指在语篇开头描绘出主人公的神态、外形特点，生动地展示主人公形象；埋伏笔是指语篇开头给出一个线索，让读者根据开头线索猜测出接下来要讲述的内容；设悬念是指话语能够引起读者的好奇，促使读者继续阅读下去；对比映衬是指开头运用对比手法，陈述两种截然不同的情境，以此衬托某人或某事；渲染气氛是指描写一处特有的风景或者描写一段特殊的经历，渲染、烘托某种气氛；先闻其声是指语篇开头是一段描写主人公性格或内心的话语，紧接着是主人公的出场。

语篇结尾包括自然式结尾、总结式结尾、启发式结尾、疑问式结尾、梦幻式结尾、引歌引言式结尾。自然时式结尾是指当事情、人物或者景物描写清楚之后，语篇的结尾自然浮现；总结式结尾是指语篇记叙完成之后，作者利用递进的语言表达方式总结内心的感受，升华主题；启发式结尾是指将记叙之后的启发写出来，点明中心；疑问式结尾是指记叙结束后，作者用问句或者反问句结尾，表达自己的看法或者诱发读者的思考；梦幻式结尾是指通过梦境寄托作者的意愿和情思，引人遐想；引歌引言式结尾是指结合叙述的内容，作者运用恰当的名言名句或者歌词结尾，起到鞭策、鼓励的作用。

英美文学作品中，记叙笔法是常见的叙事方式。记叙笔法贯串整部作品的始终，并在开头、中间、结尾等部分表现出相应的写作方法与特征。翻译者在进行英美文学作品翻译时要顾及记叙笔法，根据记叙笔法在开头、中间和结尾等部分的语言叙事特征进行译文翻译，表现出原作的笔法特点。比如罗伯特·路易斯·史蒂文森（Robert Louis Stevenson）早期的一部历险小说《金银岛》，作者采用记叙笔法描写了主人公吉姆偶然间得到一张藏宝图并在医生、乡绅的帮助下去往海岛，与海盗们斗智斗勇并最终寻得宝藏的故事。原作按照时间顺序娓娓道来，记叙主人公吉姆一路行走的风景与趣事。翻译者要保留原作的记叙笔法，保留原作内容的原汁原味。只有这样，译语读者才能与源语读者获得一样的经历与感受。

（二）抒情笔法

抒情笔法是一种以抒发作者主观情感来打动读者的写作方法。抒情笔法是英美文学作品中常常出现的一种笔法。抒情笔法是触动读者情感的"开关"，读者在阅读抒情式语言时可以与作品内容、作者情感产生共鸣。目前，文学作品中常见的抒情笔法有两种：直抒胸臆和间接抒情。直抒胸臆是指作者直接对作品中的人物、事件、场景或环境表明自己的情感态度，如《瓦尔登湖》中：

原文：The very dew seemed to hang upon the trees later into the day than usual，as on the sides of mountains.

译文：露珠整日半挂在树梢与山腰，好像始终都不会坠落。

作者通过对美好的自然景物的描绘直接抒发了对瓦尔登湖的热爱之情，表达了人与自然和谐相处的思想。

间接抒情是指通过对某事物、某问题的描绘、叙述、议论，含蓄地抒发自己的感情。间接抒情体现在文学作品中的具体方法是情景交融、托物言志、用典抒情等。情景交融是指作者将感情融入所描写的自然景物、社会场景、生活现象中，借助对自然景物、社会场景、生活现象的主观描绘抒发情感，间接而含蓄地表达情感。托物言志是指作者通过具有某种特定特征的事物来寄托、传达某种情感、抱负和志趣。与情景交融不同，托物言志是通过咏物来抒情的，作者常常借用具体的植物、动物的特性委婉曲折地将自己的情感表达出来。托物言志的语言并不营造意境，属于一种形象生动的情感描写手法。用典抒情是指援引史实，通过典故来抒发某种情感。

英美文学作品中，直接抒情和间接抒情是作品语言艺术性表达的重要笔法。翻译者要忠实于原作的抒情笔法，呈现原作的用语、笔调以及风格，还原源语言的艺术性。比如华盛顿·欧文（Washington Irving）的散文经典《作者自叙》，作者采用抒情笔法叙述自己从童年时代就怀有的航海旅行梦想，用语典雅优美，笔调公正规范，风格闲适宁静，营造了田园诗一般的意境。翻译者要根据原作体现的情景交融等间接抒情笔法进行源语言风格的还原以及意境的再现，让译语读者感受到原作的闲情逸趣，感受到原作的语言魅力。

（三）描写笔法

描写笔法是一种以写感受为主的写作方法。景物描写、事物描写、人物描写，一切描写对象都是作者情怀的外在体现。景物描写是为了营造气氛，寄托作者的情思；事物描写是为了托物言志，寄寓作者的志趣；人物描写是为了突出形象，体现作者对生活的感受。描写笔法常与抒情笔法相结合，达到意与境的融合。

景物描写笔法众多，比较精彩的描写手法包括通感、动静结合、比喻、侧面描写、移步换景等。通感是指利用人的视觉、听觉、嗅觉、触觉等感官系统进行景物的描绘，用感官语言来形容景物，让景物描写更加富有艺术气息。例如，"heavy silence"，"heavy"是触觉上的"沉重"，"silence"是听觉上的"无声"，用"heavy silence"描写周围环境，给人一种无形的心理压力，刻画了紧张的环境气氛。动静结合，静是指形体与精神的宁静，动则指形体的动态。动静结合是指同时描写静态事物与动态事物，静景与动景相辅相成，体现景物的娴静与灵动。比喻是景物描写的常见笔法，用与之相似的形状、情态形容景物，促使读者与景物共情。侧面描写是一种间接描写对象的笔法，通过对周围景物的描写衬托出该景物，在对比中彰显景物特点。移步换景是一种游记式景物描写笔法，是指按照地点的转移和视角的移动将所看到的不同景物介绍、叙述出来。移步换景的描写笔法适合游记或者参观记。

最具艺术性的事物描写笔法是虚实相生。虚实相生是指虚与实相互联系、互相渗透，达到虚中有实、实中有虚的境界。虚实相生的事物描写手法是将虚拟的景象与实际的事物融合在一起，用虚景写实情，开拓读者的审美空间，引导读者自主探寻事物描写的中心思想。

人物描写笔法包括肖像描写、心理描写和行动描写三种。肖像描写常用传统的白描手法，注重客观感性状貌的自然呈现；心理描写是指用细致入微、工整细腻的笔触对人物进行雕琢；行动描写是指对人物的行为和动作进行描写。特写镜头式的描写让人物有血、有肉、有灵魂，凸显了人物与众不同的个性特征。

英美文学作品中，描写笔法是一种常用笔法。人物、事物、景物是文学作品的主要素材，作者一般围绕人物、事物、景物进行文学创作，所以描写笔法必不可少。作者通过人物描写笔法、事物描写笔法、景物描写笔法进行语言描述，实现语言的艺术性和欣赏性。所以，翻译者要掌握描写笔法的内涵，将文学作品中描写笔法部分转化成译语，用译语语用方式还原原作的描写笔法，使译作忠实于原作的描写艺术风格。

（四）说明笔法

说明笔法是就某一主题进行较长篇幅的阐述。从语篇结构来看，说明笔法结构严谨、逻辑性强。说明笔法有两种，一种是平实朴素笔法，另一种是生动形象笔法。平实朴素笔法常常直截了当地说明对象，具有步骤性、科普性的语言特点；生动形象笔法的语言更加艺术化，语篇中常见比喻、拟人、现身说法等创作手法，对事物的说明极为形象。面对说明笔法，翻译者首先要分清楚文学作品属于平实朴素笔法还是生动形象笔法，然后根据不同的笔法进行语言翻译，抓住源语言笔法的神韵，让译作达到神似的境界。

（五）议论笔法

议论笔法起源于古雅典元老院雄辩的演说，文字叙述的逻辑推理性较强，语篇真诚客观、文情并茂。英美文学作品中，议论笔法一般会构成论点、论据和论证三部分，作者会在论点部分提出个人主张、看法与态度；论据部分是论点的支撑，论证部分与论据紧密相连，作者会通过事物描写笔法叙述真实、典型、新颖的论据，进行观点的论证。掌握议论笔法之后，翻译者对文学作品的语篇结构会形成一个清晰的认知，确保译文语篇严谨完整，论点正确，论据清楚，论证恰当。

二、英美文学翻译的风格

（一）中西方文学风格

1. 中西方关于风格的认识

风格是作品的灵魂，风格表现了文学作品的主要思想和艺术特征。风格是一个内涵宽泛的概念，《写作大辞典》将风格定义为："文学创作中从整体上表现出来的一种独特而鲜明的审美特征。它受作家主观因素及作品的题材、体裁、艺术手段、语言表达方式及创作的时代、民族、地域、阶级条件等客观因素的影响而产生，并在一系列作品中作为一个基本特征得以体现。"由此可见，风格是文学作品有机整体与语言结构中显现出来的独特的审美艺术个性。

风格是文学艺术的生命，是文学作品恒久流传的保障。古今中外，在文坛上如星辰般熠熠生辉的文学作品始终是那些保有独特风格的作品。西方文学界，风格论提出比较早。古希腊时期，亚里士多德曾在《修辞学》中谈及风格问题,这是文学界第一次讨论风格。亚里士多德认为:演说不仅仅要知道我们应该说什么,还必须以恰当的方式表达出来。亚里士多德关于演说的认识从侧面反映了风格的重要性,因为风格有助于演说取得更好的效果。在《修辞学》中,他还专门设立讨论文体风格的章节,讨论遣词用字、句子结构、韵律节奏等语言风格。他又在《论散文风格》中将风格特征归纳为三个:清晰(clarity)、适体(propriety)和正确(correctness)。除此之外,他还在《论风格》中将风格划分为四种等级:强有力的(forceful)、高级的(elevated or high)、文雅或中等的(elegant or middle)、普通或低等的(plain or low)。

在中国古代,"气""体"等理论与西方的"风格"相照应。古代文人用"气""体"指代风格,"气"与"体"相似,既表示文学体裁,又表示文学风格。明代吴讷、徐师曾的专著《文章辨体序说》和《文体明辨序说》中的"体"均表示文学的体裁。但是,在钟嵘的《诗品》中,"体"是风格。书中,钟嵘将着眼点放在论述作家的写作风格上,评论王璨的诗为:"其源出于李陵,发愀怆之同,文秀而质羸,在曹、刘间,别构一体。"近现代,中国关于文学风格的说法,从"体"统一成了"风格"。

2. 中西方文学风格分类

(1)英美文学风格分类。英美文学风格多分为主观风格和客观风格两类,如威克纳格的《文学风格论》谈道:"风格是语言的表现形态,一部分被表现者的心理特征决定,一部分则被表现的内容和意图决定……倘用更简明的话来说,就是风格具有的主观的方面和客观的方面。"除了主客观之分外,英美文学风格提及更多的是三分法,包括安提西尼的崇高、平庸、低下,黑格尔的严峻、理想、愉快,威克纳格的智力、想象、情感等。

随着英美文学的发展与成熟,人们对于文学风格的认知更加多元化。文学风格的分类方式越来越丰富多样,有人从语言修辞、表述方法上做区分。例如,但丁的《论俗语》,按照语言修辞效果,他将文学风格分为四种:平淡无味的(陈述非常枯燥)、津津有味的(文法正确而已)、有味而有风韵的(能见到修辞手段)、有味有风韵且崇高的(最理想的风格)。有人从形式与技巧的角度进行分类,出现了哥特式风格、巴洛克式风格、罗可可式风格、帝国式风格等等。形式与技巧的分类方式与自亚里士多德以来西方风格论偏重于语言修辞与形式技巧的传统具有内在统一性,所以形式与技巧的风格论成为现代英美文学风格的主流理论。

(2)中国文学风格分类。风格美是艺术所能企及的最高境界。中国的古人同样非常重视对风格类型理论的研究。魏文帝曹丕开风格类型论之先河。在《典论·论文》中,曹丕提道:"文以气为主,气之清浊有体,不可力强而致。"其中"气"指文章的风格。"气之清浊"是说文章风格有清浊、刚柔之分，清者近乎刚，即雄浑刚健；浊者近乎柔，即阴柔婉约。所以，曹丕将诗歌的风格类型划分为阴柔和壮丽两种。此时，曹丕提出的风格类型论还比较粗略。后来，陆机、刘勰对其进行了丰富。

刘勰的风格类型论既包括文学体裁，又包括非文学体裁。刘勰在《文心雕龙》中的《体性》《时序》《事类》《风骨》等篇对文章风格进行了论述。在《体性》篇，刘勰将文章风格分为八种，分别是典雅、远奥、精约、显附、繁缛、壮丽、新奇和轻靡。典雅主要指经书的风格，远奥主要指文章文采含蓄且有法度，精约是指字句简练、分析精细的风格，显附是指文辞质直，意义明畅，符合事理且令人满意的风格，繁缛是指文采丰富、善于铺陈、光华四溢的风格，壮丽是指议论高超、文采不凡的风格，新奇是指奇诡怪异的风格，轻靡是指辞藻华丽、情志无力的风格。除了论述文章风格之外，《体性》篇还论述了怎么修炼属于自己的作品风格，即"摹体以定习""因性以练才"。"摹体以定习"是指模仿一种风格以确定自己的学习方向，"因性以练才"是指顺着自己的性情，学习和自己个性接近的风格。

在《时序》篇，刘勰提到文章风格与社会现实有关，如"时运交移，质文代变"，指的是时代不断变化，或质朴或华丽的文章风格也在变化。周室衰微，文学作品呈现出情调悲哀的风格，如《王风·黍离》；战国多战乱，文学作品呈现出诡辩之风；建安时期"风衰俗怨"，文学作品呈现出慷慨多气的风格。

在《定势》篇，刘勰提到文章体裁是文学风格的分类标准，即"章、表、奏、议，则准的乎典雅；赋、颂、歌、诗，则羽仪乎清丽；符、檄、书、移，则楷式于明断；史、论、序、注，则师范于核要，箴、铭、碑、诔，则体制于弘深；连珠、七辞，则从事于巧艳。此循体而成势，随变而立功者也"。

在《风骨》篇，刘勰提到了理想的文学作品。他认为既有遒劲结实的思想内容，又有足以动人的表达形式的作品才是文章中的凤凰。关于理想文学作品的风格，他提出了"结言端直""意气骏爽""捶字坚而难移，结响凝而不滞""风清骨峻，篇体光华"等风格理论。"结言端直"与"意气骏爽"是指语言挺拔、志气昂扬的文风；"捶字坚而难移，结响凝而不滞"，"捶字"是指锤炼语言，"坚"是指表现力强，"结响"是指音响声韵，整句话是说文章语言凝练，富有节奏韵律。

后来，钟嵘、司空图等专门论述了文学风格，诗歌是主要的研究论述对象。司空图的文学风格类型划分最细致，他将诗歌的风格分为二十四类，包括雄浑、冲淡、典雅、含蓄、自然、豪放、洗练、旷达、缜密、清奇、飘逸、流动、形容、实境、疏野、超诣、沉著、纤秾、绮丽、委屈、悲慨、高古、

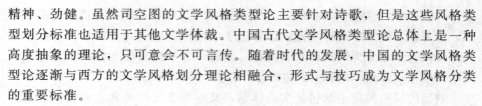

精神、劲健。虽然司空图的文学风格类型论主要针对诗歌，但是这些风格类型划分标准也适用于其他文学体裁。中国古代文学风格类型论总体上是一种高度抽象的理论，只可意会不可言传。随着时代的发展，中国的文学风格类型论逐渐与西方的文学风格划分理论相融合，形式与技巧成为文学风格分类的重要标准。

3. 中西方文学风格统一性的差异

中国的文学风格与英美的文学风格都讲究统一，但是中国与英美文学风格的统一性存在差异。英美文学风格的统一性强调主客观统一，而中国的文学风格则看重多样化统一。威克纳格将文学风格类型分为主观风格与客观风格两种，同时还强调主观风格与客观风格的和谐统一。一部文学作品中，主观风格与客观风格不可能相互割裂，只不过主观风格与客观风格会有所偏重，有时候主观风格比较突出，有时候客观风格比较突出。

主观风格与客观风格谁占主导地位，由作品内容决定。如果作品内容的主观性风格成分较多，那么文学作品就是以主观风格为主；如果作品内容的客观性风格因素较多，那么文学作品就是客观风格的作品。文学作品要把控好主观风格与客观风格的"尺度"，如果主观任意风格过重，文学作品就会陷入"矫饰之风"，即一种坏的风格掩饰真正的风格。英美文学作品的风格经常出现极端化，诚如威克纳格所说，"就风格来说，一般作家很少能够在主观性和客观性之间显示一种正确的自然和艺术的关系。绝大多数人濒于缺乏个性的苍白之境。而另一些人，或出于虚浮，或基于自己无法抑制的欢乐，又趋于相反的极端，从而使主观性占了绝对优势。在风格混杂中的这种失调现象，产生了我们所谓的矫饰作用"。

中国古代文学风格论并不担心作家处理不好主观风格与客观风格的关系，文学作品充分体现了"外师造化、中得心源"的主客观平衡之美。"外师造化"指出现实是艺术的来源，明确艺术创作要师法自然；"中得心源"，"心源"是作者内心感悟，强调主体的抒情与表现。中国文学作品的"外师造化、中得心源"是主体与客体、再现与表现的高度统一。

（二）英美文学翻译的风格

文学风格论要求译文忠实于原文风格，翻译者不能以自己的风格取代原作者的风格。如果翻译者受中国文学熏陶，英美文学翻译就很容易染上浓浓的中国文学风格。但是，西方文学风格与中国文学风格有着较大差异。用中国文学语言风格进行英美文学翻译，英美文学作品的风格将彻底改变，英美文学翻译活动将彻底失败。因此，英美文学作品翻译风格备受重视。风格是文学作品的灵魂，不同的文学作品因其不同的风格而屹立文坛。译文只有正确传达原作的风格，原作的艺术性和文学性才能被不同语言的阅读者欣赏和学习。原作行文风格朴实，译作就不能华丽；原作风格悲慨，译作就不能飘逸。翻译者要从文学作品的形式与技巧角度分析作品的风格类型，将原作者的文学精神和文学审美镌刻进译作的行文中，让读者在阅读中感受到原作者的写作风格与文学审美。

中国的文学风格与西方文学风格存在差异，这意味着英美文学作品的汉译要尊重中西方文学风格差异，翻译者要建立与原作者之间的风格"友谊"，即翻译者在翻译之前检查自己的文学审美情趣，找到与自己情趣、审美相似的文学家，由此选定所要翻译的作品。只有建立与原作者之间的风格友谊，熟悉原作者的写作方法，翻译者才能翻译出原作的风格和味道，再现原作的艺术灵魂。

第三节 英美文学翻译的句法与节奏

一、句法翻译

英美文学翻译工作的基本内容是把一种语言内容用另一种语言完整表述出来。要想做好英美文学翻译工作，翻译者要准确理解原文。翻译者对原文的理解经常因为词形变化、词义引申而产生一些障碍。此时，句法分析成为关键。句法如同一把手术刀，准确地剖析了语言的结构，呈现了语句的内在逻辑。因此，英美文学翻译要重视句法，通过句法翻译获得准确的语义，提高文学翻译质量。

英语语言由两种句型构成，简单句和复杂句。复杂句是简单句的变形，将一些从句附着在简单句的句法框架中，句子就变成了复杂句。例如，定语从句一般由"主谓宾"或"主系表"的简单句构成，"I told the story to John, who told it to his brother"，主句是一个主谓宾结构的句子，即"I told the story to John"，定语从句为"who told it to his brother"，修饰"John"。复杂句的翻译要遵循句法结构，从句法入手抽丝剥茧，正确翻译语句。

如图 5 - 2 所示，结合英语句法结构，英美文学翻译形成了几种固定的翻译方法，包括换序译法、断句译法、转句译法、合句译法、缩句译法、转态译法和正反译法等。

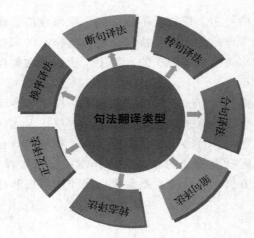

图 5-2 句法翻译类型

(一) 换序译法

换序译法是一种常用的句法翻译方法。中文与英文的表述习惯不同，为了让译文尽可能通顺，翻译者会根据译语的语言习惯对原句的语序进行调整，这就是换序译法。根据英语句法的不同，换序分为主语换序、主语从句换序、同位语换序、插入语换序、定语或定语从句换序、状语或状语从句换序和倒装句换序等。

1. 主语换序

主语换序就是改变主语在语句中的位置。主语换序是英美文学翻译经常用到的一种翻译方式。由于英语的语言表达习惯与汉语有所差异，如果直接按照原句句法翻译，句子难免不顺畅。主语换序是在保证语义不变的前提下打乱原来的语言组织顺序，以汉语表述习惯来呈现句意。例如：

原句：About 1840, a canal was constructed across the meadows ofthe Marsh Farm.

直译：大约在 1840 年，一条横穿整片草原的运河被建立，通过沼泽农场。

换序翻译：大约在 1840 年，沼泽农场的草原上建了一条运河，这条运河横穿了整片草原。

显然，直译的句子没有主语换序翻译出来的句子通顺。虽然句意不变，直译的语言却别扭曲折，缺乏艺术性。而主语换序翻译明显效果更好，翻译者将原句的主语 "a canal" 放在了后面，将 "was constructed" 提到了前面，将 "主系表" 结构变成了 "主谓宾" 结构，实现了通顺翻译。

2. 主语从句换序

主语从句是复合句中充当主语成分的句子，主语从句换序与主语换序相似，它是将主语从句换到合适的位置，让整个句子读起来自然流畅。例如：

原句：It's good you are so considerate.

直译：很好，你这样体贴。

换序翻译：你想得这么周到很好。

直译与换序翻译都可以。但是，按照汉语表达习惯，换序翻译会更好。英语国家的人喜欢"头重脚轻"的说话方式，将重要的话语放在前面。中国人喜欢"娓娓道来"，将结论或者重点放在结尾。所以，换序翻译更符合中国人的用语方式。将主语从句换序翻译，译作读者读起来会更加方便，不再需要语言逻辑的转换。

3. 同位语换序

同位语是再次定义、解释相邻词语的词语。同位语相当于定语，是对某个名词的补充说明，以使句意更加完整。同位语换序是英美文学翻译中常见的一种换序译法。英语句法中，同位语有时会后置，此时只有进行换序翻译，才能确保语句通顺。例如：

原句：I love reading novels，especially science fictions.

直译：我喜欢读小说，尤其是科学小说。

换序翻译：我喜欢读科学小说。

"especially science fictions"是一个同位语，是对"novels"的修饰。可以看出，直接翻译改变了句子的本意。而根据对同位语句法的分析，进行同位语换序表达，简单直接且句意不变。

4. 插入语换序

插入语是句子中的独立语，在句子中承担补足句意的作用。英美文学作品中经常出现插入语，以确保语言表述完整、语意严密。插入语既不起连接作用，又不表示语气，其在句子中的顺序并不重要。所以，插入语换序经常出现于英美文学翻译中，以确保译句读起来通顺有序。例如：

原句：Even the wild animals of his homeland，it seemed to Kunta ，had more dignity than these creatures.

直译：即使是家乡的野生动物，昆塔觉得，它们比这些生物活得更有尊严。

换序翻译：昆塔觉得，即使是他家乡的野兽，也比这群人自尊自重。

显然，直译的效果没有换序翻译的效果好。原句中，"it seemed to Kunta"是一个插入语，它没有固定的位置。只要语句通顺，它放在哪里都可以。结合句意，翻译者采用了插入语换序，将"it seemed to Kunta"放在了开头位置，这符合汉语表达习惯，句子读起来也比较顺畅。

5. 定语或定语从句换序

定语是句子的修饰成分，起到修饰主语和宾语的作用。定语从句是定语的延伸，以短句的形式修饰、限定先行词。一般情况下，定语或定语从句换序是将其前置，确保翻译的句子语句通顺。例如：

原句：People of good will in the Arab countries are struggling against the aggression.

直译：善良的人们在阿拉伯国家为反抗侵略而斗争。

换序翻译：阿拉伯国家善良的人们正在为反抗侵略而斗争。

原句中，"in the Arab countries"是定语，修饰前面的"People of good will"。汉语中，修饰词一般放在被修饰语的前面，所以原句中的定语在译句中需要调换顺序，以保证阅读顺利。

6. 状语或状语从句换序

状语是谓语中的另一个附加成分，从情况、时间、处所、方式、条件、对象、肯定、否定、范围和程度等方面对谓语中心词进行修饰和限制。在英语中，状语修饰动词、形容词、副词或整个句子。有时候，状语会以短句的形式出现，叫作状语从句。状语或状语从句换序是将其调换位置。根据汉语表述习惯，一个英语长句中含有多个状语时需要重新编排语序，使译句表达顺畅。例如：

原句：With the third party acting as an intermediary, to take the interest of the whole into account, we strongly demand with frankness and sincerity many times at the end of the autumn of the same year that you should compensate all our losses.

直译：第三方扮演一个调节者，调节大家的利益，我们强烈要求贵方于同年秋天赔偿我们的损失。

换序翻译：考虑到大家的利益，我们在第三方的调停下，于同年秋末多次开诚布公地强烈要求贵方赔偿我们的一切损失。

显然，直译的效果没有换序翻译好。换序翻译将状语从句从原有的句子位置中抽离出来，放置到合适的汉语表达位置，保证了语句通顺、语义明确。

7. 倒装句换序

倒装句的功能是强调，强调倒装部分在整句话中的地位和作用。倒装句换序是将其恢复到原本的位置。例如：

原句：Nothing was gained by all these efforts.

直译：一无所获，即使做了努力。

换序翻译：所有这些努力，到头来一无所获。

对比直译和换序翻译的句子，直译的句子读起来比较别扭，换序翻译更加符合中文的语用习惯。所以，英美文学翻译中，翻译者遇到倒装句需要进行换序，将其恢复成倒装之前的语序，这样汉译效果会更好。

（二）断句译法

断句译法是指将英语句子断开，翻译成两个或几个汉语句子。英语句子的结构比较严谨，各个分句和成分之间的逻辑关系比较明显，而汉语句子的结构比较松散，像竹节一样，一个句子中存在许多并列分句且没有连词将它们的逻辑关系显现出来。因此，英美文学翻译中，翻译者需要采取一些翻译手段将英语语句结构转换成汉语语句结构，最常用的翻译手段就是断句译法。

英语复杂句的断句思路是先将原句中的主语、谓语、宾语等主干结构整理清楚，然后分析原句中的修饰成分，包括主语从句、定语从句、状语从句等，最后按照汉语表述习惯调整短句顺序，合理搭配，使之成为通顺的译句。按照英语句法结构，英译汉的断句拆分情况如下：

1. 并列句断句拆分

并列句是由 and/but/however 等平行结构连接词连接的句子。连接词前后的句子由不同的主语组成，说明两种不同的情况。英美文学作品中出现的并列句用断句译法翻译，译句结构会更加清晰，读起来会更加通顺。例如：

原句：①The shark swung over and ②the old man saw his eye was not alive and then he swung over once again, wrapping himself in two loops of the rope.

译句：鲨鱼在海里翻滚过来。老头儿看见它的眼珠已经没有生气了，但是它又翻滚了一下，结果被绳子缠绕了两圈。

原句是一个并列句，由以"The shark"和"the old man"做主语的两个句子组合而成。翻译时，翻译者将原句从中间断开，分解成两个独立的句子，这样的译句读起来更加自然顺畅。

2. 定语从句断句拆分

定语从句断句就是将由 which/that/when 等关系代词或关系副词引导的句子从整句话中剥离出来，形成两个独立的句子。英美文学作品中的一些定语从句在翻译时会用到断句译法，将定语从句拆分成主句和定语从句两个句子，使译句符合汉语阅读习惯。例如：

原句：①Bright sunshine flooded the street ②where a group of boys in Sunday clothes were playing ball.

译句：大街上阳光灿烂，一群穿着假日盛装的男孩正在街上玩球。

原句由一个主句和一个 where 引导的地点定语从句组成。按照英语语言逻辑翻译，译句是"一群穿着假日盛装的男孩玩球的街上阳光灿烂"。虽然语义正确，但是不太符合汉语语言逻辑。根据断句译法翻译，将原句中的定语从句进行断句拆分，译句的表达更加合理且具有艺术性。

3. 状语从句断句拆分

由 that/while/when/because/after 等连词引导的状语从句有时也会用到

断句译法，将原句拆分成主句和状语从句，这样翻译效果会更好。例如：

原句：Kunta was so worn out, slumped in his rocking chair, staring vacantly at the fire, that he didn't even notice Bell feeling his forehead and taking off his shoes.

译句：昆塔累极了，他颓然倒在他的摇椅中凝视着火光发呆。他甚至没有感受到贝尔用手摸了摸他的前额，并替他脱了鞋。

（三）转句译法

转句译法是一种根据原句句法结构进行句子拆分的翻译方法，具体指拆分原句的词、词组或短语，让其成为译句的分句或独立单句。英美文学作品中，有一类词、词组或短句，它们短小精悍却内涵丰富。将其作为翻译目标时，翻译者发现它们放在原来的位置并不合适，整个译句会显得复杂而凌乱，语义表述不清。此时，翻译者要采用转句译法，将这类词、词组或短句转换成一个句子进行独立翻译，使译句语义表述更加清晰。转句译法一般分为主语转句、宾语转句、插入语转句、定语转句、状语转句和同位语转句等，下面着重介绍几种。

1. 主语转句

主语转句是将主语转换成一句话，表述完整的语义。英美文学作品的翻译会经常用到主语转句的转句译法，将复杂的句子简单化，让译句表述清晰而完整的语义。例如：

原句：A crashing thunderstorm, withthick rain hissing down from skies black as night，stopped Victor Henry from leaving the White House.

译句：轰隆几声雷响，从漆黑的天空哗啦啦下起大雨来。维克多·亨利无法离开白宫。

原句中的画线部分是主语，一个主语就表述了一个较为完整的意思。所以，翻译者采用转句译法，将主语变成一个独立的句子进行翻译，使译句读起来逻辑清晰、条理分明。

2. 定语转句

定语转句是将句子中的定语转变成一句话。英美文学作品中，有些长句中的定语表达了完整的意思，翻译时，它就不能作为一个修饰成分放在被修饰词的前面，而应该独立成句，让译句读起来通顺自然。例如：

原句：After an hour, the trail took them by a low, spreading tree strung thickly with beads.

译句：走了一个时辰光景，他们走到了一棵矮矮的枝繁叶茂的树旁，树上密密麻麻地挂满了念珠。

原句画线部分"strung thickly with beads"是一个定语成分，用于修饰"tree"。如果不将定语短语转变成一个独立的句子，它就无法插入原句，表达意义。所以，翻译者采用转句译法，将定语转成句子，表达独立而完整的意思。

3. 状语转句

有时候，英语语句中的状语会表述完整的意思。此时，翻译者要用转句译法将状语转换成完整的句子，将一句话分成两个译语语句。例如：

原句：They, notsurprisingly, did not respond at all.

译句：他们根本没有回复，这不足为奇。

原句中"not surprisingly"是状语，但它表示单独的意思。所以，翻译者运用状语转句，将"not surprisingly"翻译为"不足为奇"，与"他们根本没有回复"构成一段完整的语义。

4. 同位语转句

同位语是一个名词对另一个名词进行的解释或补充说明。同位语和被限定词常常相邻且格式一致。同位语转句是对语言的艺术性处理。关于英美文学作品的翻译，同位语转句能够让译句流畅自然、优美动人。例如：

原句：Winston Churchill, today an idealized hero of history, was in his time variously considered a bombastic blunderer, an unstable politician, an intermittently inspired orator, a reckless self-dramatizer, a voluminous able writer in an old-fashioned vein, and a warmongering drunkard.

译句：温斯顿·丘吉尔，今天是一个被理想化了的历史英雄，当时却被看成各种各样的人物：爱唱高调但常犯错误的人、摇摆不定的政客、有几分才气的演说家、轻率的装腔作势者、写有大量著作但文风古老的多产作家，以及贩卖战争的酒徒。

原句的画线部分是"a bombastic blunderer"的同位语，是几个并列的短语。面对这种类型的句子，翻译者要学会同位语转句，将同位语转换成具有独立意义的一句话。

（四）合句译法

合句译法是指根据逻辑关系和语言习惯，把原文中两个或两个以上的句子合成一个句子进行翻译。合句译法包括简单句与简单句合并翻译、主从复合句合并翻译和并列复合句合并翻译。合句译法可以将几个内涵重复的句子合并在一起，使译语表达简约凝练。合句译法具有突出语言文学性的重要作用。例如：

原句：The young man was very miserable. He had no money about him. All his savings has been stolen.

译句：这个年轻人真惨，已经沦落到身无分文的地步，因为他的全部积蓄都被偷了。

（五）缩句译法

缩句译法是指根据源语言的逻辑关系和译语的语言习惯，把原句收缩成译句的组成部分。通常情况下，缩句译法是将原文中较为次要的句子缩成译文中比较重要的句子的组成部分，变成状语、定语等成分。汉语喜欢用精致短小的句子表达深刻而复杂的语义，英语则喜欢用长而具体的句子清楚表达语义。所以，英语转译成汉语需要使用缩句译法，将较长的表达简单化。例如：

原句：One was Jim's gold watch，which had been his father's and his grandfather's.

译句：一个是吉姆祖传三代的金表。

（六）转态译法

转态译法是指将原文中的被动语态转换成译文中的主动语态。英语习惯使用被动语态，突出所要表述的客观事实；汉语则习惯使用主动语态，语篇语言由无主语句、形式主语句、意义被动句和判断句等句子构成。为了让译文符合读者的阅读习惯，翻译者要学会使用转态译法。例如：

原句：She hadn't been told Bette's other name，or she's forgotten it.

译句：人家没告诉过她蓓蒂姓什么，要不然也许是她忘了。

原句中，"hadn't been told"是被动语态。按照汉语阅读习惯，译句将被动语态变成主动语态，调整了语句结构，使语句读起来更加流畅自然。

（七）正反译法

正反译法是以"正"译"反"或以"反"译"正"，将原句的肯定形式翻译为译句的否定形式，或将原句的否定形式翻译为译句的肯定形式。正反译法是英美文学翻译的常用翻译法。由于文化、思维方式和语言表达等众多差异，英语用肯定或否定形式表述的语句无法直白地翻译成汉语。此时，翻译者需要运用正反译法，用与原句相反的形式表达，满足译语读者的阅读要求。正反译法有几种类型，包括：按表达习惯译、按内涵意义译、按词汇意义译。

1. 按表达习惯译

英语中存在一些肯定句（否定句），按照汉语表述逻辑进行翻译，肯定句（否定句）要变成否定句（肯定句）。只有这样，译文才符合汉语表达习惯，译文阅读才符合阅读者的语言思维方式。因此，按表达习惯译是正反译法的重要类型之一。例如：

原句：Such things are of no rare occurrence.

译句：这些事情经常发生。

原句是一个双重否定句，no/rare是两个否定词。按照汉语表达习惯，双重否定变肯定，译句要变成肯定形式，即这些事情经常发生。

2. 按内涵意义译

英语语篇中，有一些句子的句式是肯定句，其句子内涵却是否定的。由于没有表示否定意义的助词，这种句子仍然被称为肯定句。但是，这种句子翻译成汉语就要遵循其内涵意义，将肯定句变成否定句，体现句子的本意。例如：

原句：It is a wise father that knows his own child.

译句：聪明的父亲也未必了解自己的儿子。

原句看似是一个肯定句，实际表示否定意义。如果按照肯定句翻译，句意就发生了变化，变成"了解自己儿子的父亲是聪明的父亲"。所以，为了保证句意不变，原句的肯定句要变成译句的否定句，直观展现句子的本意。

3. 按词汇意译

英语中有一些名词、动词、代词、形容词、连词、副词、介词表否定含义，如 fail/miss/ignore/absence/exclusion/anthing but/poor/unless/before/lightly/without/except…这些词汇、短语组成句子却是肯定形式。翻译者在翻译这些由否定意义词汇组成的句子时要将肯定句变成否定句，保证句意通顺。例如：

原句：His conduct is above reproach.

译句：他的行为无可指摘。

"above"是一个表否定意义的介词，"above reproach"表示"无可指摘"。按照正反译法，否定变肯定，译句意思与原句保持一致。

二、节奏翻译

语音是语言的基石，语言的节奏就是语音的节奏。汉语与英语的语音富有节奏，但是节奏特点各有千秋。例如，汉语的节奏单位由相对独立的几个音节构成。一般情况下，汉语节奏单位由两到三个音节组成。英语的节奏单位与汉语大相径庭，它由分布均匀的重音组合而成，各个重音之间的轻音数目基本一致，一般是两个。掌握英语和汉语的节奏特点，是翻译者英译汉成功的前提。

节奏是语言的变化，抑与扬、顿与挫、轻与重、缓与急等皆是语流变化产生的节奏。诗歌、散文等体裁比较重视节奏变化，尤其是诗歌，有严格的音律要求。英国诗人约翰·济慈（John Keats）的诗歌《夜莺颂》（Ode to a Nightingale）是抑扬格五音步，重视押韵。诗歌读起来抑扬顿挫，富有节奏。抑扬格属于一种语音节奏，抑扬是发音的轻与重。与英语诗歌的节奏特点不同，汉语的节奏体现在平仄上。这种节奏差异影响着翻译。译文要想与原文的表达效果相差无几，就要遵循原文的节奏变化规律。

（一）英美诗歌节奏

英语节奏单位由重音与轻音组成，一个重读音节与一个或两个轻读音节按照一定的模式搭配，有规律地反复出现就形成了英语诗歌的节奏。在英美诗歌中，轻读与重读搭配叫作音步。轻读与重读的搭配组合方式不同，音步类型不同，节奏也就不同。英美诗歌最常见的音步类型有四种。

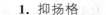

1. 抑扬格

轻读是"抑",重读是"扬",前轻后重称为抑扬格。抑扬格是诗歌节奏的主要特点。在翻译抑扬格诗歌时,翻译者要抓住其轻音与重音的配置特征,还原诗歌节奏。例如:

An EMPTY HOUSE

Alexander Pope

You beat ｜ your pate, ｜ and fan ｜ cy wit ｜ will come;

Knock as ｜ you please, ｜ there's no ｜ body ｜ at home.

蒲柏的这首诗是典型的抑扬格,"轻—重"组成一个音步,每行有五个音步。此时,该诗的翻译可以按照"轻—重"特点还原诗歌的节奏,押住每个音步的韵脚,即"你拍拍脑袋,以为灵感马上就来。可任你敲打,也无人把门打开"。

2. 扬抑格

扬抑格诗歌的每一个音步由两个音节组成,前面的音节属于重音,后面的音节属于轻音。扬抑格诗歌不太多,按照诗歌大意进行翻译即可,不必过分追求译文的节奏。例如:"Present ｜ mirth has ｜ present ｜ laughter"(莎士比亚),汉语翻译无法体现诗歌节奏。翻译者可以从诗意入手,合理翻译。

3. 抑抑扬格

抑抑扬格含有三个音节,即轻音—轻音—重音,它与汉语诗词的平平仄相似。此时,翻译者可以按照平平仄的节奏规律组织汉语语言,使译文还原诗歌的节奏风格。但是,英文诗歌的音步与中文诗歌的音步经常不对等,有时候英文诗歌每行的单词量要超过中文诗歌词语量一倍以上。所以,不是每首抑抑扬格的英文诗歌都可以按照平平仄的节奏对应翻译。此时,翻译者可采用意译法,将诗歌原意用中文表达出来。这样,汉语语句也可还原诗歌节奏。

4. 扬抑抑格

扬抑抑格是由"重音—轻音—轻音"搭配而成的诗歌节奏样式,如"Dragging the ｜ corn by her ｜ golden hair"。扬抑抑格并不是常见的英美诗歌节奏,翻译者根据诗歌意思翻译成中文即可。

(二)英美散文节奏

散文的语言节奏主要体现在音韵和句式上。句式主要指排比句,句子长短一致,给人急促高亢的节奏感。音韵节奏主要指长短句节奏,长句节奏平和低缓,短句节奏明快轻松。

1. 排比句节奏

排比句是指三个或以上意义相似、结构相同、语气相近的词组或者句子组合排列在一起。排比句具有增强语势的作用。用排比来抒情，节奏和谐，气势强烈；用排比来叙事，层次分明，情感细腻。翻译散文作品时，翻译者可以根据排比句的节奏进行翻译，表达原文的情感色彩。例如：

原句：But no president, no Congress, no government, can undertake this mission alone.

译句：任何总统，任何国会，任何政府都不能单独完成这一使命。

翻译者按照短语结构一致的原则翻译，还原了原句的排比结构。

2. 长句节奏

长句富有一定的节奏感。一般来说，英文长句的节奏比较舒缓、低沉，给人一种庄重、严肃的气氛感。翻译者在进行长句翻译时要抓住其节奏感，让译文呈现出平稳、舒缓的节奏特点。例如：

原句：The wallflower is so called because its weak stems often grow on walls and along stony cliffs for support.

译句：墙花之所以叫墙花，是因为其脆弱的枝干经常要靠墙壁或顺石崖生长，以便有所依附。

3. 短句节奏

英文散文中，短句经常用来描写美景或生活。短句与长句不同，短句的节奏较为轻快短促，给人轻松愉悦之感。翻译者在进行散文作品翻译时要注意短句的节奏特点，不要试图用长句结构翻译短句，丧失原句的节奏感。例如：

原句：Thank to the god. Today I can still sit before the computer desk. I can get enough food and water. I am stillalive .

短句：感谢上苍！今天我还可以坐在电脑桌前。我可以得到足够的食物和水。我仍然活着！

翻译者还原了原句的节奏特色，用短小的语言翻译原文，使译文呈现出了明快、轻松的节奏。

节奏是英美文学作品翻译的重要切入点，再现作品节奏对译文审美艺术性的提升大有裨益。小说、戏剧等体裁作品的语言节奏与散文类似，翻译者可在具体情境中体会。

第六章　英美文学翻译的可译性限度

可译性和不可译性是从一种语言转换为另一种语言时经常会遇到的问题。大部分语言存在可译性，只是可译性程度不同。所以，可译性限度是英美文学翻译非常重要的探讨内容。只有对可译性限度有一个清晰而完整的认识，翻译者才能游刃有余地完成翻译工作。为实现高品质翻译，笔者深入探究了翻译的可译性以及可译性限度。

第一节　可译性与可译性限度

可译性和不可译性是两个相对的概念，不可译性的存在证明了语言的可译性。翻译中遇到语言不可译是常有的事情，各区域民族文化、地理条件、文明思想等方面的差异造成了语言的不可理解性，从而造成了语言的不可译性。但是，世界各种语言文字也存在共性特征，语言的共性成就了翻译的可译性。

一、可译性

所谓可译性，是指一种语言构成语篇的词汇、短语和句子等可以翻译为另一种语言的可能性程度。关于可译性的探讨，语言理论是基础。目前，世界上存在两种针锋相对的语言理论，它们对不同语言之间是否存在翻译的可能性问题具有决定性影响。观点一认为，语言的底层逻辑是普遍存在的。作为语言的底层逻辑，思维是统一的。不管语言的外壳如何不同，语言背后的逻辑思维规律是一致的。所以，语言的不同只是表层的不同，抓住底层逻辑，两种语言就有转换的可能性。观点二则认为，所谓语言的深层结构，不是无法从逻辑、心理等方面考察，就是极其抽象、笼统、无足轻重。所以，真正的翻译根本不存在。翻译只是一种近似性语言活动，是源语言的仿制品。如果两种语言存在共同的文化、历史渊源，翻译勉强可以进行；如果两种语言相去甚远，翻译全然无法进行。由此可见，可译性与语言的底层逻辑结构、语言的文化历史渊源存在密不可分的关系。

根据观点一所言，任何一种语言都有其独特的结构体系，语言与语言之间存在短语结构、句子结构、谋篇布局、措辞修饰等方面的表层差异。但是，这些差异并不是翻译的障碍。语言的可译性在于底层逻辑，只要把握语篇的思想内容，语篇就可以用另一种语言艺术性地表达出来。因此，可译性从侧面说明：翻译不是机械复制，翻译者不应该犯形式主义的毛病。

二、可译性限度

有时候，将一种语言翻译成另一种语言时原作的表达方式无法被直白地翻译过来，存在一定的翻译局限性，这就是翻译的可译性限度。可译性限度的形成与地理区域、历史文化和文明程度有关。由于地域历史文明、地理位置的差异，不同语言的思维方式和表述习惯不同，这种差异造成的跨语际翻译障碍形成了翻译的可译性限度。

归根结底，翻译是语言的翻译。语言由语音、语法等基础性结构要素构成，这些要素是最常见、最难以逾越的翻译障碍。因此，语音和语法在翻译时存在可译性限度。

（一）语音的可译性限度

经过漫长的历史演变之后，世界各地的语言文字形成了自己的语音和语法。作为语言表达的重要形式，语音规律在不同的语言中存在较大的差异。就英语和汉语而言，英语的某些语音现象并不存在于汉语之中。因此，英译汉存在语音上的可译性限度。例如：

①—What keys are too big to carry in your pocket?

　　—a donkey, a monkey, and a turkey.

例句利用了英语语音的相似性特点。key 的英式发音是［kiː］，donkey 的英式发音是［ˈdɒŋki］，monkey 的英式发音是［ˈmʌŋki］，turkey 的英式发音是［ˈtɜːki］，donkey、monkey 和 turkey 三个单词的 "key" 部分发/ki/，与 key 的发音/kiː/相似。这表明说话者利用语音的相似性进行机智的回答。问话者问："什么钥匙这么大，你的口袋都放不下?" 回答者幽默地进行了解惑："一头驴，一只猴子，和一只火鸡。" 这种语音相似所构成的和谐的韵律美和形式美在翻译成汉语时很难达到同等的效果。

②—Why are you never hungry when you play on a beach?

　　—Because of the sand which is there.

"sand which"中"sand"读［sænd］，which 读［wɪtʃ］。在语流中，"sand which"与"sandwich"［ˈsænwɪtʃ］的发音非常相像，语流音变较少，全句听起来像"Because of the sandwich is there"。由于语音相似，这句话给读者制造了较大的想象空间，由"sand which"联想到"sandwich"，让语义变得风趣诙谐。面对这种句子，汉语很难找到一一对应的词语进行语义表达，原句中幽默与诙谐的艺术效果很难传达给目的语使用者。

小说《众生之道》中的父亲 Theobald 教儿子 Ernest 学说"come"这个词，教了几遍都不会，就问另一个儿子 Joey 会不会说，Joey 回答：

③ "Yeth，I can，" replied Joey，and he said something which was not far of "come".

"Yeth"是"Yes"的变异。与成年人清晰响亮的语音不同，幼儿的发音比较模糊，带着牙牙学语的稚嫩。这句话中的"Yeth"生动地再现了婴幼儿说话的语气和口吻。然而，从发音的可译性角度来讲，译文难以复制这样的表达。翻译者只能揣摩创作者的意图，用译语还原意图。

④ "Yes，indeed，" she beamed at him．"Meester Duggan．The ticket was reserved but not paid. You wish to pay for it?"

原句中"Meester"一词明显是对"Mister"的误用，其意图是表达售票员发音不纯正。然而，作者的这种意图在语言转换时并不能表现出来，翻译者只能按照"Mister"的原意翻译成"先生"。

⑤ — "That's what I thocht meself，m'lady"

— "Yes，" said Lady Coot．"Yes，certainly"

"thocht""m'lady"等词语并不存在，这是作者有意而为。"thocht"的原词是"thought"，"m'lady"的原词是"my lady"。作者之所以给原词变形，是因为对话的一方是一位文化程度低、乡音浓厚的老头儿。面对方言，翻译者根本无法翻译出源语言的发音味道，只能被迫采用注释性处理的翻译方法。

从以上几个例子可以看出，作为一种交际性工具，英美文学作品中存在与发音相关的多样性语言表达方式。有时候，作者会利用语音相似、发音相似进行语言组织和表达；或利用个性化语气与发音进行语言组织和表达，如婴儿发音；或利用发音形似的口误进行语言组织和表达；或利用方言进行语言组织和表达。但是，由于词汇语音的构成结构以及发音特点与相对应的汉语可能存在天壤之别，英语语言无法完美复制成汉语，汉语翻译也达不到原句所呈现的艺术效果。所以说，英美文学的汉译存在语音上的可译性限度。

（二）语法的可译性限度

当两种语言的语法结构差异较大时，翻译的可译性就会存在较大的限制。

英语和汉语的语法结构存在不同点，英语的人称、单复数、时态、语态、否定表达以及句型句式与汉语相比均表现出不同的特点。例如，句型结构，英语经常用关系连词连接前后短句，而汉语中动词是捏塑一个句子的主力，句子结构中的动词结集（verb-oriented nexus）特征突出。由于语法结构的差异，英语在转化为汉语时会有一定的难度，即可译性限度。英美文学作品的语言非常经典，或严谨，或幽默，独具特色。有些独特的语言因为语法结构的限制而存在可译性限度，无法被传神地翻译成汉语。例如：

①—Why is the letter D like a bad boy?

　　—Because it makes ma mad.

例句的回答非常幽默，这种英语式幽默很难通过翻译传达给目的语使用者。"ma"和"mad"，一个是名词，一个是形容词，二者结合在一起是因为"make somebody adj"句型。这个句型将两个不同词义的词汇连接在一起构成句子的双关幽默。这种利用语法结构制造的幽默并不适用于汉语，汉语译文无法达到同样的幽默效果

ma、mad不仅起着组词成句的形式作用，而且有着在句中以词义表达内容的重要意义。词形和词义是构成句子双关幽默的双重因素，缺一不可，对这类特定语境中的词形和词义进行翻译时，想要在译文中产生同样的幽默效果几乎是不可能的。

②—What words may be pronounced quicker and shorter by adding syllables to them?

　　—Quick and short.

比较级是常用的英语语法，形容词词尾缀"-er"构成幽默。这种利用语法来构建语言幽默感的现象独属于英语，翻译者只能按照字面意思进行直白翻译，幽默感并不能传达出来。就如同汉语介绍人名的语句，"我叫李狂，木子李，犬王狂"，这种拆字造句的方法没有语法规律可循，翻译家很难用英语完整地还原。这就是语法的可译性限度，表层语义表达出来之后，翻译者需要利用其他方法将原句所表达的内涵与情感传达给读者。

③—A preposition is a bad word to end a sentence with.

　　—Please, teacher, you've just ended a sentence with "with".

这句话是利用英语介词在句子中的位置所构成的幽默句，学生将介词"with"放在句末暗示人们讲话的习惯，反衬教师的迂腐和自相矛盾。这种机智而幽默的语言组织方式在汉语中根本不存在，因此对话无法精准地被翻译成汉语。同样，在英美文学作品中，作家经常利用不规范言语进行创作和表达，这种违反语法规则的变异形式使得翻译者在翻译时只能通过意译加辅助说明的方式还原原句的内涵与情感。

总之，英美文学家利用语法进行语言的特殊表达是常用的语言创作方式之一，且总能产生不错的艺术效果。但是，这种只可意会不可言传的语言组织方式难以用另一种语言复刻与还原，这就是语法的可译性限度。

第二节 修辞手法的可译性限度

修辞手法的可译性限度是英美文学翻译的重要课题。是否正确翻译原作中的修辞手法是英美文学翻译是否达到艺术水准的关键，运用正确的方法翻译原文中运用修辞手法的语句，译作质量会有所保证。如果忽视修辞手法的可译性限度，盲目地一比一还原原句的句意，译作就无法再现原文的内涵与风格。这种情况下，即使译作还原了原句的大意，语言感染力也会相去甚远。

从修辞手法的运用来看，英美文学存在可译性。英语与汉语的语言历史源远流长，二者在常用的修辞手法上大同小异。由于英语中绝大部分的修辞手法与汉语相似，汉语译作具有再现英美文学作品的可能性。但是，英语与汉语的思维方式、审美观念差异较大，英语作者与汉语作者在对同一概念进行表达时会用到不同的修辞手法，这就会造成语言翻译障碍，产生修辞手法的可译性限度。

一、修辞格的可译性限度

修辞格是写作中语言表达方式的集合，包括比喻、比拟、衬托、倒装、顶真、对比、反复、反语、用典、指代、谐音、通感、互文、象征、夸张、排比等等。英语修辞格与汉语修辞格的作用类似，即运用特定的形式修饰和调整语句，以达到较好的表达效果。由于语言表达习惯的差异，英语修辞格的表达并不能被完全复刻成汉语，只能通过词汇或句子表现原文修辞格所承载的语义信息。英美文学翻译过程中，修辞格的可译性限度主要体现在双关语、回文和引用上。

（一）双关语的可译性限度

与汉语中双关语代表的意义相同，英语中的双关语也指同形异义词或同音异义词的巧妙运用。根据双关语的定义，其可分为谐音双关语和谐意双关语两种。英美文学中双关语经常起到变奏的作用，以达到幽默风趣的艺术效果，令人回味无穷。例如：

原文 1：I'm a prisoner, gentleman. Confined, as the lady said. （查尔斯·狄更斯《匹克威克外传》）

译文：诸位，我现在是在坐牢，按女人的说法，是在坐月子。

分析：狄更斯先生巧妙地运用了谐意双关，增加语句的幽默感，侧面表达说话者轻松的心情以及幽默风趣的个性。"confined"是一个双关语，原意为"禁于一处"，其生活状态与女人坐月子相似，也可以代指"坐月子"。翻译者明显看出了作者的表达意图，保留双关语意，向读者还原了说话者幽默诙谐的个性特征。

"原文 1"的例子属于比较好翻译、还原的双关语。实际上，英美文学作品中大多数双关语句富有挑战性，译文难以复现原文中双关语的表达效果。双关语存在可译性限度。

原文 2：If he do bleed, I'll gild the faces of the grooms withal. For it must seem their guilt.（威廉·莎士比亚《莎士比亚剧集》）

译文：要是他还流着血，我就把它涂在那两个侍卫的脸上。因为我们必须让人家瞧着是他们的罪恶。

分析：莎士比亚先生在句子中采用了谐音双关语，"gild"和"guilt"语音相近，而意思相差较大，"gild"代表"染红"，"guilt"代表"有罪的"。作者巧妙运用发音相似将两个词关联在一起，点出麦克白妇人企图制造假象、嫁祸他人的险恶用心。但是，"gild"和"guilt"的汉语发音不同、词性不同、词意不同，没有办法构成双关表达，无法还原句子中的双关语修辞格。由于谐音双关语的可译性限度，翻译者只能还原词意，将句子意思表达完整。

（二）回文的可译性限度

英语回文修辞格，即 palindrome，该词来自希腊语，"palin"等同于"back"/"again"，"drome"等同于"run"，"palindrome"的内涵为再次返回。回文就是句子的再次返回，无论从左向右看，还是从右向左看，内容都一样，如"Able was I ere I saw Elba"（在我看到 Elba 岛之前，曾所向无敌）。英美文学作品中常见的回文句有两种：一种以字母为单位，一种以单词为单位，常见的回文词有 did/deed/madam/peep/radar/refer 等。汉语的回文也存在两种，一种是通过调换次序让前后句子的词语相同，给人一种循环往复的语言情趣；一种是字序回绕，无论顺读、倒读，还是纵读、横读，都可成回文体。汉语的回文主要体现为回文诗、回文词和回文曲。运用回文修辞格，语意鞭辟入里，语言形式整齐匀称。如《璇玑图》的一段：

仁颜贞寒，

贤丧物岁，

别改知识，

行华终凋，

士容始松。

短短五行诗句，一共有十六种读法。限于篇幅限制，这里列举四种：

①从左上角开始，从上往下按照竖行读：

仁贤别行士，颜丧改华容。

贞物知终始，寒岁识凋松。

②从左下角开始，从下往上按照竖行读：

士行别贤仁，容华改丧颜。

始终知物贞，松凋识岁寒。

③从右上角开始，从上往下按照竖行读：

寒岁识凋松，贞物知终始。

颜丧改华容，仁贤别行士。

④从右下角开始，从下往上按照竖行读：

松凋识岁寒，始终知物贞。

容华改丧颜，士行别贤仁。

因此，汉语的回文与英语的回文大不相同。英美文学翻译中，英语回文句不太可能被译成汉语回文句。回文句修辞格存在可译性限度。例如：

原文1：Madam, I'm Adam.

译文：女士，我叫亚当。

分析：这是亚当在伊甸园初次见到夏娃时的自我介绍。这是一个回文句，以字母"I"为中心，两边各为 m/a/d/a/m。无论是顺拼还是倒拼，句子都是 madamimadam。这种回文式表达是英语特有的智慧，汉语无法复现，只能完整表述句子的意思。

原文2：You can cage a swallow, can't you? But you can't swallow a cage, can you?

译文：你可以把一只燕子关进笼子里，是吗？但你不能吞下一个笼子，对吗？

分析，这句话以词汇为单位，句子从前往后读或者从后往前读是一样的。把这种回文句的内容和形式同时翻译为汉语，有些难度。这就是回文修辞格的可译性限度，翻译者可以将意思翻译出来，却不能将语言风格和形式复刻出来。

（三）引用的可译性限度

引用是英美文学中常见的语言表达形式。通常情况下，英语引用语是一种约定俗成，与历史文化、民族心理、语言传统和社会习俗关系密切，无法直白地翻译成汉语，如英语成语、典故或谚语等。这些带有民族特色和国家风情的比喻语给翻译带来了诸多限制，翻译者只能意译，无法还原源语言的民族风采。例如：

原句：When Greek meets Greek，then comes the tug of war.

译句：龙争虎斗。

分析：该成语有着较为深厚的历史渊源。古希腊有许多城邦，城邦与城邦之间为了争夺物资时常发生战争。希腊马其顿王国试图"一统天下"，却遭到了城邦的抵抗。根据这一历史事实，英国剧作家纳撒尼尔·李说了一句话："When Greeks joined Greeks，then was the tug of war." 翻译者不可能将成语背后的这段历史故事翻译出来，只能进行成语意思的表达。

英美文学中的双关语、回文和引用等修辞格存在可译性限度。遇到由这些修辞格组成的句子，翻译者要舍弃对其语言风格和形式的模仿，深挖句子的前后文语境和历史文化语境，最大限度地还原句子的意思。

二、词汇修辞的可译性限度

词汇修辞是以词汇为手段，增加语言的表现力。英美文学中经常出现词汇修辞，即作者利用词汇在特定语境中的语体特征达到塑造人物形象、描写人物心理以及营造周围环境等表现效果。英语词汇修辞包括古词语、方言、俚语（黑话）、外来语等，这些词汇修辞具有特定的语言作用，体现了一定的文化与审美。翻译时，翻译者可以大致翻译其语义，却不能复原其修辞作用。因此，词汇修辞存在可译性限度。

（一）古词语的可译性限度

古词语又称古词或旧词，是古代著作中出现的词语。为了营造某种语言环境，作家有时候会故意使用古词语。小说和戏剧中经常出现古词语，作者利用古词语塑造人物形象，凸显环境气氛。但是，古词语是民族文化的产物，有着较为深厚的历史根源，汉语翻译无法承载语言背后的历史和文化，这就导致了古词语存在可译性限度。例如：

原文："Why bless thee，child？" said the old man，patting her on the head，"how couldst thou miss thy way？What if I had lost thee. Nell"

译文："巧极了，上帝保佑你，孩子，"老人说道，一面拍着她的头，"怎么会迷了路的？真的要把你丢了，叫我可怎么办呀，耐儿？"

分析：这句话出自《老古玩店》，书中的店主为了表现自己的文化修养，每次与孙女谈话时都喜欢用一些古词语，如"thee"/"couldst"/"thou"/"thy"等。这些古词语古老而神秘，与语言文化历史融为一体。翻译者没有办法将这些古词语翻译成对应的古体汉语，这些词语在原文中所呈现的效果也无法传递给目的语使用者。

（二）方言的可译性限度

方言又叫土话或土音，实际是地方语言，指某一地区的常用语言。方言带有鲜明的地域特征，常被作者用于文学表达，塑造人物个性，交代人物成长背景或故事发生地域。与标准语不同，方言是某个地域千百年来经常使用的语言，是地域文化的语言象征，私密性较强。目前，英语方言还没有相对应的汉语，翻译者只能用标准语替代方言进行语义翻译。因此，方言存在可译性限度，译文无法还原方言。例如：

原文：The Mother：How do you know that my son's name is Freday, pray?

The Flower Girl：Ow，eez ye-ooa san，is e? Wal，fewd dan y'd-ooty bawmz a mather should，eed now bettern to spawl a pore geo's flahrzn than ran awy athaht pyin Will ye-oo py me f'them?

这段对话出自英国文豪萧伯纳的《卖花女》。作者用方言描写母女俩的对话，一方面交代卖花女的成长环境，即土生土长的塞尔西区人；另一方面暗示卖花女没有接受过文化教育。如果用现代的语言来表达，其意思是：Oh, he's your son, is he? Well, if you'd done your duty by him, as a mother should，he'd know better than to spoil a poor girl's flowers and then run away without paying. Will you pay me for them? 但是，方言存在可译性限度，翻译者无法将英语方言翻译成对应的汉语方言，作者的方言用意没办法传达给目的语使用者。此时，翻译者只能在译文中做补充说明，将作者的意图交代清楚。

（三）俚语的可译性限度

俚语是民间非正式的偏口语化用语，是从生活现象中总结出来的带有地方色彩的词语。俚语的生活性较强，可以提升文学语言的活泼度和新鲜感。与方言、专用语不同，俚语代表了某个圈层，通过俚语可以判断说话者的职业、社会地位。俚语常被用作修辞手段，以表现人物的语言风格以及身份地位。俚语是圈层文化的结晶，翻译者很难找到与之对应的汉语，因此俚语存在可译性限度。例如：

原文：—— "Barkers for me Barney" said Toby Crackpit.

—— "Here they are," replied Barney, producing a pair of pistols.

—— "The persuaders?"

—— "I've got em," replied Sikes.

—— "Crape, keys, centre-bits, darkies——nothing forgotten."

译文：—— "把大嗓门给我，巴尼"扎比·格拉基特说道。

—— "在这儿呢，"巴尼一面回答，一面取出两把手枪。

—— "你的家伙呢?"

—— "我带着呢。"赛克斯回答。

——"面纱、钥匙、打眼锥、黑灯，没有落下什么吧？"

分析：这段对话是狄更斯《雾都孤儿》中小偷们的对话，"barker"和"persuader"是由黑话转变而来的俚语。"barker"本意是"发出响声的东西"，小偷们用其指代手枪，属于他们这一圈层的俚语；"persuader"原意是"说服者"，小偷们用其表示匕首。这里的俚语具有鲜明的社会群体特点，即使将其语义翻译出来，阅读者也会感到迷惑。所以，俚语具有可译性限度，源语言语体特征所起的修辞作用在译作中通常无法体现。

（四）外来语的可译性限度

外来语是指某种语言从其他语言音译或直译而成的词语。英语在发展过程中从其他语言中吸收了大量的词汇，如 wok-锅（汉语）、alcohol-酒精（阿拉伯语）、land-土地（德语）等。这些外来语被广泛地应用于文学创作之中，发挥某种修辞效果。但是，外来语存在可译性限度，某些外来词的修辞效果无法在译文中体现出来。例如：

原文 1：Ogilvie："Pretty neat set-up you folks got."

The Dutchess's："I imagine you did not come here to discuss decor."

译文：奥格尔维："你们布置了一套漂亮的房间。"

公爵夫人："我想你不是来讨论房间装潢的吧。"

分析："decor"是法语词汇，公爵夫人特意用法语这一代表上流社会的贵族语言来彰显自己的高贵身份。这种使用外来语营造交谈气氛、暗示某种含义的修辞作用并不能通过对应的汉语表现出来。这是外来语的特殊作用。因此，翻译者不得不放弃外来语的语言效果表现，选择再现其词义。这就是外来语的可译性限度。

三、语音修辞的可译性限度

不可否认，语言表达具有音乐性。语言的发音让词组、短语、句子等呈现出节奏感和音韵美，这也成就了语音修辞。语音修辞是翻译的重要课题，英语中常见的语音修辞有四种：头韵、半谐音、谐音和拟声。英语发音与汉语发音有所不同，语音修辞也存在差异性。因此，部分英语语音修辞无法转化成汉语语音修辞，翻译过来之后，译文词义可能表述得很完整，但是缺乏原文的节奏感和韵律美。

头韵是英语语音修辞手段之一，蕴含着语言的音乐美、整齐美，使得语言声情并茂、音义一体。所谓头韵，是指两个单词或两个以上单词的首个字母、字母发音相同，如 first and foremost/saints and sinners。英美文学中常用头韵加强节奏感，让英语语言呈现形式美和音韵美。但是，头韵存在可译性限度。语音结构层中没有汉语与英语的转换渠道，英语头韵在翻译过程中会造成语音因素的损失。

汉语通过声调的抑扬顿挫来赋予语言节奏感，而英语则通过元音和辅音构成的轻读和重读来获得语言的韵律感。所以，二者不能进行语音结构层的转换。例如：

原文 1：He is all fire and fight.

译文：他怒气冲冲，来势汹汹。

原文 2：Starlight and Skyline，Galaxy and Glamour.

译文：高楼摩天，星光灿烂；火树银花，瑰丽绝伦。

很明显，两个例句都采用了头韵的语音修辞，首辅音存在重复的同时节奏明快轻松，让语言增加了音乐性。在头韵的加持下，句子变得朗朗上口，很容易被读者传播和模仿。但是，译文无法再现源语言的节奏感和韵律感。汉语的字母发音没有与英语相似或对应的，翻译者只能还原词义和形式，但是原文所表现的音乐节奏无法复刻。

语音修辞的可译性限度除了表现于头韵之外，还表现于尾韵、拟声等。尾韵和拟声的限制因素与头韵相似，表层的语音结构差异导致英语的音韵感无法转化为汉语的音韵感。面对语音修辞的可译性限度，翻译者只能从语义和形式入手，尽量还原源语言的意思和结构。

第三节　民族文化的可译性限度

文化是语言的血脉，语言是文化的喉舌，文化与语言相辅相成、互相成就。每个民族都有属于自己的文化，民族文化所孕育的语言也具有民族特色。英美文学翻译既是英汉语言的转换，又是两个民族文化的交流。民族文化在发展中形成，受社会制度、生态环境、风俗习惯以及信仰影响颇深。不同民族有不同的生态环境、社会制度、风俗习惯和文明信仰，因此不同民族的文化差异、审美差异较大，语言翻译也会存在限制。尤其是一些文化负载词，这些成语、典故、俚语等文化负载词找不到相对应的语言进行翻译，英美文学翻译就出现了民族文化的可译性限度。

一、民族文化的可译性限度成因

每种语言都是一个不可取代的文化系统，都有不同于另一种语言的异质性。受民族立场、民族语境和民族文化心理等因素的制约，英美文学的民族文化翻译并不能保留较为完整的文化信息，从而形成了民族文化的可译性限度。

（一）民族立场

翻译者在英美文学翻译中扮演着重要角色，英美文学作品的还原程度与翻译者息息相关。翻译者有三种立场：第三者立场、翻译对象的民族文化立场和目的语立场，所持立场不同，英美文学作品中关于民族文化的翻译就有所不同。立场关系着翻译者的翻译成果。第三者立场是比较客观中立的立场，翻译者会尽可能让译作完美还原原作；翻译对象的民族文化立场意味着翻译者受原作的民族文化影响颇深，翻译时会尽量让翻译内容如实还原原作的民族文化信息，同时扩大译作的文化信息量；目的语立场会让翻译者站在目的语使用者立场上过滤一些原作的民族文化信息，并用译作的民族文化信息进行填充，方便理解和阅读。由此可见，立场不同，译作所传递的原作中的民族文化信息量也不同。因此，民族文化的可译性限度与民族立场有关。翻译者应该尽可能站在第三者立场进行英美文学翻译，尽可能让译语传递较多的原著中的民族文化信息。

（二）民族语境

众所周知，生活场景、交际场景是生产语言文字的主要场所。语言是沟通的媒介，语言文字形成于各种与交际相关的场景，即民族场景中。语境是指语言文字生产的具体环境，因此民族场景又称民族语境。民族语境是感知语言文字背后蕴藏的文化信息的"环境场所"，英美文学翻译的一部分工作是感知语境，即通过语境了解民族文化，从而理解语言文字信息。这意味着，翻译者要真实还原原作的民族语境，让目的语使用者在民族文化环境中感受语言文字。但是，民族语境的重塑并不容易，英美文学作品所呈现的民族语境与民族的思维方式、审美观念、表达习惯有关。由于民族文化的限制，民族语境无法等值还原，译作语言文字信息与原作相比也会大打折扣。因此，民族语境是民族文化可译性限度形成的因素之一。

（三）民族文化心理

民族文化和民众心理共同构成了民族文化心理。民族文化心理是在长期的民族生产生活实践中形成与发展的，其形成与民族历史、生产方式、生活习惯、地理环境、价值观念等影响因素有关。不同民族有不同的民族文化心理，反映民族文化心理的语言文字也会有所不同。英美文学是民族文化的重要载体。不可否认，文学作品受到作家的文化素养、教育背景以及思想观念的影响。正是因为民族文化心理对作者的作用，文学作品才呈现出了作家的写作特色和风格。可以说，语言深处是民族文化心理。民族文化心理决定了语言文字走向，由于民族文化心理不同，译作很难如实反映原作的民族文化。

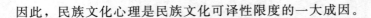

因此，民族文化心理是民族文化可译性限度的一大成因。

二、民族文化的可译性限度分类

（一）生态文化的可译性限度

生态文化是指地理区域、自然条件以及生态环境共同作用下形成的文化。生态文化与语言文字的创造关系密切，许多语言文字都是生态文化作用的结果，如"He is a wolf"，"wolf"不仅仅指"狼"，它还与生态文化相关。在美国的印第安部落中，"wolf"是部落图腾崇拜的偶像。但是，中国生态文化中"狼"是凶残的象征。由于生态文化不同，语言内涵有所差异。因此，英美文学翻译存在生态文化的可译性限度。翻译时，翻译者只能进行意译，将语言背后的深刻内涵完整地再现出来。例如：

原文：The employers found that extreme sweating，like killing the goose that laid the golden eggs，was not the best way to make business pay.

译文：雇主们发现，压迫式工作如同杀鸡取卵，并不是企业盈利的最佳方式。

分析："kill the goose"被意译为"杀鸡取卵"。"goose"的本意是"鹅"，这个短语可直译为"杀死这只鹅"，却与原文意思相去甚远。"kill the goose"是生态文化作用的结果，语言制造者用下金蛋的鹅被杀比喻人们贪图眼前利益而不顾长远效益，与"杀鸡取卵"有异曲同工之妙。虽然意译为"杀鸡取卵"可以保留"kill the goose"的比喻义，但是二者所产生的形象联想有所不同，喻体"鹅"换成了"鸡"。这就是生态文化的可译性限度，受生态文化影响，译语无法完整诠释源语言。

（二）物质文化的可译性限度

物质文化是人类创造的物质产品所体现的文化。社会生活、经济生活、市场运作是物质文化的显现。因此，物质文化不是单纯物质形态的展现，而是一种文化或文明状态。语言在很大程度上与物质文化相关，作为物质文化的产物，石器、水库等词语均有其特定的语言称谓。由于不同民族的物质文化有所不同，语言翻译也会存在障碍，这便是物质文化的可译性限度。例如：

原文：His placement counselor assured me that he would be a good, reliable busboy.

译文：他的职介顾问向我保证，他会是一个值得信赖的餐馆杂工。

分析："busboy"原意为"餐馆勤杂工"，而不是"公共汽车售票员"，这与物质文化相关。"busboy"是一个合成词，"bus"原意为公交车，餐厅中收脏餐盘的推车与公交车作用相似，因此"bus"形成了"推车"的延伸意，"busboy"也变成了"餐馆勤杂工"。由于物质文化不同，传统中国餐厅不用推车收拾用过的餐盘，而是用手端下去。因此，"busboy"很容易被理解为"公共汽车售票员"。由此可见，物质文化不同，英美文学翻译存在一定的限制。

（三）社会文化的可译性限度

社会文化是社会生产、生活所形成的文化，是各种社会文化现象和文化活动的总和。人类一切与语言文字有关的文明皆反映社会文化，绘画、小说、诗歌、法律法规、行为规范等都是社会文化的产物。因此，英美文学作品是社会文化的结晶，作品中的词汇、短语、句子等体现了一定的社会文化。英美文学作品翻译从表层来看是语言文字的翻译，从深层来看却是社会文化的翻译。只有底层的社会文化相同，语言表达逻辑才会一致，英语才能被完整地转换为汉语。但是，英美文学背后的社会文化与中国的社会文化具有较大的差异，这导致英语和汉语的语言文化认知不同，从而出现了翻译的可译性限度。例如：

原文：I've let the cat out of the bag already，Mr. Corthell，and I might as well tell the whole thing now.

译文：我已经泄露了秘密，科塞先生，现在干脆就把全部事实告诉你。

分析："let the cat out of the bag"是一种社会文化现象的结果。过去，纽约州农民把猪放在口袋里销售，有时候他们却在袋子里面装猫而不是猪，这是因为猪比猫贵，农民试图用猫蒙混过关。但是有时候猫会从袋子里钻出来，泄露真相。因此，人们制造了成语"let the cat out of the bag"，用于指"无意中泄露真相"。中国没有这种文化现象，自然不会理解该成语的真正含义。翻译时，翻译者无法将该成语背后的社会文化现象一并讲与读者，只能如实反映比喻义，这就是社会文化的可译性限度。

民族文化的差异导致的可译性限度是英美文学翻译不可避免的问题。面对民族文化的可译性限度，翻译者只能探析语言文字深处的文化现象，根据民族文化事实推断出语言所表达的意思，再现语言的语义。但是，语言文字所蕴藏的文化内涵并不能传递给目的语使用者，翻译者只能通过附加解释说明的方式传达给他们。

第七章　英美文学翻译的实践探析

"欲知山中事，须问打柴人。"英美文学翻译从来不止步于理论层次，实战才是根本。要想做好英美文学翻译工作，翻译者须经历翻译过程，体会、总结翻译经验和方法，提高文学翻译能力。因此，笔者进行了英美文学翻译的实践探析，从散文、小说、诗歌、戏剧四种主要的文学体裁入手，分析一些经典作品的精彩译作，追本溯源，总结文学翻译的实战经验。

■■■■■■■ 第一节　英美散文翻译 ■■■■■■

散文是英美文学的重要体裁之一，在英美文学史上留下了浓墨重彩的一笔。散文形式众多，包括杂感、短评、小品、随笔、速写、游记、日记、书信、回忆录等等，其内容常常以生活中偶发的、片段的事与物作为切入点，反映复杂的背景与深刻的内涵。散文翻译是英美文学翻译的重要类型之一，散文翻译的实践探析对英美文学翻译工作大有裨益。

一、散文的定义与分类

（一）散文的定义

散文是一种文体概念，富有清新简练、散漫自然的美感。从形式来看，散文是指不押韵、不重骈偶的文章；从内容来看，散文具有很大的游离性和随意性。因此，散文是一种充分利用各种题材、各种文学艺术表现手段自由抒发感想的抒情写意的文学文体。

（二）散文的分类

按照体裁、题材和表达方式等因素进行分类，如图 7 - 1 所示，散文主要有四种：抒情性散文、记叙性散文、描写性散文和议论性散文。

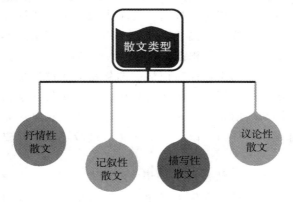

图 7 - 1 散文类型

1. 抒情性散文

抒情性散文以思想情感为创作的核心，是以描绘个人思想与感受为主的文体。抒情性散文讲究形散而神不散，关于事物的描绘比较零散，没有贯串全篇的主线与情节，但是每一处描写都透露了作者的主观情感。这类散文多采用象征和比拟的手法，将寄托情感的人、情、景和事艺术性、诗意化地表达出来，寓情于景、借景抒情，给读者带来强烈的艺术感染力。

抒情性散文分为三类：借景抒情、因物抒情和以事抒情。借景抒情类散文的写作方式包括参游式、静赏式，因物抒情类散文的写作方式包括象征式和情索式，以事抒情类散文的写作方式包括怀念式和叙史式。

参游式散文是以作者行踪为线索串联的移步换景类散文，以众多景物描写组合成一篇游记。参游式散文的写作模式比较固定，由参游起因和参游见闻两部分组成。一般来说，参游式散文的作者是散文的穿针引线者，他通过详细描写目击的景物和事物来抒发情感，描写虚实相间、详略得当。

静赏式散文属于借景抒情类散文的另一种写作形式。静赏类散文的写作思路为：进入景点—依次静赏—赏景联想—离开景点。景物是情感的寄托，作者写景语是为了抒情语，所以静赏式散文的开篇直接点题，讲述写景的缘由。写景时，文章侧重景物的多角度描写，通过景物的特征、特点来隐喻主题思想，深化主题情感。在静赏式散文作品中，联想和想象运用较多，语言奇幻多姿，引人遐想。

象征式散文的主体是物，"物的概念—物的性格—由物及人"是象征式散文的创作模型。象征式散文的隐喻性较强，语篇中的物往往是人的另一种存在形式。作者用物来象征人，隐晦表达自己的思想情感，语言具有朦胧美和模糊美，读起来美轮美奂。象征式散文一般会在结尾处点明主旨，卒章显志。

作为因物抒情的另一种写作方式，情索式散文的特点是解析物的特征，从若干个特征点入手进行描写与抒情。简单来说，情索式散文就是给情感寻找一个假托物，以情为线索，描述某一物，最后回归到情感本身。情索式散文的套路为：情的缘起—情的积蓄—由情至人—情的归结。

怀念式散文，顾名思义，描写记忆中的景物，通过怀念、缅怀的方式表达寄寓在景物上的情思。怀念式散文的写作思路是从某一景物联想到与之相关的另一景物，即睹眼前景—思从前景—抒怀念情。叙史式散文与怀念式散文类似，二者都是以事抒情，叙史式散文是通过叙述、描写史实来抒发感想和情思。

作为散文的一种，抒情性散文的语言更具情感力量。无论是间接抒情，还是直接抒情，其语言描写都生动华丽，共鸣效果强烈。抒情性散文要想做好语言表达，原作作者和翻译者都要具有深厚的文学修养，以把握文字语言的真善美。尤其是翻译者，翻译时要掌握抒情性散文的主要特点。抒情性散文的主要特点有三：其一，抒情性散文以情感为中心，即"文中有我，重在抒情"；其二，一切景语皆情语，抒情性散文的画面感较强；其三，抒情性散文的语言精准简练、形象生动、韵律感强。翻译者应围绕抒情性散文的特点进行有重点、有目的的翻译，抓住散文原作的神与魂，确保译作语言优美、情感真实。

2. 记叙性散文

记叙性散文是一种似散文又似小说的散文，以记叙人物、景物和事件为主。叙事与抒情相结合，小说结构与散文语言相交叉是记叙性散文的主要特点。记叙性散文按照内容主体分为三种：以写人为主的记叙性散文、以记事为主的记叙性散文和以写景为主的记叙性散文。记叙性散文取材广泛，不分古今、不分中外，凡是能够给人以知识、力量、美感的事与物都可以用来描写和歌颂。阅读记叙性散文，不仅能够开阔视野、增长知识，还能够陶冶情操、启迪思想。

如图 7 - 2 所示，记叙性散文的结构有"一事＋多议"和"多事＋多议"两种。这种散文经常是描写与议论相结合，感性与理性相融合，即作者通过细节描写和场面描写来刻画事物，向读者清楚地交代事情的前因后果、发展脉络，然后根据描写进行探讨和议论，将感性的描写升华为理性的思索，上升作品的高度，让读者有所得、有所悟。

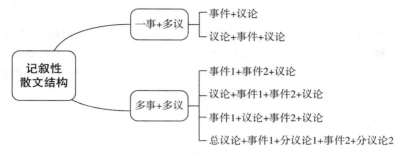

图 7 - 2 记叙性散文结构

记叙性散文要与小说进行区分，小说与记叙性散文的不同体现在三个方面：

（1）语言色彩不同。记叙性散文语言的主观色彩更加强烈，小说的语言比较客观而真实。小说语言多用于描写特定环境以及环境中的人与物，推动故事情节发展，语言越翔实、朴素、真挚，小说的故事情节越真实。但是，记叙性散文不强调真实性，记叙性散文的语言更加跳脱，笔下的景与物服务于主观情感。

（2）情节描写不同。小说比较注重完整情节的描写，强调情节的前后联系；而记叙性散文不看重情节的完整性，经常随处取材，将不同的材料串联在一起。记叙性散文中的情节服务于主观情感，重点在于人的情感与思想的表达。

（3）主人公不同。散文中的"我"一般指作者本人，内容全部是作者主观情感的抒发，不存在虚构或者不虚构的问题。小说不同，小说分为纪实小说和虚构小说两种，小说中的主人公可以是作者本人，也可以是别人。小说中的情感包含在故事和情节之中，其作者经常通过白描的方式对人物神态进行勾勒和刻画。

3. 描写性散文

描写性散文与抒情性散文极为相似。但是，描写性散文更加注重景物与人物的客观描写，语言具有形象性、直观性的特点。由于注重景物和人物的客观描写，描写性散文的语言清新脱俗，读起来富有诗意。描写性散文多为歌颂、赞扬大自然的作品。与其他散文不同，其作品本身没有隐喻色彩，所描写的对象往往是作者所要赞扬和歌颂的主题。

4. 议论性散文

议论性散文就是用散文的笔法发表议论。议论性散文是以阐述某个观点为中心的散文。从议论的角度看，它属于议论文；从笔法角度看，它属于散文。与真正的议论文不同，议论性散文不是特别注重理性和逻辑，而是侧重形象的描绘与情感的抒发。议论性散文善于营造富有理性的形象，语言具有抒情性、形象性和哲理性的特点。

议论性散文的中心思想是"理"，饱含对社会、人生等问题的独特思考。从"理"出发，议论性散文的写作比较灵活，常常运用文学语言委婉、含蓄地表达，具有强烈的个性化色彩。议论性散文喜欢用比喻、比拟等修辞手法讲述哲理，更加侧重议论中的爱憎情感与理想意愿的流露。

二、英美散文的风格

文体是英美散文作品的"骨骼"，语言是英美散文作品的"血肉"。文体和语言构成了独一无二的英美文学作品。谈论英美散文风格，文体和语言是关键。

（一）英美散文的文体风格

文体是独立成篇的文本体裁，反映了作品从内容到形式的整体特点。散文文体比较自由，"形散神聚"是其精髓。围绕"形散神聚"的特点创作，散文表现出了散、真、美的文体风格。

1. 散

散，指由聚集而分离。"散"之一字道出了散文的奥义，语言离散而主旨聚集。"散"是散文作品的主要文体风格。散文的选材随意，一切都有可能成为落笔的素材；散文的形式散漫，没有结构和韵律的要求，无论是说理还是叙事都找不到一定的文字组织规律，天马行空、放任自由。例如，英国散文家查尔斯·兰姆（Charles Lamb，1775—1834）的作品《古瓷器》节选：

I have an almost feminine partiality for old china. When I go to see any great house, I inquire for the china-closet, and next for the picture gallery. I cannot defend the order of preference, but by saying, that we have all some taste or other, of too ancient a date to admit of our remembering distinctly that it was an acquired one. I can call to mind the first play, and the first exhibition, that I was taken to; but I am not conscious of a time when china jars and saucers were introduced into my imagination.

开头部分，作者讲述了他对中国瓷器的偏爱，描述了瓷器上的人物、图案。令人惊讶的是，接下来作者笔锋一转写起了关于自己贫穷生活的回忆，这与开头的描写离题千里。这种写法是典型的"散"，突出了文体写作的自由与散漫。散文作品中，作者围绕某个主题写作，并不要求前后段落逻辑上的连贯。每一段叙述和描写都与主题相关，前后联系却不紧密，这种跳脱和意外的笔法营造了作品的悬念感和朦胧感，给散文蒙上了一层神秘的面纱。

2. 真

"清水出芙蓉，天然去雕饰"，这是散文文体风格的一大亮点。与其他文体不同，散文文体讲究"真"，语句衔接全凭本色和真实，不施铅华、不假雕饰。散文是主观情感的直接表述，不像小说追求悬念和伏笔，也不像诗歌追求含蓄和宛转，想到即说到，真实不扭捏。例如，英国散文作家罗伯特·林德（Robert Lynd，1879—1949）的名篇《无知的快乐》选段：

It is impossible to take a walk in the country with an average townsman-especially，perhaps，in April or May-without being amazed at the vast continent of his ignorance. It is impossible to take a walk in the country oneself without being amazed at the vast continent of one's own ignorance. Thousands of men and women live and die without knowing the difference between a beech and an elm，between the song of a thrush and the song of a blackbird. Probably in a modern city the man who can distinguish between a thrush's and a blackbird's song is the exception. It is not that we have not seen the birds. It is simply that we have not noticed them. We have been surrounded by birds all our lives，yet so feeble is our observation that many of us could not tell whether or not the chaffinch sings，or the color of the cuckoo. We argue like small boys as to whether the cuckoo always sings as he flies or sometimes in the branches of a tree-whether Chapman drew on his fancy or his knowledge of nature in the lines：

When in the oak's green arms the cuckoo sings，

And first delights men in the lovely springs.

This ignorance，however，is not altogether miserable. Out of it we get the constant pleasure of discovery.

散文作品中，作者列举大量的事实阐述乡下人的无知、男女世人的无知、市民对鸟类的无知。因为无知，很多东西在众人面前悄悄溜走。作者在证明无知代表着失去的同时，又讲述无知代表着快乐，从事物的两面性阐述了无知。与小说的精心设计不同，散文叙述开门见山、直抒胸臆，突出了真与直的文体风格。

3. 美

"美"是散文文体风格之一。散文的"美"主要指意境美。散文往往通过借景抒情、托物言志的方式表达思想情感和中心主旨，景与物的描写构成了其中的意境美。与诗歌、小说不同，散文的大部分篇幅是景物的描写，用景语写情语，将生活图景与思想情感融为一体，给读者留下了诗意化的想象空间。例如，美国作家埃尔文·布鲁克斯·怀特（Elwyn Brooks White，1899—1985）的名篇《重游缅湖》节选：

I guess I remembered clearest of all the early mornings，when the lake was cool and motionless, remembered how the bedroom smelled of the lumber it was made of and of the wet woods whose scent entered through the screen. The partitions in the camp were thin and did not extend clear to the top of the rooms, and as I was always the first up I would dress softly so as not to wake the others, and sneak out into the sweet outdoors and start out in the canoe, keeping close along the shore in the long shadows of the pines. I remembered being very careful never to rub my paddle against the gunwale for fear of disturbing the stillness of the cathedral.

这是一段作者的回忆，圆木的香味、树木的潮气、芬芳馥郁的野外、长长的树影、宁静的湖面，这些场景共同营造了一种静谧安详、生机勃勃的意境。每一个词语都非常朴实无华，但是词语与词语联合钩织了一幅美好图景，给人以身临其境之感。

（二）英美散文的语言风格

散文的语言有一种"小家碧玉"的自然之美。在抒情、叙事、议论时，散文的语言并非平铺直叙、朴素直白，而是透着一股艺术美、含蓄美。散文作者在进行语言处理时通常采用艺术化的方式，如托物言志、寓情于景、虚实相生等，用比喻、拟人等修辞方法进行语言的组织与表达，形成独特的语言风格。

1. 凝练顺畅

凝练是指简洁而无铺张赘言。散文语言凝练顺畅，作者通常用通俗易懂的语言来表述自己的想法和观点，传达对所描述的人、景与物的情感态度。相较华丽繁复的语言，散文用语简洁通顺、自由自在，感情表达自然流畅。例如，切斯特顿（Gilbert Keith Chesterton）的散文《一支粉笔》节选：

I suppose every one must have reflected how primeval and howpoetical are the things that one carries in one's pocket ; the pocket-knife, for instance, the type of all human tools, the infant of the sword. Once I planned to write a book of poems entirely about the things in nay pocket. But I found it would be too long; and the age of the great epics is past.

不难发现，选段的语言表达简洁凝练、朴素顺畅。作者没有用比喻、排比等华丽的修辞手段，而是平铺直叙，用最简单直白的语言讲述深刻的道理。

2. 节奏感强

散文的语言组织具有较强的节奏感，句式长短交错、整散相间，声调抑扬顿挫、有高有低。散文的语言节奏与诗歌有些相似，作者通过英语语言的特点有意识地结合词语和句子，形成具有节奏韵律的语段，读起来朗朗上口。例如：弗朗西斯·培根（Francis Bacon，1561—1626）的《论读书》节选：

Histories make men wise, poems witty, the mathematics subtle, natural philosophy deep, moral grave, logic and rhetoric able to contend. Abeunt studia in mores. Nay, there is no stone or impediment in the wit but may be wrought out by fit studies: like as diseases of the body may have appropriate exercises. Bowling is good for the stone and reins, shooting for the lungs and breast, gentle walking for the stomach, riding for the head, and the like. So if a man's wit be wandering, let him study the mathematics, for in demonstrations, if his wit be called away never so little, he must begin again; if his wit be not apt to distinguish or find difference, let him study the schoolmen, for they are cymini sectors. If he be not apt to beat over matters and to call up one thing to prove and illustrate another, let him study the lawyers' cases. So every defect of the mind may have a special receipt.

语段运用了大量的排比句，短句与短句组合，长句与长句组合，长短有致，语言的节奏感较强。如 "Histories make men wise, poems witty, the mathematics subtle, natural philosophy deep, moral grave, logic and rhetoric able to contend." "Histories make men wise" 是整个句子的基本结构，后面的短句省略了动词 "make"，短句与短句组合，读起来朗朗上口，富有韵律。

3. 口语化

散文文体比较自由，语言表达也比较随意，呈现出口语化特征。为了让散文读起来亲切、中肯，作者会有意识地选择口语进行描述和表达，增强作品的感染力和说服力。例如，英国作家约翰·博因顿·普里斯特利（John BoyntonPriestley, 1894—1984）的散文作品《无事彻底闲》节选：

I had been staying with a friend of mine, an artist and delightfully lazy fellow, at his cottage among the Yorkshire fells, some ten miles from a railway-station; and as we had been fortunate enough to encounter a sudden spell of really warm weather, day after day we had set-off in the morning, taken the nearest moorland track, climbed leisurely until we had reached somewhere about two thousand feet above sea-level, and had then spent long golden afternoons lying flat on our backs-doing nothing. There is no better lounging place than a moor. It is a kind of clean bare antechamber to heaven. Beneath its apparent monotony that offers no immediate excitements, no absorbing drama of sound and color, there is a subtle variety in its slowly changing patterns of cloud and shadow and tinted horizons, sufficient to keep up a flicker of interest in the mind all day. With its velvety patches, no bigger than a drawing-room carpet，of fine moorland grass，its surfaces invite repose.

Its remoteness，its permanence，its old and sprawling indifference to man and his concerns，rest and cleanse the mind. All the noises of the world are drowned in the one monotonous cry of the curlew.

文章叙述了作者悠闲无事的一天，不读书、不看报、不做饭、不散步、不逛街、不思考……口语化的语言表述方式显得亲切自然，让作者回归自然的无为之举看起来有些可爱。作者用偏口语化的语言向读者展现了一幅世外桃源之景，放松的语调和语气让读者很快进入角色，体会到了回归自然的美妙。

三、英美散文翻译的基本原则

翻译不是简单的重复，而是有意识的再现。英美散文作品的风采独具一格，翻译者要想将其风采传递给译语使用者，就要遵循散文翻译的基本原则。俗话说，没有规矩不成方圆。如图 7 - 3 所示，散文的翻译有其原则，翻译者只有按照原则翻译散文作品，英美散文的神采与精华才能被不同语言的读者了解和吸收。

图 7 - 3 英美散文翻译原则

（一）再现风格

"我劝天公重抖擞，不拘一格降人才"是龚自珍先生的大气磅礴，"莫道不销魂，帘卷西风，人比黄花瘦"是才女李清照的清丽忧愁，"国破山河在，城春草木深"是杜甫先生的质朴哀伤，"举杯邀明月，对影成三人"是李白先生的浪漫情怀。不同的作家有不同的写作风格，不同的写作风格是作家独有的标记。英美散文亦是如此。散文可能是游记，可能是日记，可能是随笔，也可能是抒情小文，不同的作家有属于自己的喜好和风格，所以成就了一片散文的星空。如果千篇一律地翻译，散文作品的星光将消失，读者阅读译本时也味同嚼蜡。因此，翻译者要再现散文风格，从文体、语言入手，尽量贴近原作，努力实现读者与原作作者的直接对话。

散文的文体风格大体一致，保持散、真和美的基本风范。但是，散文的语言风格各有不同，有的作者喜欢活泼轻快的表达，有的作者喜欢严谨质朴的表达，有的作者喜欢华丽优美的表达，有的作者喜欢平易近人的表达。关于英美文学作品，17 世纪的英国散文比较看重修辞的运用，作者喜欢用排比并列等对仗工整的句式安排句子结构，让散文结构看起来规范清晰。到了 18 世纪，口语化的散文比较流行，作者喜欢用口语化的方式与读者沟通，表达自己内心的想法。18 世纪末期，散文开始向浪漫主义风格转变，语言开始变得典雅华丽，最直观的表现是语言新颖奇特、句式灵活多样，感染力极强。翻译散文作品时，翻译者要反复阅读原作，对原作的语言进行精准分析和探究，抓住作者的用词特点和风格，努力再现原作风格。例如：

原作：Studies serve for delight，for ornament，and for ability. Their chief use for delight，is in privateness and retiring；for ornament，is in discourse；and for ability，is in the judgment and disposition of business. For expert men can execute，and perhaps judge of particulars，one by one；but the general counsels，and the plots and marshalling of affairs，come best from those that are learned. To spend too much time in studies is sloth；to use them too much for ornament，is affectation；to make judgment wholly by their rules，is the humor of a scholar. They perfect nature，and are perfected by experience：for natural abilities are like natural plants，that need proyning by study；and studies themselves，do give forth directions too much at large，except they be bounded in by experience.（弗朗西斯·培根《论读书》）

译作：读书足以怡情，足以博彩，足以长才。其怡情也，最见于独处幽居之时；其博彩也，最见于高谈阔论之中；其长才也，最见于处世判事之际。练达之士虽能分别处理细事或一一判别枝节，然纵观统筹、全局策划，则舍好学深思者莫属。读书费时过多易情，文采藻饰太盛则矫，全凭条文断事乃学究故态。读书补天然之不足，经验又补读书之不足，盖天生才干犹如自然花草，读书然后知如何修剪移接；而书中所示，如不以经验范之，则又大而无当。（王佐良译）

培根先生的《论读书》是一篇说理性散文，语言严谨质朴，逻辑性强，读起来比较枯燥无味。翻译者在进行翻译时延续了作品的风格特征，专门采用类文言文的方式组织语言，抓住了原作的语言神韵，让读者感受到了原作的风格。

（二）重现意境

"月光如流水一般，静静地泻在这一片叶子和花上。薄薄的青雾浮起在荷塘里。叶子和花仿佛在牛乳中洗过一样；又像笼着轻纱的梦。"朱自清先生用月光、青雾、叶子和花等景象营造了仙梦一般静谧和谐的意境，一组组美好的景物让人沉浸其中，久久难以忘怀。散文的美轮美奂在于意境，英美散文同样注重意境的营造，甚至将意境放在创作的首要位置。作者以美的享受和美的再现作为散文创作的目标，用优美动人的语言织就意境，让人浮想联翩、流连忘返。

茅盾先生曾说："文学翻译是用另一种语言，把原作的艺术意境传达出来，使读者在读译文的时候能够像读原作时一样得到启发、感动和美的享受。"基于茅盾先生的认知，翻译者在进行散文翻译时要遵循重现意境的原则。意境是散文的点睛之笔，翻译者要重现原作意境，将读者引入作者所营造的氛围中，深刻感受原作那份"只可意会不可言传"的独特之美。例如：

原作：It is a marvel whence this perfect flower derives its loveliness and perfume，springing as it does from the black mud over which the river sleeps，and where lurk the slimy eel，and speckled frog，and the mud turtle，which continual washing cannot cleanse. It is the very same black mud out of which the yellow lily sucks its obscene life and noisome odor. Thus we see too in the world，that some persons assimilate only what is ugly and evil from the same moral circumstances which supply good and beautiful results-the fragrance of celestial flowers-to the daily life of others. （纳撒尼尔·霍桑《古屋杂忆》）

译作：荷花如此清香可爱，可以说是天下最完美的花，可是它的根长在河底的黑色污泥中，根浊花清，这不得不说是一种奇迹。河底潜伏着滑溜的泥鳅，斑斑点点的青蛙，满身污秽的乌龟，这种东西虽然终年在水里过活，身上却永远洗不干净。黄色睡莲的香味恶俗，姿态妖媚，它的根也是生在河底的黑泥里面的。因此，我们可以看见在同样不道德的环境之下，有些人能够出淤泥而不染，开出清香的荷花，有些人却受到丑恶的熏陶，成了黄色的睡莲了。

原作中，作者采用了对比的方式组织整段语言文字，通过几种具有某些共通点的动物与植物的对比，营造了一种"清者自清、浊者自浊"的世俗意境。读者在意境中"品"出了作者的中心意图——自制力。翻译者经过反复研究原作，发现了作者的写作逻辑——抑扬结合、暗喻嘲讽。根据作者的写作思路，翻译者赋予原作中所描述的动物和植物一定的情感色彩，如清香可爱的荷花、满身污秽的乌龟，还原与再现意境，使译文达到与原文相近的艺术效果。

（三）传情达意

散文是抒发作者真情实感的文学体裁，真情实感是散文的中心要旨。一篇散文，如果只是景色、事件的堆砌，就不是成功的作品。同样，一部散文译作，如果没有传递原作的情感，就不是优秀的翻译作品。散文翻译要遵循传情达意原则，将原作中作者想要表达的情感一比一传递给译作读者，让读者体悟到作者的写作意图，理解作品的情感真谛。

具体来说，翻译者要运用移情法翻译散文。首先，尊重原作的情感观念，理解作者的思想情感；其次，掌握原作的创作背景，揣摩作者的创作意图；最后，将自己的情感注入译文中，将自己的情感与作者的情感融为一体，辅助表现原作的思想内涵。例如：

原作：The pitchy gloom without makes theheart dilate on entering the room filled with the glow and warmth of the evening fire. The ruddy blaze diffuses an artificial summer and sunshine through the room，and lights up each countenance in a kindlier welcome. Where does the honest face of hospitality expand into a broader and more cordial smile，where is the shy glance of love more sweetly eloquent，than by the winter fireside? and as the hollow blast of wintry wind rushes through the hall，claps the distant door，whistles about the casement，and rumbles down the chimney，what can be more grateful than that feeling of sober and sheltered security with which we look round upon the comfortable chamber and the scene of domestic hilarity? （华盛顿·欧文《见闻札记·圣诞节》）

译作：屋外漆黑阴郁，而屋内炉火熊熊，一片温馨，乍一走进，怎能不让人心情舒畅！红红的炉火使房中如同夏日艳阳高照的时节一般，在这温暖的氛围中，人人都精神焕发。唯有在冬日的炉火边，诚挚好客的脸庞才会绽放灿烂的笑容，羞涩而又饱含爱意的一瞥才会更加甜蜜动人。当沉闷的寒风穿堂而过，将远处的房门吹得砰砰作响，在窗扉间呼啸，呜呜地钻进烟囱，而你环视四周，房屋舒适，家人其乐融融，感觉如此虽已安适，还有什么比这更为惬意呢？

原语段描写了冬日的温馨一幕，透着作者对家的眷恋。翻译者以传情达意为原则，将原文中真挚的情感再现了出来。翻译者将自己对家庭、对冬日的理解融入译作之中，通过细节描写和平淡浪漫的语言将浓厚的温情传递给了读者。读者借助阅读译作感受到了原作者对家庭生活的热爱与珍惜。

四、英美散文翻译与赏析

实践出真知。英美散文翻译者要从经典翻译作品中积累经验，整理经典

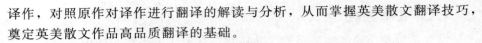

译作，对照原作对译作进行翻译的解读与分析，从而掌握英美散文翻译技巧，奠定英美散文作品高品质翻译的基础。

（一）原作

A Meditation upon a Broomstick

This single stick，which you now behold ingloriously lying in that neglected corner，I once knew in a flourishing state in a forest. It was full of sap，full of leaves，and full of boughs，but now in vain does the busy art of man pretend to vie with nature by tying that withered bundle of twigs to its sapless trunk. It is now at best but the reverse of what it was：a tree turned upside down，the branches on the earth，and the root in the air. It is now handled by every dirty wench，condemned to do her drudgery，and by a capricious kind of fate destined to make other things clean and be nasty itself. At length，worn to the stumps in the service of the maids，it is either thrown out of doors or condemned to its last use of kindling a fire. When I beheld this，I sighed and said within myself . surely mortal man is a broomstick：nature sent him into the world strong and lusty，in a thriving condition，wearing his own hair on his head，the proper branches of this reasoning vegetable，until the axe of intemperance has lopped off his green boughs and left him a withered trunk；he then flies to art，and puts on a periwig，valuing himself upon an unnatural bundle of hairs，all covered with powder，that never grew on his head. But now should this broomstick pretend to enter the scene，proud of those birchen spoils it never bore，and all covered with dust，though the sweepings of the finest lady's chamber，we should be apt to ridicule and despise its vanity，partial judges that we are of our own excellencies and other men's defaults.

（二）译作

扫帚把上的沉思

你看这根扫帚把，现在灰溜溜地躺在无人注意的角落，我曾在树林里碰见过，当时它风华正茂，树液充沛，枝叶繁茂。如今变了样，却还有人自作聪明，想靠手艺同大自然竞争，拿来一束枯枝捆在它那已无树液的身上，结果是枉费心机，不过颠倒了它原来的位置，使它枝干朝地，根梢向天，成为一株头冲下的树，归在任何干苦活的脏婆子的手里使用，从此受命运摆布，把别人打扫干净，自己却落得个又脏又臭，而在女仆们手里折腾多次之后，最后只剩下一支根株了，于是被扔出门外，或者作为引火的柴禾烧掉了。

我看到了这一切，不禁兴叹，自言自语一番：人不也是一根扫帚把吗？

当大自然送他入世之初，他是强壮有力的，处于兴旺时期，满头的天生好发；如果比作一株有理性的植物，那就是枝叶齐全。但不久酗酒贪色就像一把斧子砍掉了他的青枝绿叶，只留给他一根枯株。他赶紧求助于人工，戴上了头套，以一束扑满香粉但非他头上所长的假发为荣。要是我们这把扫帚也这样登场，由于把一些别的树条收集到身上而得意扬扬，其实这些条上尽是尘土，即使是最高贵夫人房里的尘土，我们也一定会笑它是如何虚荣吧！我们就是这样偏心的审判官，偏于自己的优点！别人的毛病！（王佐良译）

（三）翻译赏析

步骤一：判断文体，整理结构。翻译者对原作进行文体判断，通过文体风格，确定翻译的大概思路。该作品属于抒情性散文，作者将自己的情感、思想归结到一把扫帚上，借物抒情。前文提到，象征式抒情散文的创作模型为：物的概念—物的性格—由物及人。翻译者可以将象征式抒情散文的结构模型代入 A Meditation upon a Broomstick（《扫帚把上的沉思》），划分短篇作品的框架结构，呈现清晰的语篇脉络，为概括性的整体翻译奠定基础。

第一段属于"扫帚把"这种物的陈述，介绍了"扫帚把"过去的命运与现在的生活；第二段属于由物及人，通过"扫帚把"的状态想到人生，抒发对人性的看法。通过对语篇内容的分析，翻译者容易掌握原文写作逻辑，确定基本的翻译思路。

步骤二：通篇阅读，概括翻译。阅读是一个去伪存真、抽丝剥茧的过程，翻译也是如此。散文作品翻译的最终目的是传情达意，将作者的思想情感传递给译作读者，让译作读者获得与原作读者相同的阅读体验。通篇阅读是获得原作中心思想的主要方式，统领全篇。站在一定高度上阅读作品，阅读者能够有效掌握段落的主旨，进而理解全篇的主题情感。所以，翻译者会对散文进行略读，删繁就简，对原作进行概括翻译，以获取原作的精华内容。概括翻译为逐句翻译奠定了基础，避免逐句翻译变成生搬硬套，改变原文的主旨。

步骤三：逐句直译。直译是翻译的基本操作。虽然英语与汉语的语言逻辑不同，但是大部分句子可以直接翻译而不影响句子的意思和情感。直译是一种非艺术化的翻译方式，逐句直译可以帮助翻译者最大限度地还原原作。直译是意译的基础，在直译的基础上进行语言的润色和修饰，翻译会更加出色。如"When I beheld this, I sighed and said within myself, surely mortal man is a broomstick"，这句话简单直接，用词朴素，没有使用修辞方法，直接翻译即可。王佐良先生根据原句直接翻译，然后根据原句语调进行艺术化修饰，将其翻译为："我看到了这一切，不禁兴叹，自言自语一番：人不也是一根扫帚把吗？"陈述句变反问句，语气更加强烈，更能突出作者的情感。

步骤四：艺术化修饰。经典之所以成为经典，语言的贡献不容轻视。一部经典作品的语言一定有其过人之处，或暗黑讽刺，或幽默滑稽，或优雅华丽，或质朴真挚。文学翻译归根结底是对语言的翻译，从一种语言转换成另一种语言。因此，散文翻译要尊重语言风格，最大限度地还原原作的语言风格，让译文读者感受原作语言的精湛与绝妙。基于此，翻译者会对语言进行艺术化修饰，在直译的基础上改变句子的用词、结构，尽量还原作品的语言风格。

比如，"This single stick, which you now behold ingloriously lying in that neglected corner"，"ingloriously"原义是"可耻地，不光彩地"，结合语境，王佐良先生将"ingloriously"翻译为"灰溜溜地"，更符合扫帚把的生存状态，即"你看这根扫帚把，现在灰溜溜地躺在无人注意的角落"，将扫帚把的落寞表现了出来。又比如，"until the axe of intemperance has lopped off his green boughs and left him a withered trunk"，这句话直译会导致意思变形。原作作者巧妙地运用了一个比喻，表示奢靡的生活会砍掉人生的绿叶。王佐良先生在明白了这句话的本意之后，进行了意译，将其翻译为"但不久酗酒贪色就像一把斧子砍掉了他的青枝绿叶，只留给他一根枯株"。翻译的亮点是"the axe of intemperance"，"axe"表示斧头，"intemperance"表示"酗酒"，翻译者将短语巧妙地转化为比喻句，即"酗酒贪色像一把斧头"，生动形象，完整还原了原作的语言风格。

第二节　英美小说翻译

小说翻译是英美文学翻译的主要板块之一。作为一种重要的文学体裁，小说的阅读量和传颂度远超诗歌、戏剧以及散文。从市场需求来说，英美小说翻译是重中之重。小说是在讲述故事，故事以语言为基础构建情节、人物以及环境。所以，小说翻译是语言的翻译，也是情节、人物以及环境的翻译。关于英美小说高质量翻译，翻译者要学会分析小说主要要素，在清楚小说结构框架的前提下进行语言的转换。只有这样，英美小说翻译才能保证不偏离原作内容，再现原故事情节以及语言风格。

一、小说的概念

"小说"一词早已有之，《庄子·外物》和《汉书·艺文志》都提到过"小说"。但是，这时候人们口中的"小说"只强调消遣娱乐，没有"文以载道"的力量。直到清朝末年，"小说"一词才被重新定义，被赋予了重塑民族精神的责任。中国重新定义小说功能与西方文化有关，西方传统文化强调文学娱乐与认知功能的融合，所以小说逐渐具备了文化认知功能。

《现代汉语词典》对"小说"做出这样的解读：一种叙事性的文学体裁，通过人物的塑造和情节、环境的描述来概括地表现社会生活。长篇小说、中篇小说和短篇小说是小说的基本分类。

"小说"一词的英文是 fiction novel。根据考察，"fiction"一词产生于16世纪，原意为"制造出来的事物"；"novel"一词是意大利语"novella"的改造，表示"一件新异的小东西""新闻"或者"闲聊"。"novel"的法语解读为"新的"，"新"与"旧"相对，暗含新的认知。"fiction"和"novel"都与"新事物"有关系，"fiction novel"的言外之意是培养人的认知能力。

除此之外，现代西方人认为：人们阅读小说的目的是"愉悦"和"晓谕"。伊恩·瓦特（Ian Watt，1917—1999）在《小说的兴起》中用"novel"概述他的作品，使其与传统的"散文虚构故事"区别开来。此时，"fiction novel"（小说）有了新的意义，即小说是现实生活的升华，作者通过新颖、奇特的方式将现实生活编成故事，给人以启迪和思考。

二、小说的分类

小说是人类脑力劳动智慧的结晶。由于创作理念不同，小说类型丰富而多彩。如图 7 - 4 所示，从不同的视角划分，小说可以分为不同类型。

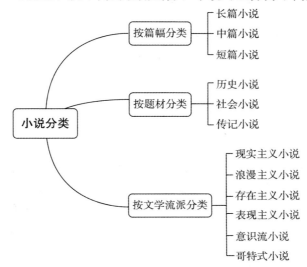

图 7 - 4　小说分类视角以及类型

（一）篇幅分类

小说的篇幅有长有短。按照篇幅的长短划分，小说可以分为长篇小说、中篇小说和短篇小说三种类型。

1. 长篇小说

长篇小说的字数较多，达到十万字以上就可称为长篇。长篇小说的信息量巨大，演绎了完整世界观下的社会生活。长篇小说时间、空间跨度较大，内容庞杂且结构复杂，如《红楼梦》。一部长篇小说是一个人物群像的描写，除了主要人物之外，其他人物的描写笔力也很重。情节与环境是长篇小说的另外两个重点，长篇小说的情节曲折多变、波澜壮阔，充满了众多的人物矛盾与行动冲突。与其他类型小说不同，长篇小说的环境特别复杂，包括人物的成长环境、社会环境以及自然环境，众多环境是人物成长弧线的铺垫。总之，长篇小说的人物、情节和环境相比其他小说要多费许多笔墨。

2. 中篇小说

一般字数在三万到十万之间的小说称为中篇小说。与长篇小说相比，中篇小说的厚重感不足，其创作者往往截取某个重大历史事件中的局部片段或某个重要人物的人生历程来进行描述。所以，中篇小说的故事背景不会太复杂，人物关系也比较简单，故事情节枝蔓较少，以人物的内心冲突为描写重点，如《变形记》。

3. 短篇小说

短篇小说的字数在两千到三万之间。它的结构比较简单，以某个人物为中心展开故事情节，反映某个具有典型意义的生活片段或某个典型人物性格。短篇小说没有复杂的历史社会背景，其故事往往发生在几个小时或者几天之内。短篇小说的人物较少，其创作者经常是围绕一个人物讲述发生的一件小事，通过发生在这个人物身上的事情反映社会现象，表达自己内心的想法，如《套中人》《麦琪的礼物》。

（二）题材分类

题材也是小说的划分标准之一，题材不同，小说分属不同类型。随着历史的演进，小说的题材日益丰富，市场上出现了乡村小说、言情小说、奇幻小说、魔幻小说、武侠小说、滑稽小说、推理小说、探险小说、历史小说、社会小说以及传记小说等等。虽然题材众多，但从文学价值角度分析，现有小说按题材可以归为三个大类：历史小说、社会小说和传记小说。

1. 历史小说

历史小说取材于历史，围绕历史人物或事件进行故事创作，再现一定历史时期的政治、经济以及生活现象。历史小说不是历史教材，遵循真实与虚构相结合的原则，既具有一定的历史资料参考价值，又具有一定的娱乐精神。

虽然历史小说运用了联想与想象手段，但是其所涉及的背景、人物以及事件皆来自历史真实，史学价值较高，如《双城记》。

2．社会小说

《新小说》第 1 期"本社征文启"有云："小说为文学之上乘，于社会之风气关系最巨。"① 短短一句话点出了社会小说的精髓，即社会小说重点在于描述社会，描写社会对人物、事件产生的影响。社会小说看似在写人物故事，实际上暗含对社会风气的态度以及社会变革的看法。管达如曾说："社会小说以描写社会恶浊风俗，使人读之而知所警为主义，若《儒林外史》其代表也。"他认为社会小说旨在揭示社会的不良风气、道德缺失，道德心是社会小说的中心立意。

3．传记小说

传记小说由纪实性传记发展而来，主要描写人物的生平事迹。传记小说在一定史实基础上进行人物生活经历、精神风貌的叙事，反映当时的社会生活。传记小说具有现实主义色彩，其创作者经常用艺术的眼光透视历史和现实，如劳伦斯的《儿子与情人》。

（三）文学流派分类

小说作为文学艺术的一种，在长期的历史发展中形成了多种流派。以文学流派为分类标准，主要的小说类型包括现实主义小说、浪漫主义小说、存在主义小说、表现主义小说、意识流小说、哥特式小说等。

1．现实主义小说

现实主义小说以现实生活为素材，倡导冷静、客观地观察生活，细腻刻画现实环境以及典型人物。现实主义小说主张"现实主义的任务在于创造为人民的文学"。现实主义小说一般都比较"苦涩""无味"，无情地揭露现实社会的黑暗，表达对现实生活的不满。

2．浪漫主义小说

浪漫主义小说与现实主义小说相对立，其核心是情感解放与个性自由。浪漫主义小说主要描述理想化的生活，无论是人物塑造还是情节描写都充满了理想气息。幻想、夸张与离奇是浪漫主义小说的主要艺术表现形式，作品充满了抒情和神话色彩，如《欧那尼》。

3．存在主义小说

存在主义小说是基于存在主义理念而创作的小说，其以表现超验、神秘宗教色彩和描写灵与肉的冲突为主要内容。存在主义小说与传统小说在创作上大有不同，它主张完整再现现实生活，对时间和空间不做过多艺术处理，

---

① 《新小说》第 1 期，1902 年 11 月 14 日。

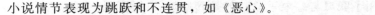

小说情节表现为跳跃和不连贯，如《恶心》。

4. 表现主义小说

体现主观感受是表现主义小说的核心理念。"表现精神，不是描写现实"是表现主义小说的口号，它反对用生活现象描写现实，主张通过人物内心世界的波动来折射现实世界。表现主义小说在情节描写上以反抗为主，强调行动冲突、"代沟"以及异化意识，集中表现人的孤独感、陌生感、负罪感和恐惧感。

5. 意识流小说

20 世纪 20 年代，意识流小说兴起。意识流小说是一种主观小说，通过叙述意识流动过程的方法来构造篇章、塑造人物。与传统情节叙事不同，意识流小说不遵循一定的时空原则，而是采用立体交叉方式描写人物、叙述故事，情节与情节、场景与场景之间缺乏时间、地点的逻辑关系。公认的意识流小说代表作有《追忆逝水年华》《喧哗与骚动》等。

6. 哥特式小说

哥特式小说是西方通俗文学中惊险神秘小说的一种，集合了恐怖、神秘、超自然、死亡、厄运、颓废、家族诅咒等元素。哥特式小说善于营造神秘恐怖氛围，作品中原始的激情、神奇的想象、迷人的异域风情等深深吸引读者。

三、小说的要素

小说要素是小说精彩与否的关键，小说要素越齐全，小说越容易出彩。现代意义上的小说一般具备五大要素：情节、人物、环境、主题以及基调。认清并理解小说要素对英美文学翻译大有帮助。

（一）情节

《诺顿文学导论》中提道："情节是行为的一种组织安排方式，行为是一个或一系列想象的事件。"所以，情节中蕴含人物行为，推动故事发展。有情节，故事才能继续。情节的灵魂是冲突，即主人公与敌手的对抗与斗争。通常，情节涉及四个环节：开端、发展、高潮和结尾。

作为一种叙事方式，情节是一种人类智力活动行为，而非一种故事发生的自然行为。人类日常生活中的行为是线性的，按照自然流动的先后顺序展开。但是，小说情节中所体现的人类行为活动不遵循线性顺序，而是具有人为组织和安排的痕迹。

情节与故事存在一定的联系，又相互区别。英国作家福斯特在《小说面面观》中提道："故事是按照时间顺序来叙述事件的，情节同样要叙述事件，不过它更强调因果关系。"正如《文学理论教程》中提到的一句话，"如'国王死了，后来王后也死了'便是故事；而'国王死了，不久王后也因伤心而死'则是情节"。情节之间的组合体现一种因果关系、时空关系和情感关系。生活事件本身是故事而不是情节，事件经过一定的因果处理才算作情节。

把握情节对小说翻译而言尤为重要。一个个情节点构成了小说结构，抓住情节走向，翻译者对小说的谋篇布局产生整体印象，有利于翻译工作的顺利开展。根据开端、发展、高潮和结局，翻译者按照情节顺序进行语言的翻译，不至于产生主题偏离现象。

（二）人物

人物是指小说中的角色。一部小说成功与否，人物要素起着决定性作用。人物在小说中担任重要的功能角色，其言行举止、神态行动构成小说的故事性。小说人物可以分为主人公、主要人物、次要人物、陪衬人物等。正面人物和反面人物是小说中不可或缺的人物形象。

福斯特将小说人物分为圆形人物和扁平人物两种：扁平人物是好莱坞式的人物，作者围绕某一个单独的概念或素质创造人物，人物的性格、心理较为单一，往往具有类型化或漫画式特征，是比较完美的人物。圆形人物则不同，人物性格和心理变化多样，内心世界、精神境界和气质性情往往因为周围环境的变化或其他人物的影响而呈现出复杂多样的特点。圆形人物不能以好坏区分，他们的身上有缺点也有优点。

人物通过语言进行塑造。人物的性格、言行、爱好、情感以及气质等都需要用语言进行描绘，传递给读者。翻译者在进行英美小说翻译时，关于人物的翻译实际上是人物重塑的过程。翻译者要提前了解小说中人物的性格特点、行为表现以及语言风格，在进行源语言还原的同时真实再现人物，将原小说的亮点传递给目的语使用者。

（三）环境

人类生存的空间以及直接、间接影响人类生活和发展的各种自然因素称为环境。小说的环境因素亦是如此。小说环境分为文本内部环境和文本外部环境两种。

1．小说文本内部环境

小说文本内部环境是指小说所构造的生存环境。小说中的环境由时间、地点等要素构成，即小说中的情节发生在何时何地。每部小说都有一个世界观，小说世界可以看作真实世界的平行世界，时间是经，空间是纬，时空相连构成小说世界。

小说中的时间环境分为四类：过去时间、现在时间、未来时间和虚构时间。过去时间是指小说故事发生在过去，现在时间是指小说故事发生在作者本人生活的时代，未来时间是指小说故事发生在将来的某个时间点，虚构时间是指小说故事发生在一个虚构的、不存在的时间环境中。

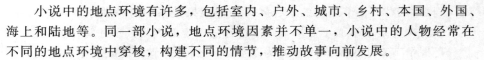

小说中的地点环境有许多，包括室内、户外、城市、乡村、本国、外国、海上和陆地等。同一部小说，地点环境因素并不单一，小说中的人物经常在不同的地点环境中穿梭，构建不同的情节，推动故事向前发展。

2. 小说文本外部环境

小说文本外部环境是指小说所折射的时代文化环境，即超文本环境。文本外部环境对于小说的阅读理解十分重要。任何一部小说的建构都离不开时代文化环境的影响，一个时代所反映的社会生活现象、文化现象是小说创作的灵感来源。

理解小说内部环境与外部环境对小说翻译大有帮助。解构小说内部环境，将环境因素从小说整体中剥离出来，形成一个单独的个体，可以帮助翻译者厘清思路，提高翻译效率。而外部环境是翻译者解读小说的重要帮手，认真分析小说所反映的时代文化，有利于翻译者理解小说主题以及所体现的文化现象，从而提高翻译的准确度。

（四）主题

主题是根据小说的一系列因素而总结出来的思想情感、道德价值判断、时代风貌等具有抽象性、普遍性特点的陈述。主题因素是小说的精神所在，支配着小说人物以及情节。

小说主题与时代文化息息相关，巴尔扎克、狄更斯、哈代、司汤达等人的小说有一个共同的主题，即对金钱统治下罪恶现实的无情揭露；艾略特、乔伊斯、卡夫卡等人的小说体现了现代人生活的孤独、空虚、荒诞以及异化。这些主题都受到了时代文化的影响，是作者对现实世界的思考与反映。

除了时代文化语境之外，作家的个体因素也会影响其作品的主题表现。例如狄更斯，由于出身贫寒，他的小说都以苦难童年为主题。又如哈代，他受达尔文思想影响，常常以悲剧作为小说的创作主题。无论是时代文化语境，还是作家个体因素，了解这些内容可以帮助翻译者理解小说主题，提高翻译质量。

（五）基调

小说的基调是由小说人物、情节、环境、语言修辞以及叙事策略等形成的感情综合效应。基调是小说的情感色彩，只有通读整部作品才能准确把握它。基调是小说中不可缺失的重要元素。人类是一种情感动物，其所创作的小说作品自然会染上情感基调。小说的情感基调与作者的个性情感密切相关。目前，小说的情感基调分为三大类：其一，明快、浪漫而欢愉；其二，悲怆、忧郁而荒凉；其三，幽默或讽刺。

小说翻译要抓住作品的主基调。只有这样，译作才能如实反映原作的作品风格。如夏洛蒂·勃朗特的小说《简·爱》，其主基调沉重而积极，翻译者要根据主基调进行语言诠释，确保小说风格特色的准确再现。

四、英美小说的语言特点

与其他文学体裁不同，小说的语言具有鲜明的特点。

（一）叙事视角多样

小说语言是一种叙述故事的语言。既然讲述故事，小说就有第一人称和第三人称之分。第一人称的讲述与第三人称的讲述在语言上有所区别：第一人称的叙事者是故事的参与者，叙事语言带有浓烈的主观色彩；第三人称的叙事者是旁观者，叙事者站在上帝视角讲述故事，对故事中的角色直呼"他""她"或者"他们"，叙事语言客观中立，不带有个人情感色彩。

有时候，小说还会使用第二视角进行叙事。故事的叙述者称故事的主角为"你"。这个"你"可能是虚构人物，也可能是故事的读者，或者叙述者本人。以第二人称为叙事视角的语言描写比较特殊，语言具有一定的指示性，一直在告诉"你"在干什么、曾经干过什么、将来要干什么。

（二）修辞丰富

小说是修辞格最多的文学体裁，作者经常运用修辞格进行语言的个性化、艺术化处理，使其达到传神的叙事效果。小说中常见的修辞格有比喻、拟人、夸张和讽刺等。

与其他语篇相比，小说是文学语篇中使用修辞格最多的，作者通过使用修辞格来更好地传神达意。在小说中，使用最多的修辞手法有比喻、拟人、夸张等。例如，英国小说家劳伦斯的小说《菊馨》，作者用比喻进行描写与叙述，增强了故事的生动性和可读性。

原文：The pitbank loomed up beyond the pond, flames like red sores licking its ashy sides, in the afternoon's stagnant light.

译文：下午死气沉沉的光线中，坑洞隐约出现在池塘的那一边，火焰像红色的疮舔着灰边。

分析："flames like red sores"是一个比喻语，作者将火焰比作红色的疮，让读者对火焰的颜色产生了清晰的印象。与此同时，"licking"指"舔"的动作，作者用"licking"修饰"flames"，达到了拟人化的效果，让人仿佛感受到了跳跃的火焰舔舐身体的疼痛感。

（三）象征与形象

一般而言，小说通过象征的表现手法表达情感与观点，使得语言生动形象。象征的表现手法并不明确某一观点或思想，而是采用具象、有形的意象来营造环境氛围，表达观点情感，让读者感同身受。象征表现手法是一种弦外之音，作者用象征性的事物进行思想与情感的表达，阅读者比较容易接受。与此同时，相较于抽象的情感思想、价值观念，象征的语言更加形象，提高了语言的活泼度，更有利于将读者带入故事。

（四）幽默与讽刺

幽默是一种鲜明的小说语言特点。小说中的幽默有两种，一种是字面幽默，一种是深层幽默。字面幽默是指小说塑造的人物比较幽默，经常说一些风趣、逗乐的话；深层幽默是指小说中的人物善于讽刺，经常用幽默的语言来表达与字面相反的意思，实现暗讽。

幽默与讽刺的功能不同，但是二者相结合会达到意想不到的效果。小说作者经常将讽刺暗含于幽默之中，强化语言风格。例如马克·吐温的作品，作者经常用辛辣讽刺、幽默诙谐的语言塑造人物形象、设计故事情节，暗示、讽刺美国社会现实。

五、英美小说翻译与赏析

全面了解小说及其语言特点之后，英美小说翻译实践应该将再现风格、塑造人物以及还原语境落到实处。笔者将结合经典小说及其译作进行翻译赏析，以便翻译者掌握切实可行的翻译方法。

（一）片段原作

The Million Pound Note

I would have picked up the pear now and eaten it before all the world, but it was gone; so I had lost that by this unlucky business, and the thought of it did not soften my feeling towards those men. As soon as I was out of sight of that house I opened my envelope, and saw that it contained money! My opinion of those people changed, I can tell you! I lost not a moment, but shoved note and money into my vest pocket, and broke for the nearest cheap eating house. Well, how I did eat! When at last I couldn't hold any more, I took out my money and unfolded it, took one glimpse and nearly fainted. Five millions of dollars! Why, it made my head swim.

I must have sat there stunned and blinking at the note as much as a minute before I came rightly to myself again. The first thing I noticed, then, was the landlord. His eye was on the note, and he was petrified. He was worshiping, with all his body and soul, but he looked as if he couldn't stir hand or foot. I took my cue in a moment, and did the only rational thing there was to do. I reached the note towards him, and said, carelessly:

"Give me the change, please."

Then he was restored to his normal condition，and made a thousand apologies for not being able to break the bill，and I couldn't get him

to touch it. He wanted to look at it，and keep on looking at it；he couldn't seem to get enough of it to quench the thirst of his eye，but he shrank from touching it as if it had been something too sacred for poor common clay to handle. I said：

"I am sorry if it is an inconvenience，but I must insist. Please change it；I haven't anything else."

But he said that wasn't any matter；he was quite willing to let the trifle stand over till another time. I said I might not be in his neighborhood again for a good while；but he said it was of no consequence，he could wait，and，moreover，I could have anything I wanted，any time I chose，and let the account run as long as I pleased. He said he hoped he wasn't afraid to trust as rich a gentleman as I was，merely because I was of a merry disposition，and chose to play larks on the public in the matter of dress. By this time another customer was entering，and the landlord hinted to me to put the monster out of sight；then he bowed me all the way to the door.

（二）片段译作

百万英镑

本来，我能把那个梨捡起来，明目张胆地吃进肚子去了，可现在那个梨已经无影无踪；就因为那倒霉的差事，把我的梨弄丢了。想到这里，我对那两个人就气不打一处来。走到看不见那所房子的地方，我打开信封一看，里边装的是钱哪！说真的，这时我对他们可是另眼相看喽！我急不可待地把信和钱往马甲兜里一塞，撒腿就朝最近的小吃店跑。好，这一顿猛吃呀！最后，肚子实在塞不下东西去了，我掏出那张钞票来展开，只扫了一眼，我就差点儿昏倒。五百万美元！乖乖，我蒙了。

我盯着那张大钞头晕眼花，足足过了一分钟才清醒过来。这时候，首先映入我眼帘的是小吃店老板。他的目光粘在大钞上，像五雷轰顶一般。他正在全心全意地祷告上帝，看来手脚都不能动弹了。我一下子计上心来，做了这时按人之常情应该做的事。我把那张大钞递到他眼前，小心翼翼地说：

"请找钱吧。"

他恢复了常态，连连道歉说他找不开这张大票，不论我怎么说他也不接。他心里想看，一个劲儿地打量那张大票，好像怎么看也饱不了眼福，可就是战战兢兢地不敢碰它，就好像凡夫俗子一接，那票子上的仙气就会折了寿。我说："不好意思，给您添麻烦了，可这事还得办哪。请您找钱吧，我没带别的票子。"他却说没关系，这点小钱儿何足挂齿，日后再说吧。我说，我一时半会儿不会再到这儿来了；可他说那也不要紧，他可以等着，而且，我想什么时候来就什么时候来，想点什么就点什么，这账呢，想什么时候结就什么时候结。他说，我只不过因为好逗个乐子，愿意打扮成这样来跟老百姓开个玩笑，他总不至于因此就信不过像我这么有钱的先生吧。这时候又进来了一位顾客，小吃店老板示意我收起那张巨无霸，然后作揖打躬地一直把我送了出来。

（三）翻译赏析

对比原作和译作，无论是人物、语言，还是语境，译作都与原作保持高度一致。

1. 人物塑造

文学小说对人物刻画尤为重视，小说中各种各样鲜活的人物形象是其被读者记住的关键。人物创造故事，只有人物塑造成功，故事才会精彩。小说翻译是一个二次创作的过程，翻译者要注重人物塑造，将原作人物还原于译作之中，提高译作翻译水平。

人物塑造比较复杂，由语言、行动以及内容活动构成。由于语言体系和文化思维不同，一部分英语语言难以直接翻译成中文。此时，翻译者只能进行意译，抓住原作塑造的人物形象特征以及说话特点，在还原语义的同时还原人物的性格、语气、神态以及心理。

所以，小说翻译的关链在于人物塑造。赏析《百万英镑》（马克·吐温）的节选片段，翻译者用另一种语言塑造、还原了人物形象，让读者对作者笔下的人物有了一个清晰而详细的认知。例如"I must have sat there stunned and blinking at the note as much as a minute before I came rightly to myself again."，翻译者将其翻译为："我盯着那张大钞头晕眼花，足足过了一分钟才清醒过来。"翻译者巧妙运用"头晕眼花""足足过了一分钟"来说明这笔巨款对于亨利的冲击，侧面反映出人物出身贫寒。又如"he bowed me all the way to the door"，翻译者将其翻译为"作揖打躬地一直把我送了出来"。"bowed me all the way"翻译为"作揖打躬"，神乎其神地描绘了小吃店老板的"奴才相"。翻译者从人物塑造出发进行小说翻译，将作者笔下的人物彻底还原并呈现在译语读者面前，实现了原作的等值再现。

2. 语言风格

小说的语言风格通常与小说的功能、写作意图相关。每个作家都有属于自己的语言风格，或活泼，或严肃，或幽默，或悲情。为了提高小说的翻译质量，翻译者要还原小说的语言风格。如果语言风格与原作不一致，目的语使用者就无法获得与原作阅读者相同的阅读感受。要想再现原作的语言风格，翻译者应了解原作作者的个人信息、写作意图以及时代背景，认真通读小说，掌握小说的基本内容。做好这些工作，译作的语言风格便能忠实于原作。

《百万英镑》的节选就遵循了忠实语言风格的原则。马克·吐温以幽默、讽刺的语言风格而闻名，所写著作诙谐幽默、辛辣讽刺，经常一针见血地刺破现实。显然，翻译者对马克·吐温的语言风格非常了解，他在翻译时采用了相同的口语化语言，传递原文轻松诙谐的语言风格。例如"Well，how I did eat！"，翻译者的翻译非常口语化，即"好，这一顿猛吃呀！"，一个仿佛活在身边的人物形象跃然纸上。又如"Why，it made my head swim."，翻译者将其翻译为"乖乖，我蒙了"。"Why"翻译成"乖乖"，语言非常贴近生活实际，也还原了作者笔下当时的亨利。口语化的语言风格的还原能够让读者快速进入小说情境，理解小说内容。

3. 还原语境

语言环境是翻译不可忽视的重点。语言是语境的表现符号，了解语境对理解语言符号所代表的信息十分重要。如果不考虑语境的作用，译作就难以准确还原原作的语言信息。语境是目的语使用者掌握语言信息的环境场域。小说翻译过程中，翻译者应该掌握小说语境，将语境隐藏于译语符号之中，最大限度还原原作信息。

小说通常在语境中产生意义，小说语境涉及政治、经济、文化等诸多方面，这些语境信息可帮助小说升华主题意义。因此，理解小说主题离不开理解语境。翻译者需要通过恰当的译语还原原作语境，辅助阅读者理解原作的主题意义。

《百万英镑》的节选做到了还原语境。例如"he shrank from touching it as if it had been something too sacred for poor common clay to handle"，翻译者将其翻译为"可就是战战兢兢地不敢碰它，就好像凡夫俗子一接，那票子上的仙气就会折了寿"。很明显，翻译者没有直白翻译，而是结合时代背景、人物身份以及社会环境进行了意译，真实还原作者笔下那个时代小人物面对金钱的态度。翻译者用"就好像凡夫俗子一接，那票子上的仙气就会折了寿"来形容餐馆老板对待百万钞票的神态，生动形象。同时，这种低微到尘埃里的态度侧面反映了那个时代有钱人的身份地位，以及那个时代人们对于金钱、地位的崇拜。通过还原语境，虽然译文的文字信息与原文有所差异，但是语义内涵得到了完整再现。目的语使用者可以通过阅读译文理解作者笔下的时代以及作者借助人物表现的思想情感。

第三节　英美诗歌翻译

诗歌是一种个性鲜明的文学艺术形式，为世界文学留下了浓墨重彩的一笔。诗歌的语言凝练精辟、美轮美奂，常常给人以精神启迪和美的享受。与散文、小说、戏剧相比，诗歌的艺术性更强，但翻译并非易事。本章从诗歌理解入手，总结诗歌的语言特点和翻译原则，并对部分英美诗歌进行翻译与赏析。

一、诗歌的相关概述

（一）诗歌

诗歌是一种古老的文学体裁，文学作品最初就以诗歌的形式出现。《论语·阳货》曾言："小子何莫学夫《诗》？《诗》可以兴，可以观，可以群，可以怨。迩之事父，远之事君，多识于鸟兽草木之名。"《论语·阳货》中孔子的言论说明诗歌具有明志、晓事、抒情、言理的功能与作用。小到一株植物，大到国家事务，都可以作为诗歌内容。

（二）英美诗歌语言特点

诗歌是历史性民族的原语言，是民族语言艺术的结晶。诗歌与音乐、绘画有相通之处，经常利用声音和视觉制造语言美感。与其他体裁不同，诗歌语言独具特色。英美诗歌语言具有以下特点。

1. 讲究音韵节奏

英美诗歌呈现出音韵和谐、节奏明快的语言特点。英美诗歌以四步抑扬格为主，每行结尾的单音节词押韵。押韵是指诗歌的句末用同韵的字相押。押韵让诗歌声韵和谐，读起来朗朗上口，富有节奏和声调美。英美诗歌中的押韵主要体现在：①元音音素相同；②如果元音音素之后出现辅音音素，则辅音音素相同；③如果元音音素之前出现辅音音素，则辅音音素不同。

押韵是英美诗歌语言音韵和谐的基础。实际上，诗歌是没有曲谱的音乐，诗歌押韵实现了通过自身乐感追求美的语感的目的，使诗歌声音去而复返，回环共鸣，让读者体会绵长的情感。押韵除了协调节奏、易于朗读、加深记忆之外，还是内容的组织者。诗歌中使用同一韵部，可以让分散的诗行连成一体，达到节奏的统一有序。英美诗歌的押韵让诗人情感与语言紧密联结在一起，让回荡的文字声音传达作者的内心情感。

2. 重视意象表达

意象是唤醒人感官反应的具体形象，常常在人的脑海中形成具体画面。例如，"床前明月光，疑是地上霜"，月光作为意象给人以冰冷的触觉感受。意象是诗人与读者沟通的媒介，常带有某种事物特性。诗人将对世界的看法、情感加诸具体的事物形象，即意象，让读者通过感知事物特性来理解诗人的内心想法。

毫无疑问，意象是美的化身。作为一种美学符号，意象在诗歌中发挥着重要作用。优秀的英美诗歌作品常常出现意象，如艾略特的《荒原》："The river's tent is broken：the last fingers of leaf…The river bears no empty bottles，sandwich papers…"诗人巧妙地运用树木、河流、手指、空瓶子等意象营造意境，促使读者进入某种特定环境，通过感觉器官感受作者的情与思。除了传递信息之外，丰富的意象还起到了美化诗歌的作用，增强了诗歌的语言审美性。

3. 常用修辞手法

诗歌中常见各种修辞手法，如比喻、比拟、夸张、排比等。运用修辞手法可以使诗歌回环起伏，呈现出富有感染力的语言美。不同的修辞有不同的作用，排比可以增加语势，突出事物的某一特征，表达作者情感；比喻可以增加语言的生动性，用浅显、熟悉的语言给人以鲜明深刻的印象；比拟是把物当作人或把人当作物，使所写的人或物色彩鲜明，表意丰富。各种修辞手法是联想和想象的工具，用修辞手法修饰语言，作品不仅文采斐然，而且富有极强的感染力。

4. 简化语言结构

诗歌用简练的语言表达深刻的寓意。与其他文学艺术形式相比，诗歌的语言结构简洁，内含丰富的信息。名诗佳作常以只言片语讲述山河宇宙。诗人喜欢推敲词汇，用最精练的形容词组织凝练的句子来提升诗歌魅力，让读者注意到诗歌中蕴含的能量。比如庞德的《地铁车站》，诗人仅用两行诗句表达深刻的道理，简化的语言结构令人印象深刻。

二、英美诗歌翻译原则

由于诗歌所呈现出的语言特点，英美诗歌翻译遵循音韵美、意象美、修辞美等原则。

（一）音韵美

由于诗歌的语言结构简单凝练，讲究音韵节奏，其翻译遵循音韵美原则。具体来说，翻译者要在汉语环境中尽量表现原诗的节奏和音韵，让所翻译的汉语诗歌最大限度地还原原诗歌的音韵美。汉语语言的基本节奏单位是"音组",英语诗歌的节奏单位是"音步",翻译者要寻找用音组代替音步的方法,尽量让译语诗歌与原诗歌保持音步数量相等,保证译诗体现原诗的韵式。

(二)意象美

意象是诗歌主题与情感的承载物,翻译意象对诗歌翻译而言尤为重要。意象是诗歌情感的精髓所在,只有抓住原诗歌的意象美,译语诗歌才会散发原诗歌的味道。意象翻译有些难度。英汉两种语言的使用习惯不同,英语意象所表现的内涵与汉语有所差异,想要完美呈现英语诗歌意象不大可能。基于此,英美诗歌翻译的意象美是对原文语言进行修饰和调整,使其保留原诗的意象内涵,呈现出原诗歌意象所表达的主题或情感。

(三)修辞美

修辞是对诗歌语言的修饰,还原修辞对于英美诗歌翻译至关重要。修辞与诗歌形式有关,与诗歌意思有关,还与诗歌语言有关,只有遵循修辞美,才能保证英美诗歌翻译的质量。有时候,诗歌美主要靠修辞美呈现。比喻、比拟、排比等修辞手法都有自己独一无二的美。当诗歌主要通过修辞进行修饰表达时,诗歌翻译必须抓住修辞特征,翻译出原诗的精华。

三、英美诗歌翻译与赏析

诗歌的翻译比较困难,素有"诗不可译"之说。诗歌翻译的难点主要在于音韵节奏、修辞意象,这些艺术性语言的味道难以解读。根据诗歌翻译所遵循的音韵美、意象美和修辞美原则,诗歌翻译实践主要有形式性翻译、调整性翻译和模仿性翻译等方法,而且这些方法经常混合应用。

(一)片段原作

A Red, Red Rose

Robert Burns

O, my luve's like a red, red rose,

That's newly sprung in June;

O, my luve's like the melodie,

That's sweetly play'd in tune.

……

(二)片段译作

红玫瑰

罗伯特·彭斯

吾爱吾爱红玫瑰,

六月初开韵晓风；

吾爱吾爱如管弦，

其声悠扬而玲珑。

......

（三）翻译赏析

第一，该诗歌采用了形式性翻译法。形式性翻译是指尽可能保留与原诗相同或相似的形式，保留原诗歌的韵味。诗歌的韵律节奏有时会造就特殊的诗体形式，翻译者要保证译文还原原诗歌的诗体形式，还原原诗歌分行的艺术形式。

原诗歌一、三句及二、四句结构基本一致，翻译者采用与原诗歌相同的形式，尽量还原原诗歌的形式美。除了诗歌意思的再现外，诗歌形式再现也非常重要。内容与形式的还原是诗歌翻译质量的保证。彭斯的《红玫瑰》的翻译的一、二句是一个完整的比喻，三、四句又是一个完整的比喻。两个完整的句子使诗歌产生了形式节奏。翻译者看透了句子的形式规律，将诗歌意思用"七言"结构再现，还原了原诗歌的形式美。形式和内容的完整再现保证了译语诗歌的高质量。

第二，该诗歌采用了调整性翻译法。调整性翻译是指对原诗歌的结构和内容进行一定的调整，在保证传递原文意思和情感的同时展现译语诗歌语言的艺术性。彭斯的《红玫瑰》的翻译显然采用了调整性翻译法，翻译者调整了每一行的句子结构，用艺术性的语言和形式再现原诗歌的意思。例如，"That's newly sprung in June"，"sprung"的原形是"spring"，该句的大致意思是：六月里迎风初开。翻译者根据每行的形式进行语言表达方式的调整，翻译为"六月初开韵晓风"，提高了译文语言的艺术性。

第三，该诗歌采用了模仿性翻译法。模仿性翻译法是指翻译者模仿原诗歌的形式和内容，对原诗歌进行二次创作，使译文诗歌在还原原诗歌的同时具有译语的风格特点。彭斯的《红玫瑰》的翻译采用了模仿性翻译法，翻译者模仿原诗歌的结构形式进行再创造，将汉语诗歌的艺术特点融入译文诗歌之中，让读者在熟悉的语言环境中感受原诗歌的形式特征和语言审美艺术。

总之，形式性翻译、调整性翻译和模仿性翻译相互融合，你中有我，我中有你。在诗歌翻译时，翻译者要学会灵活应用三种翻译法，保留原诗歌的形式美和内容美，提高诗歌译文的品质。

第四节　英美戏剧翻译

戏剧是一种集语言、动作、舞蹈、音乐等艺术形式于一体的舞台表演艺术。西方存在许多优秀的戏剧作品，蕴含深厚的文化底蕴。作为一种特殊的文学样式，戏剧艺术比较复杂，翻译工作量比较大，不仅涉及语言翻译，还涉及文化语境等的传递。本节从戏剧定义入手，探索戏剧的语言特点、翻译原则，并对戏剧翻译作品进行赏析，以便找到高质量的翻译方法。

一、关于戏剧的理解

关于戏剧的认识，古今中外文学家有着不同的观点，莫衷一是。亚里士多德认为"戏剧是行动的艺术"。他指出，戏剧是对人的行动的模仿。黑格尔对戏剧有不同的看法，他提出戏剧的主要对象不是实际行动，而是人类内心欲望的彰显，人类欲望才是戏剧的主旋律。王国维则提出戏剧的本质是"合歌舞以演故事"，这一观点主要诠释了中国传统戏剧的外部形态特征。

虽然众多文学家对戏剧的理解不同，但是中外戏剧作品都包含以下几个特征：

第一，用语言推动故事情节。语言是戏剧文学作品的第一表现形式。尽管角色形象、肢体语言、舞台布置、灯光音效等因素也十分重要，但是这些都是辅助性表现形式。离开语言，戏剧就失去了艺术张力。戏剧舞台上，人物通过台词来完成情节演绎。戏剧语言是推动故事情节发展的第一动力。人物的语言对话可以表明角色关系，引发角色之间的冲突与矛盾，从而推动故事情节向下发展，让戏剧舞台有声、有情、有波动。

第二，反映真实生活。戏剧的灵感来自生活，现实生活是戏剧的第一素材。虽然戏剧中也不乏想象与联想，但是基本素材均来自现实生活。戏剧是现实生活的"发声通道"，人类关于现实世界的思考与情感通过戏剧这种艺术形式表现出来，引发共鸣与更加深入的反思。

第三，结构严谨。结构是戏剧的整体框架，将主题思想、人物关系以及故事情节紧密地连接在一起。戏剧艺术对结构要求比较严格，组织结构的优劣直接关系着戏剧作品的成败。剧作家要想在有限的时间与空间中塑造成功的人物，讲述有感染力的故事，就必须合理架构整个故事，让故事情节张弛有度地在舞台上展开。

第四，冲突激烈。没有冲突就没有戏剧，冲突是戏剧情节的基石，是戏剧的灵魂所在。人物内心冲突、人物与人物冲突、人物与环境冲突是构建戏剧的基本思路。当冲突存在时，人物的语言和行动就会变得"有趣""好看"。流水般的情节让人毫无兴致，而一定的矛盾与冲突可以制造悬念、扣人心弦。冲突是调动情绪和表现舞台张力的关键所在，戏剧的直观性和舞台性决定了其必定要围绕激烈的矛盾冲突展开。

总而言之，戏剧是一种综合艺术样式，包含的元素极为丰富，有文学、舞美、音乐、演艺等。戏剧由人物、情节、语言、结构和主题组成，主要通过演员在舞台上的表演呈现艺术效果。

二、英美戏剧语言特点

戏剧语言主要是人物台词，包括对白、独白和旁白三种形式。对白是人物与人物之间的对话，其作用在于塑造人物形象以及推动故事情节发展；独白是指人物内心的情感波动，其作用在于揭示人物内心活动以及情感变化，为情节发展做铺垫；旁白是指剧作家向人物交代剧情发展，解释人物行动以及剧情走向。对白、独白以及旁白等戏剧语言支撑起了整部戏剧。只有抓住戏剧语言特点并进行翻译，译文才能把握戏剧作品的主要内容，保证翻译质量。戏剧的语言特点主要表现在以下几个方面。

（一）口语化

就戏剧语言结构而言，人物对话占据较大篇幅。戏剧人物对话呈现出口语化特点，作者用口语化语言设计人物对话，让人物形象尽量贴近生活。这让读者能够从戏剧中看到现实的影子，从而产生一些情感共鸣。与此同时，口语化语言更能表现舞台戏剧张力。演员的台词是吸引观众注意力的主要因素之一，朗朗上口、富有节奏韵律的台词更容易将观众带入情境之中，感受戏剧内容的魅力。口语化的戏剧语言读起来更加"上口"，观众更容易"听进去"。因此，戏剧语言具有口语化特征。口语化语言，深入浅出，更加符合戏剧中人物的身份特征。

（二）个人化

受教育程度不同、性格色彩不同，人物的语言组织能力也不同。语言风格能体现出一个人的个性特点、家庭环境、文化涵养以及情感价值观。为了成功塑造人物，戏剧的语言要具有鲜明的个性化特征，几乎每个人物都要有一套属于自己的语言表达系统。

一般化和雷同化是戏剧最忌讳的台词创作方式。受教育程度不同、接触的事物不同，人们不可能说出相同的话。所以，戏剧作者会根据人物的成长环境、学习环境以及工作环境来编写人物台词，尽量让人物与现实中的某个人相照应，以引起观众内心深处的共鸣。出身卑微的卖花女满口脏话，心胸狭隘的夏洛克说话尖酸刻薄，聪明善良的鲍西亚说话充满智慧……不同的人物，剧作家赋予了个性化的语言特点。

（三）动作化

语言是动作的指令，两者密不可分。在戏剧中，台词是动作内容的说明，台词本身也是动作。台词在对动作进行注释的同时与人物的形体动作融为一体，表示人物动作的意义，揭示人物内心状态。这表明戏剧语言具有动作化特征，戏剧语言的动作性越强，戏剧作品的张力越强。

动作性语言在戏剧中发挥着巨大的作用，它刺激对方产生相应的动作，使对话双方相互影响，推动情节发展。动作性语言显现人物之间的关系，提供戏剧冲突产生的可能。例如，《哈姆雷特》中两个侍卫的对话：

Bernardo：Who's there?（勃那多：那边是谁?）

Francisco：Nay, answer me. Stand and unfold yourself.（弗兰西斯科：不，你先回答我。站住，告诉我你是什么人。）

二人的对话充满了动作性特点。勃那多问那边是谁，对方的回应是："不，你先回答我。"一个否定性动作使二人有下一轮的沟通和动作的继续。动作性语言是故事情节持续进行的保障。

（四）抒情性

戏剧语言具有抒情性特点。舞台戏剧的感染力来自诗意化浪漫的语言，它能够调动观众情绪，给观众带来心灵震撼。抒情性的浪漫语言能给观众留下想象和思考的空间，帮助观众打开思维，联想到舞台戏剧以外的事情。耐人寻味的抒情语言让戏剧饱含激情，有一种"语不惊人死不休"的艺术效果。戏剧人物总是说出一些耐人寻味的美妙语言，成为震撼人心的经典。从某种意义上来讲，抒情性语言是戏剧的高潮，它能够使观众集中注意力，进而理解戏剧的主题思想。

三、英美戏剧翻译与赏析

（一）英美戏剧翻译原则

英美戏剧翻译有一定的原则，只有遵循相关原则，英美戏剧译作的质量才能有所保证。

1. 理解性原则

理解性原则是英美戏剧翻译的首要原则。戏剧作品主要在舞台上呈现，人物的台词经常一闪而过，如果语言表达不清楚，观众就难以消化台词内容。因此，戏剧翻译要遵循理解性原则，将英语语言翻译成可理解的汉语语言，尽量避免模糊词汇和陌生词汇的使用，降低戏剧译作的理解难度。

2. 口语化原则

口语化原则是英美戏剧翻译的重要原则。戏剧作品主要靠人物对话表现戏剧张力，口语化的人物对话容易将观众带入戏剧所设计的生活环境，感受人物的一言一行，理解作者所表达的情感。戏剧翻译要遵循口语化原则，还原口语化的人物对话，保证译作翻译质量。

3. 接受性原则

接受性原则是指戏剧的语言和文化被目的语使用者接受。遵循接受性原则，戏剧作品人物的语气、语调、动作等都需要符合目的语使用者的审美情趣，并在观众的语言审美接受范围内进行翻译，使译语观众更好地理解、欣赏戏剧作品。

（二）英美戏剧翻译赏析

戏剧兼具可读性和可表现性，因此戏剧翻译不仅要便于阅读理解，而且要易于表演传播。基于此，戏剧翻译实践比较灵活，翻译者要结合作品内容选择翻译方法，创造性地翻译戏剧作品。

1. 直译

直译是一种非常重要的戏剧翻译方法。当戏剧作品中的源语言与目的语在语义、功能、结构等方面重叠时，翻译者可以按照原文的字面意思和语序进行翻译，完整还原戏剧作品。例如《哈姆雷特》第一幕第二场：

原文：Though yet of Hamlet our dear brother's death. The memory be green，and that it us befitted. To bear our hearts in grief，and our whole kingdom. To be contracted in one brow of woe. Yet so far hath discretion fought with nature...

译文：至亲的先兄哈姆雷特驾崩未久。记忆犹新，大家固然是应当哀戚于心，应该让全国上下愁眉不展，共结成一片哀容……

赏析：翻译者采用了直译法，保留原文的句法和语序，还原了原文的语体风格。例如，"The memory be green"，翻译者将其译作"记忆犹新"，文字和原文紧紧相扣，准确还原了戏剧作品。

2. 拆译

拆译是指拆长变短。拆译是常见的英汉转译方法，更符合汉语表达习惯，也更能清晰地表达原意。具体来说，拆译是将原文结构打散，将其中的某个成分单独抽离出来，翻译成一个独立的成分。有时候，戏剧需要拆译，拆译的译作语言更加优美，内容表达也更加完整而清晰。例如《罗密欧与朱丽叶》的选段：

原文：Sampson：Gregory，o'my word，we'll not carry coals.

Gregory：No，for then we should be colliers.

译文：桑普森：葛雷古利，我就这一句话，不栽这个跟头！

葛雷古利：自然，我们又不是倒霉蛋，受这种气？

赏析：莎士比亚用诙谐幽默的俚语将两个人物形象生动地刻画了出来，他们粗俗的对话让读者了解到凯布和蒙泰两个家族矛盾尖锐。翻译者采用拆译法进行翻译，旨在还原作品的神韵。例如，"No，for then we should be colliers"，该句原本是陈述句，翻译者却将其成分拆分，变成反问句，生动地再现了原作人物性格。

3. 释译

戏剧语言是文化的体现，俚语、俗语、习语、典故等有深厚的历史文化渊源。由于译语和源语言的文化差异较大，翻译者无论如何翻译都无法将源语言的文化背景体现出来。此时，翻译者要采用释译法对戏剧进行翻译，用读者容易理解的汉语文化进行解释，解读源语言中渗透的文化内涵。例如：

原文：Well，in that hit you miss：she'll not be hit. With Cupid's arrow，she hath Dian's wit.

译文：不，这一下你恰恰猜错。爱情的箭射不中她的心，她有神仙一样的聪明。

赏析：翻译者采用释译法进行翻译，将"Cupid"和"Dian"等西方神话人物——丘比特、狄安娜等进行解释性翻译，将其翻译成"爱情的箭""神仙"。这种翻译方式虽然与戏剧词汇的本意有所差异，但是有利于译入语观众的理解，有利于戏剧效果的传达。

由于文化和思维不同，戏剧语言的翻译比较灵活。翻译者要根据实际情况选择合适的翻译方法，有效再现英美戏剧的艺术魅力。

结语

文学是一种社会生活方式。在人类步入文明时代之前，文学就以号子、歌唱、神话等原始形式成为社会生活的一部分。英美文学作为文学界中的重要内容，博大精深，充满了浪漫与现实主义，具备划时代的意义。文学具有教育功能和感知功能，对英美文学作品进行研读，我们会发现其中渗透着满满的人文主义情感。它像一面镜子，映照西方社会的方方面面，以其涉及面之广博、思想和知识之深奥、观察之细腻与多维、语言之优美与形象为人们提供了浏览、阅读、把玩、品味、赏析、研究等多层次的需求。研读英美文学不仅可以提高文学素养，陶冶情操，增长知识，锻炼思维，而且可以了解英美社会的风土人情，增强对英语语言的感悟。尤其 21 世纪是信息革命和经济全球化的时代，科学技术突飞猛进，国际交流日趋频繁，国际竞争日益激烈。在这样的国际背景下，吸收世界各民族文学的精华，促进国际文化交流与合作，发展并繁荣我国的文学事业，比以往任何时候都显得更为重要。而翻译作为交流的重要桥梁，更是必不可少的存在。为此，我们必须重新认识和思考新时代英美文学研究以及英美文学翻译实践研究的走向问题。

本书对英美文学发展和英美文学翻译与实践两部分进行了深入研究。本书从英美文学的相关理论研究出发，对英美文学发展历程进行了客观分析，以期使翻译者对英美文学有较全面的认识，理解作品内容与情感，奠定英美文学作品翻译的知识基础。本书详细研究了英美文学翻译的紧抓语篇理论、功能对等论和语境适应论等翻译理论，并对英美文学翻译的概念、性质、标准、过程、方法、规律、风格、句法与节奏等方面进行了详细介绍，探究英美文学修辞手法和民族文化的可译性限度，研究散文、小说、诗歌和戏剧在翻译实践中的路径与方法，感受其情感，分析不同载体的语言译语，旨在帮助广大读者厘清和解决多年来英美文学翻译的矛盾问题和实践方法，使读者能够清醒地认识到"一个好的翻译是一部文学作品的转生"。

翻译是这样一种再创作过程：它要求译者深入原作者精神世界和外国文化背景中，深刻理解作品本身，同时感受一部作品所深深扎根的历史、文化、地理环境，并在此基础上将它们用本国的语言再现出来。这个过程需要译者具备对双方文化背景的高度理解、对原文的深入解读和对本国语言的高超驾驭能力。唯其如此，才能合理运用各种技巧，将文章以最佳的角度呈现给读者。

总而言之，在我国英美文学作品的翻译过程中，要想缩小文化内涵所产生的差距，相关的翻译人员就应该在作品翻译的过程中掌握不同地区的文化内涵，了解作品的基本内容，从而在翻译的过程中充分展现作者的基本思想，在一定意义上实现综合性的翻译效果。与此同时，相关的翻译人员一定要在翻译的过程中充分展现不同地区的文化内涵，使读者在阅读的过程中了解更多的西方文化，并通过与作者的交流形成一种中西方文化在心理上的碰撞。因此，通过对翻译人员翻译技能的优化能为中国文化与英美文化的交流奠定良好基础。

参考文献

［1］罗丹婷. 英美文学与翻译实践研究［M］. 北京：北京工业大学出版社，2020.

［2］崔澍，胡茜，龚扬. 英美文学与翻译实践研究［M］. 长春：吉林人民出版社，2020.

［3］张忠喜. 英美文学与翻译研究［M］. 长春：吉林出版集团股份有限公司，2018.

［4］卢春林. 英美文学与翻译实践研究［M］. 北京：世界图书出版公司，2017.

［5］邹霞，张萍. 跨文化视域下英美文学翻译研究［M］. 成都：电子科技大学出版社，2019.

［6］周玉忠. 英美文学与翻译研究［M］. 银川：宁夏人民出版社，2007.

［7］张春利. 英美文学与翻译探索［M］. 北京：中国纺织出版社，2019.

［8］耿猛，陈璇. 英美文学翻译与鉴赏［M］. 长春：吉林教育出版社，2018.

［9］卢艳阳. 从文化差异看英美文学翻译的理论与实践［M］. 成都：电子科技大学出版社，2019.

［10］黄发洋. 英美文学与翻译实践研究［M］. 长春：吉林出版集团股份有限公司，2019.

［11］韦怡琳. 小说作品中人物对话的翻译以乌利茨卡娅的小说《生活的艺术》为例［D］. 北京：北京外国语大学，2021.

［12］李曼琳. 修辞手法在文学翻译中的效用：对赫尔曼·黑塞的作品《纳齐斯与戈德蒙》中译本中"二元"主题的翻译研究［D］. 北京：北京外国语大学，2020.

［13］阮贞. 等值理论视角下的文学作品翻译：以《魔山》中的两部中文译本为例［D］. 上海：上海交通大学，2010.

［14］吴霜. 文学作品中文化信息翻译研究［D］. 北京：首都师范大学，2002.

［15］谢晓梦. 从奈达"功能对等"理论浅析信息功能文本的翻译［D］. 大连：大连海事大学，2013.

［16］张洁. 许渊冲的文学翻译理论：发挥译语优势论与竞赛论［D］. 西安：西北大学，2008.

［17］常荣. 历史文化视野中的英美散文与翻译理论研究：评《英美散文研究与翻译》［J］. 当代教育科学，2016（12）.

［18］贾慧. 浅谈散文语言的音韵美［J］. 名作欣赏，2021（2）.

［19］游瑞娇. 功能对等翻译观视角下诗歌翻译的实践探析［J］. 吉林工程技术师范学院学报，2022（2）.

［20］侯颖怡. 从"信达雅"看《草迷宫》翻译中的诗歌翻译［J］. 文化创新比较研究，2022（4）.

［21］何冬梅. 美国文学发展历程探究：评《英美文学教程（美国卷）》［J］. 语文建设，2020（4）.

［22］刘琳，刘小刚. 英美文学的特点及文化土壤解读［J］. 兰州教育学院学报，2016（1）.

［23］Narzikulova Rayhona，Abrams M H，Talbot Donaldson E，et al. Peculiarities of 20th century english literature and maincharacteristics［J］. ACADEMICIA：An International Multidisciplinary Research Journal，2022，12（1）.

［24］刘慧敏. 探讨关于英美文学翻译中的美学价值［J］. 青年文学家，2021（3）.

［25］赵端阳. 英美文学的精神价值及现实意义探讨［J］. 文化创新比较研究，2020（18）.

［26］周丽华. 英美文学的精神价值及现实意义分析［J］. 青年文学家，2020（15）.

［27］周靖. 浅析英美文学的精神价值和现实意义［J］. 青年文学家，2020（12）.

［28］刘琳，刘小刚. 英美文学的特点及文化土壤解读［J］. 兰州教育学院学报，2016（1）.

［29］董全悦. 简析英美文学的精神价值及现实意义［J］. 青年文学家，2019（27）.

［30］胡冰玉. 英语文学翻译中艺术语言处理原则及其美学价值研究［J］. 时代报告（奔流），2022（7）.

［31］王理行. 文学翻译还需要忠实吗？［J］. 外国语文，2022（3）.

［32］杜晓卿. 英语语言文学翻译中的模糊语义问题及解决对策［J］. 校园英语，2022（16）.

［33］孟慧敏. 英语文学作品翻译中的美学价值［J］. 湖北文理学院学报，2022（4）.

［34］徐斌. 语境文化对英美文学翻译的影响探微［J］. 湖北开放职业学院学报，2022（5）.

［35］李玉竹. 文学翻译语言艺术探究［J］. 文化产业，2022（3）.

［36］卿莫愁. 文学翻译的忠实性原则：以张培基英译散文《渐》为例［J］. 名作欣赏，2022（3）.

［37］韩晓梅. 英语文学翻译美学价值与艺术特性的基本内涵［J］. 今古文创，2022（3）.

［38］董晓华. 功能对等理论在文学翻译中的应用［J］. 英语广场，2021（25）.

［39］束远. 对等翻译理论在英美文学作品翻译中的运用［J］. 延边教育学院学报，2022（3）.

［40］林西锦. 论交际翻译理论在英美通俗文学作品翻译中的应用［J］. 蚌埠学院学报，2018（6）.

［41］秦妍. 功能对等理论视角下英美文学翻译策略分析［J］. 宿州教育学院学报，2018（5）.

［42］窦柯静. 从《老人与海》探讨英美文学的翻译风格［J］. 现代语文（学术综合版），2015（12）.

［43］汪莹. 英美文学作品翻译风格策略探讨［J］. 长城，2014（8）.

［44］黄河，金圜. 论翻译风格对文学作品的影响［J］. 长城，2013（2）.

［45］赵博. 文学翻译中的风格的可译性［J］. 长春理工大学学报（社会科学版），2012（7）.

［46］王晓一. 再谈文学风格的翻译［J］. 辽宁教育行政学院学报，2009（10）.

［47］石明珠，王鸿雁. 翻译的可译性研究：以诗歌、习语为例［J］. 侨园，2021（7）.

［48］王聪. 文化与翻译：可译性及可译性限度问题［J］. 海外英语，2017（2）.

［49］吴昊洋. 翻译的可译性限度研究［J］. 英语广场（学术研究），2013（8）.

［50］曾彦凝. 汉英习语的可译性及可译性限度［J］. 教师，2012（35）.

［51］周凤. 试论翻译的可译性及其限度［J］. 青年文学家，2012（9）.

［52］杜少华. 文化可译性限度及文化翻译策略［J］. 邢台学院学报，2011（4）.

［53］张效芬，王翠.民族文化的差异性与翻译的可译性限度浅析［J］.考试周刊，2010（6）.

［54］蒲丽佳，楚军.文化障碍与翻译的可译性限度［J］.大众文艺，2010（2）.

［55］张欢，龚晓斌.双关语的可译性限度及其翻译补偿策略初探［J］.牡丹江大学学报，2008（7）.

［56］包惠南.翻译的文化观：试析可译性限度的文化因素［J］.常熟理工学院学报，2007（9）.

［57］王丽.从辞格角度，谈翻译的可译性限度问题［J］.考试周刊，2007（13）.

［58］范捷.功能对等背景下的英语幽默小说翻译研究［J］.辽宁经济职业技术学院.辽宁经济管理干部学院学报，2020（2）.

［59］刘本利.从《推销员之死》英若诚译本看戏剧翻译的语言特点［J］.英语广场，2021（21）.

［60］白明月.诗歌翻译中风格的传达——以沃兹涅先斯基诗歌《戈雅》汉译本为例［J］.今古文创，2021（42）.

［61］高瞻.外国文学诗歌翻译中语言美学功能的运用［J］.文学教育（上），2021（10）.